afgeschreven

Patrick Ness (1971) is een Amerikaans-Britse bestseller-auteur en recensent voor onder meer *The Guardian*. Hij woont in Londen, zijn boeken krijgen internationaal lovende kritieken.

In 2013 kwam bij De Geus *Zeven minuten na middernacht* uit. Dit boek ontving prijzen in binnen- en buitenland.

Van Patrick Ness verscheen ook bij De Geus

Zeven minuten na middernacht

FSC
www.fsc.org

MIX
Papier van
verantwoorde herkomst
FSC® C110751

PATRICK NESS

De kraanvogelvrouw

Uit het Engels vertaald
door Anneke Bok

DE GEUS

Oorspronkelijke titel *The Crane Wife*, verschenen bij Canongate
Oorspronkelijke tekst © Patrick Ness, 2013
Nederlandse vertaling © Anneke Bok en De Geus BV, Breda 2014
Omslagontwerp © b'IJ Barbara
Omslagillustratie © YellowPixel
ISBN 978 90 445 3072 8
NUR 302

Wilt u het gratis magazine *Geuzennieuws* met informatie over onze
nieuwe uitgaven ontvangen, ga dan naar www.degeus.nl en meld u aan.

Voor Marc

And all the stars were crashing round
As I laid eyes on what I'd found.

THE DECEMBERISTS

In haar dromen vliegt ze.

I

Wat hem feitelijk wekte, was het mysterieuze geluid zelf – een triest verbrijzelen van bevroren middernacht die ter aarde stortte en in zijn hart drong en daar voorgoed bleef, zonder ooit te bewegen, zonder ooit te smelten – maar hij, zo was hij nu eenmaal, veronderstelde dat het door zijn blaas kwam.

Hij dook nog eens weg onder het dekbed en stak zijn mentale voelhoorns uit om te bepalen hoe dringend het signaal was. Dringend genoeg. Hij slaakte een zucht. Achtenveertig leek nog te jong om 's nachts zo vaak te moeten opstaan voor een aandrang die ongetwijfeld een oudemannenkwaal was, maar hij zou beslist niet meer in slaap vallen voordat hij actie ondernam. Als hij het snel zou doen, hoefde hij niet eens helemaal wakker te worden. Ja. Goed dan. Daar gaan we. Opstaan en de gang in.

Zijn adem stokte toen hij op de badkamervloer stapte, gruwelijk koud aan zijn blote voeten. Er zat hier geen radiator, alleen een raadselachtig blokvormig ding aan de muur – hij kon anderen nooit goed uitleggen hoe het eruitzag – dat te heet werd om aan te raken als je het aanzette, maar er tegelijkertijd niet in slaagde enige warmte af te geven aan de omringende lucht. Hij was al van plan dat probleem aan te pakken sinds hij hier na de scheiding was komen wonen, maar het negende jaar was inmiddels verstreken en een tiende begonnen, en zijn tenen en de verrassend zachte huid van zijn voetzolen werden nog steeds steenkoud nu hij hier naakt voor de wc stond.

'Koud', mompelde hij terwijl hij de gloed van het door het raam binnenvallende maanlicht gebruikte om bij benadering op de pot te richten en verder op de klank af te gaan toen er eenmaal een stroom op gang was gekomen.

Het was een rare, wisselvallige winter geweest, alsof hij

strijd leverde met zichzelf. Zachte dagen, en soms zelfs heerlijk zonnig weer, maar nachten die uitzonderlijk koud waren, nog verergerd doordat het zo vochtig was in huis. Naar verluidt gonsde er een imponerende stad op slechts enkele meters buiten de voordeur van de man, maar binnenshuis leek er een kille mist van een eeuw geleden te hangen. Amanda, zijn dochter, had bij haar laatste bezoek haar jas, die ze al half uit had, weer aangetrokken en had gevraagd of hij de pestkar verwachtte.

Toen hij klaar was met plassen, schudde hij de laatste druppels af en scheurde toen een velletje wc-papier af om voorzichtig het overige vocht van het uiteinde van zijn penis te deppen, een gewoontegebaar dat zijn ex-vrouw om onverklaarbare redenen enorm had vertederd. 'Als mooie wimpers van een beer', had ze gezegd.

Maar dat had haar er niet van weerhouden om van hem te scheiden.

Hij liet het papiertje in de pot vallen, boog zich voorover om door te trekken, en op dat roemloze moment klonk het geluid opnieuw en werd nu voor het eerst bewust gehoord.

Met zijn hand halverwege de spoelknop verstijfde hij.

Het badkamerraam keek uit op zijn kleine, smalle achtertuin, die zich uitstrekte als een perfect spiegelbeeld van de tuinen aan weerszijden, en het geluid was duidelijk daarvandaan gekomen, van ergens achter het matglas.

Maar wat was het in vredesnaam? Het kwam niet overeen met iets in de haastig samengestelde catalogus van plausibele dingen die het op dit uur van de nacht in deze specifieke buurt konden zijn: niet de angstaanjagende schreeuw van een parende vos, niet de kat van de buren die (weer eens) opgesloten zat in zijn garage, en geen dieven, want welke dief zou nou zo'n geluid maken?

Hij schrok toen hij het geluid opnieuw hoorde, dat sneed door de nacht, helder zoals alleen erg koude dingen zijn.

Er flitste een woord door zijn slaapdronken, rillende geest. Het had geklonken als een weeklacht. Er weeklaagde iets en volkomen onverwacht welden er tranen in hem op die hem echt verbluften. Het geluid was hartverscheurend, zoals een droom die misloopt, een woordeloze hulpkreet die hem vrijwel meteen het gevoel gaf niet tegen de taak opgewassen te zijn, niet bij machte te redden wat in gevaar verkeerde, zinloos om het zelfs maar te proberen.

Een geluid dat later, toen die nacht zich voor eeuwig en altijd in zijn geheugen had vastgezet, alle zintuigen tartte. Want toen hij de vogel vond, maakte de vogel geen enkel geluid.

Hij vloog naar zijn slaapkamer om zich aan te kleden: een broek zonder iets eronder, schoenen zonder sokken, jasje zonder overhemd. Hij keek niet naar buiten terwijl hij dat deed, en liet zo de enig logische actie, simpelweg kijken wat het geluid zou kunnen zijn, gek genoeg achterwege. In plaats daarvan kwam hij instinctief in actie, omdat hij om de een of andere reden het gevoel had dat het – wat dat 'het' ook mocht zijn – hem zou ontglippen als hij aarzelde, zou verdwijnen zoals een vergeten liefde. Hij kwam gewoon in actie, en snel.

Half struikelend holde hij de trap af en viste de sleutels uit zijn broekzak. Hij beende door de rommelige woonkamer de keuken in en maakte zich boos over hoe luid de sleutels tegen de achterdeur kletterden (en wie sloot er nou binnenshuis de deur af met een sleutel? Als er brand was, dan was je er – *woesj* – geweest, bonkend op een deur die nooit open zou gaan. Dat had hij ook willen veranderen, maar tien jaar later ...).

Hij zwaaide de deur open en stapte de vrieskou in, maar besefte dat wat het ook was dat het geluid had voortgebracht nu toch wel weg moest zijn door al het kabaal dat hij maakte door het onhandige openen van de deur en het sleutelgekletter. Het zou zijn weggevlucht, het zou zijn weggevlogen, het zou zijn weggerend ...

Maar daar stond hij. Alleen, midden op het bescheiden lapje gras waaruit de bescheiden achtertuin van zijn bescheiden vrijstaande woning bestond.

Een grote witte vogel, even lang als hij was, langer nog, slank als een riet.

Een riet gemaakt van sterren, dacht hij.

Toen: 'Een riet gemaakt van sterren'? Waar kwam dat in godsnaam vandaan?

De vogel werd alleen beschenen door de maan die aan de koude, heldere winterhemel stond, schakeringen wit, grijs en zwart tegen het duister van zijn grasveld, en het dier keek naar hem, zijn oog een kleine, goudkleurige glimp, schitterend en vochtig, op gelijke hoogte als zijn eigen ogen, zijn lichaam even lang als hij was geweest toen hij als tiener op zijn slungeligst was. De vogel zag eruit, dacht hij dommig, alsof hij op het punt stond te gaan spreken, alsof hij zijn spitse, korte snavel zou opendoen om hem iets van vitaal belang te vertellen, iets wat je alleen in een droom kon leren en vergeten zou zijn zodra je wakker werd.

Maar hij had het zo koud onder zijn ene laag kleding dat het geen droom kon zijn, en de vogel zei natuurlijk niets en herhaalde zelfs niet het geweeklaag dat alleen van hem afkomstig kon zijn geweest.

Hij was prachtig. Niet alleen door zijn onverwachte verschijning, volkomen ongerijmd in de achtertuin van een Londense buitenwijk die vermaard was om zijn karakterloosheid, een plek die erom bekendstond dat plaatselijke kunstenaars er wegtrokken. Maar zelfs in een dierentuin, zelfs in de ogen van iemand die niet van vogels hield, zou deze vogel nog zijn opgevallen. De onthutsende witheid, zelfs in het donker, van zijn borst en nek, een witheid die net zozeer deel leek uit te maken van de kou als de rijp op het gras erachter. De witheid vloeide omlaag naar zijn vleugels, en de vleugel aan de kant die hij kon zien hing bijna zo laag dat hij over het gras sleepte.

Aan weerskanten van zijn snavel zaten er zwarte driehoekjes en boven op zijn kop een felrood kapje, dat zelfs bij dit schemerige licht te zien was, als een legerinsigne uit een onmogelijk ver land. Zijn starende blik was imponerend, onverzettelijk zoals vogels eigen is. De vogel wist dat hij er was en keek hem aan, maar toch schrok hij niet, vloog niet weg en toonde geen enkele angst.

Eigenlijk was het meer zo dat de angst die hij toonde niet hém betrof.

Hij schudde zijn hoofd. Het waren gedachten waar hij niets aan had. De kou was zo hevig dat hij er helemaal niet wakker van werd, maar eerder slaperiger, en even ging het door hem heen dat dit de manier moest zijn waarop mensen doodgingen in een sneeuwstorm, deze lethargie die warm aandeed ondanks alle voor handen zijnde bewijs van het tegendeel. Hij wreef over zijn armen, maar hield ermee op voor het geval dat de vogel zou verjagen.

Een reiger? dacht hij. Een ooievaar? Maar hij leek helemaal niet op de gekromde paarsgrijze vogels die hij soms zag rondsluipen buiten de stad, als ongewassen oude heren.

Toen, voor de tweede keer die nacht, kwam het woord in hem op. Wie weet of hij het bij het rechte eind had, wie weet dat soort dingen nog, de juiste benaming van vogels, het juiste woord voor wat dan ook, wie deed nog de moeite om die te onthouden in een tijdperk waarin kennis iets was om in de *cloud* te stoppen en te vergeten, zelfs dat er ooit een noodzaak kon zijn om zo'n naam weer paraat te hebben? Maar de naam kwam in hem op, en ongeacht waar hij vandaan was gekomen en óf hij zou kunnen kloppen, de naam klopte.

'Een kraanvogel', zei hij zacht. 'Je bent een kraanvogel.'

De kraanvogel draaide zich om, als in antwoord op zijn

naamgeving, zijn oog nog steeds op hem gericht, en hij kon zien dat de vleugel die de vogel achter zich had gehouden niet omlaaghing zoals de andere vleugel. Die was op een vreemde manier uitgestrekt.

Omdat er een pijl doorheen stak.

'Ach, jezus', fluisterde de man, en de woorden verschenen voor zijn lippen als een vruchteloos wolkje damp. 'O nee.'

De pijl was lang, uitzonderlijk lang, ruim een meter, en hoe beter de man hem kon zien, hoe beter hij zag dat het ook nog eens een angstaanjagend échte pijl was, bezet met drie regelmatige rijen scherp gesneden veren aan het ene uiteinde en een glimmende, glanzende pijlpunt van minstens twee vingers breed aan het andere uiteinde. Hij had ook iets oerouds, iets wat suggereerde dat hij was gesneden uit onvervalst kostbaar hout, niet uit balsa of bamboe of waar eetstokjes dan ook van werden gemaakt, en hij was vele malen serieuzer dan de zakelijke pijlen die je zag afschieten tijdens Olympische uitzendingen over kleine landen.

Dit was een pijl om mee te doden. Een pijl zelfs om mannen te doden. Een pijl waarbij de middeleeuwse boogschutter zou hebben gebeden dat de genade Gods zou rusten op de baan die hij beschreef en hem recht in het hart van de ongelovige zou sturen. Nu de man ernaar op zoek was, zag hij ook de donkere vlek bij de poten van de kraanvogel waar zijn bloed van de speerpunt op het berijpte gras was gedruppeld.

Wie zou er tegenwoordig zo'n ding afschieten? En wáár? En waaróm in godsnaam?

Hij liep naar de kraanvogel om hem te helpen zonder enig idee te hebben van wat hij kon doen, ervan overtuigd dat hij zou falen, maar hij was zo verbaasd dat het dier niet voor hem terugdeinsde dat hij bleef staan. Hij wachtte nog even en hoorde toen dat hij het dier toesprak.

'Waar kom je vandaan?' vroeg hij. 'Arm beest.'

De kraanvogel uitte geen klank. De man dacht terug aan het geweeklaag dat hij had gehoord en voelde een weerklank van de trieste druk ervan in zijn borst, maar nu bleef het dier stil. Het was overal stil. Zij tweeën hadden in een droom kunnen staan – hoewel de kou die opsteeg door zijn schoenen en die in zijn vingers sneed anders deed vermoeden, en het banale vallen van een verdwaalde druppel, hoewel hij zo zijn best had gedaan dat te voorkomen, in het kruis van zijn sliploze broek hem met stelligheid duidelijk maakte dat het hier nog steeds het echte leven betrof, met al zijn teleurstellingen.

Als het echter geen droom was, was het een van die speciale hoekjes van de werkelijkheid, een van de momenten waarvan hij er zich uit zijn hele leven maar een handjevol kon herinneren, wanneer de wereld bijna helemaal verdween, wanneer die alleen voor hem even leek te pauzeren, zodat hij heel even in het leven kon opgaan. Zoals de keer dat hij zijn maagdelijkheid verloor aan het meisje met eczeem dat colleges Engelse letterkunde met hem volgde, en het was zo overweldigend geweest, kort maar overweldigend, dat het leek alsof ze allebei het normale bestaan hadden verlaten voor een vrijgemaakt fysiek moment. Of de keer tijdens een vakantie in New Caledonia, toen hij na het snorkelen was bovengekomen en door de deining van de oceaan een paar merkwaardig vredige momenten niet eens de boot had kunnen zien waar de duikers vanaf waren gesprongen, het water in, maar toen had de boze stem van zijn vrouw geroepen: 'Daar is-ie!', waarna hij werd teruggezogen in de werkelijkheid. En niet de geboorte van zijn dochter, die één en al hijgend, rood tumult was geweest, maar de eerste avond daarna, toen zijn uitgeputte vrouw in slaap was gevallen en alleen hij en dat kleine, kleine wezentje er waren en ze haar oogjes had geopend en verbaasd was hém daar aan te treffen, verbaasd was zichzélf daar aan te treffen, en misschien ook wel een tikkeltje verontwaardigd, een toestand die niet veel veranderd was voor Amanda, dat moest hij toegeven.

Maar dít, dit moment hier, dit moment was als die andere, maar overtrof ze. De zwaargewonde vogel en hij in een ijskoude achtertuin die, voor zover hij wist, ook het grensgebied had kunnen zijn van het universum zoals we dat kennen. Op plekken zoals deze kon zich toevallig de eeuwigheid voordoen.

En terwijl hij toekeek, deed de kraanvogel wankelend één stap opzij.

Hij schoot toe om het dier op te vangen, en zomaar ineens lag de vogel in zijn armen met het verrassende gewicht van zijn bovenlichaam en zijn uitgestrekte nek (die veel op die van een zwaan leek, maar ook zo anders was), terwijl zijn goede vleugel uitgestrekt fladderde.

En de geur! Van paniek en poep. Van bloed en angst. Van de onmogelijke krachtsinspanning van het vliegen waarvan elke atoom van een vogel doortrokken is. Meer dan al het andere overtuigde de geur de man ervan dat het geen droom was. Ondanks zijn angst de kraanvogel pijn te doen, zelfs tijdens de plotselinge ellende van geklapwiek, rondvliegende veren en het pikken van een snavel die eruitzag alsof hij weleens dwars door zijn borst naar zijn hart kon gaan, wist hij dat zijn hersens – hoe welwillend ook – niet in staat waren een geur op te roepen die zo tjokvol, zo samengepakt was met verschillende specerijen.

'Rustig maar', zei hij, want de vogel kronkelde en verzette zich, omdat wellicht te laat tot hem doordrong dat een ander, mogelijk roofzuchtig wezen hem nu in zijn greep had. De snavel deed nog een uitval en haalde zijn wang open, zodat die begon te bloeden. 'Verdomme!' zei hij. 'Ik probeer je te helpen.'

En bij die woorden boog de kraanvogel zijn nek naar achteren, zijn kop reikhalzend naar de lucht, en opende zijn snavel voor een kreet.

Maar er kwam geen kreet. De vogel opende zijn snavel geluidloos naar de maan, alsof ze die uitademde.

Plotseling drukte het volle gewicht van de kraanvogel tegen de borst van de man. Die lange nek viel naar voren als de arm van een ballerina die applaus in ontvangst neemt, en sloeg zich om hem heen, met zijn kop hangend over zijn rug, alsof het dier hem omhelsde. Alleen aan het rijzen en dalen van de smalle borst merkte de man dat de vogel nog leefde, dat hij zich in zijn uitgeputte staat had overgegeven aan zijn zorg, dat hij zijn leven in de handen van de man legde, als dat was wat nodig was.

'Niet doodgaan', fluisterde de man met klem. 'Ga alsjeblieft niet dood.'

Hij knielde op het gras en zijn knieën werden meteen nat van de rijp; met één arm nog steeds om de kraanvogel heen gebruikte hij zijn vrije hand om voorzichtig de vleugel met de pijl erin uit te spreiden.

De vleugel van een vogel bestaat hoofdzakelijk uit veren; het spierweefsel dat regelmatig het terloopse wonder van het zelfgeactiveerde vliegen verricht, bevindt zich geheel in een lange, smalle ledemaat boven de waaier van veren daaronder. De pijl was aan de onderkant door deze lange spier heen gedrongen en had vrij veel witte veren geraakt, maar had ook meer dan genoeg spierweefsel geraakt om ogenschijnlijk onherroepelijk vast te zitten in de vleugel van de kraanvogel.

De man vroeg zich af of hij iemand moest bellen die waarschijnlijk acht miljoen keer zo gekwalificeerd zou zijn om te helpen als hij was. Maar wie? De vogelbescherming? Een dierenarts? Op dit uur van de nacht? En wat zouden ze doen? Zouden ze het dier 'laten inslapen'? Een kraanvogel die er zo ernstig aan toe was?

'Nee', fluisterde de man, zonder dat hij er erg in had. 'Nee.'

'Ik ga je helpen', zei hij, iets luider. 'Ik ga het proberen. Maar je moet wel stil blijven zitten, oké?'

Gek genoeg merkte hij dat hij wachtte op een reactie van de vogel. Het enige wat die deed, was doorgaan met zijn wanhopige ademen tegen zijn nek. De pijl moest eruit, en de man had geen idee hoe hij dat moest aanpakken, maar dat was wat hem te doen stond, en hij merkte dat hij de kraanvogel al in een positie bracht om het te doen.

'Okido', zei de man, en toen zei hij het nog eens. 'Okido.'

Hij liet het gewicht van de vogel op zijn arm rusten en hield hem van zich af, en niet zo'n klein beetje onhandig wurmde hij zich uit zijn jasje en tilde voorzichtig de nek en kop van de kraanvogel op om de goedkope stof eronder vandaan te schuiven. Met één hand spreidde hij het jasje uit op het berijpte gras, legde de kraanvogel erop en vouwde de goede vleugel onder het lijf. De kraanvogel berustte erin met een gelatenheid die hem beangstigde, maar hij zag dat het dier nog steeds ademde, de borst rees en daalde, sneller dan hem goed leek, maar het dier leefde in elk geval nog.

De man was nu vanaf zijn middel naakt en zat in een heldere nacht in een koud jaargetijde geknield op het bevroren gras, een situatie waarin hij gemakkelijk dood kon gaan als die te lang voortduurde. Hij ging zo snel hij kon te werk en hield de gewonde vleugel van de kraanvogel verticaal uitgespreid van de grond. Net als vermoedelijk iedereen had hij alleen in films weleens pijlwonden gezien. De redders braken de pijl altijd en trokken hem er aan de andere kant uit. Hij had zelfs geen idee of dat wel het juiste was om te doen.

'Oké', fluisterde de man en hij nam het ene uiteinde van de pijl in de ene hand en liet met de andere de gewonde vleugel langzaam los, zodat de vleugel van de kraanvogel alleen omhooggehouden werd door de pijl zelf, die hij nu in beide handen hield.

Die voelde griezelig tegen zijn vingers, ook al werden die

snel gevoelloos van de kou. Het hout was verrassend licht, zoals moest voor een pijl, maar elke centimeter ervan drukte kracht uit. Hij zocht naar een zwakke plek, maar vond er geen en raakte steeds meer overtuigd van zijn onvermogen om hem te breken, en zeker van zijn onvermogen hem te breken zonder een paar pogingen te moeten doen en het dier vreselijke pijn te bezorgen.

'O nee', mompelde de man weer tegen zichzelf en hij begon onbeheersbaar te rillen. 'Hè, verdomme.'

Hij wierp een blik omlaag. De vogel keek terug met dat starende, goudkleurige oog, zijn nek gekromd tegen zijn jas, als een vraagteken.

Er was dus geen oplossing. Het was te koud. Hij had het te koud. De pijl was overduidelijk te dik en te sterk. Hij had net zo goed van metaal kunnen zijn. De kraanvogel zou doodgaan. Dit riet gemaakt van sterren zou hier doodgaan, in zijn sneue kleine achtertuin.

Een gevoel van mislukking overspoelde hem als een vloedgolf. Was er een andere manier? Bestond er überhaupt wel een manier? Hij draaide zich om naar de keukendeur, die nog steeds openstond en elk pover beetje warmte uit het huis liet stromen. Kon hij de kraanvogel naar binnen dragen? Kon hij hem optillen en daar krijgen zonder hem verder pijn te doen?

Van zijn kant leek de kraanvogel al geen vertrouwen meer in hem te hebben, die had hem, net als veel anderen, al ingeschat als een best aardige man, wie het echter ontbrak aan iets speciaals, dat kleine beetje extra dat hem werkelijk de moeite waard zou maken om je in te verdiepen. Dat was iets waar vrouwen zich vaak in leken te vergissen. Hij had meer vriendinnen, onder wie zijn ex-vrouw, dan alle andere heteromannen die hij kende. Het probleem was dat ze allemaal eerst zijn geliefde waren geweest voordat ze zich realiseerden dat hij te vriendelijk was om helemaal serieus te nemen. 'Je bent ongeveer vijfenzestig procent', had zijn ex-vrouw gezegd voordat ze bij hem wegging. 'En ik geloof dat zeventig procent zo ongeveer mijn minimum is.' Het probleem was dat zeventig procent het minimum van élke vrouw leek te zijn.

Zeventig leek ook het minimum van de kraanvogel te zijn. Hij had dezelfde fout gemaakt als alle anderen en had een man gezien die bij nadere beschouwing eigenlijk maar een jochie was.

'Het spijt me', zei hij tegen de kraanvogel terwijl de tranen kwamen opzetten. 'Het spijt me vreselijk.'

Onverwacht bewoog de pijl in zijn handen. Door een schijnbaar toevallige huivering duwde de kraanvogel zijn vleugel naar voren en de pijl gleed door de vingers van de man.

En stopte.

De man voelde iets. Een breuk in het hout van de pijl. Hij keek nauwkeuriger. Het was moeilijk te zien in dit schemerige licht, maar ja, beslist een breuk, groot genoeg om zelfs met bevroren vingertoppen te kunnen volgen. Die liep door de schacht en was ongetwijfeld ontstaan door de weerstand van de grote vleugel van de kraanvogel. De man kon zelfs voelen dat de pijl aan weerszijden ervan in een iets afwijkende hoek zat.

Hij keek weer omlaag naar de kraanvogel. Die keek terug en dacht god weet wat.

Ongetwijfeld toeval. Absurd te denken dat het dier zijn vingers ernaartoe zou hebben geleid.

Maar het was ook absurd dat er een kraanvogel met een pijl door zijn vleugel in zijn achtertuin was geland.

Hij zei: 'Ik zal het proberen.'

Dicht bij de doorboorde vleugel pakte hij één kant van de pijl beet en hield die zo stil mogelijk. Vlak bij de breuk nam hij het andere eind in zijn vuist. De kou was nu zo bijtend dat hij echt pijn in zijn handen kreeg. Het moest nu gebeuren. Nu meteen.

'Alsjeblieft', fluisterde de man. 'Alsjeblieft.'

Hij brak de pijl.

De lucht werd verscheurd door een indrukwekkend geluid, niet van de brekende pijl, maar als van een reusachtige vlag die wappert in de storm. De kraanvogel kwam overeind en sloeg zijn beide vleugels wijd uit; de man viel van verrassing achterover op de betontegels aan de rand van het gras. Hij hief een arm om zich te beschermen toen het puntige uiteinde van de pijl losschoot en zonder hem te verwonden afketste tegen zijn arm, maar er wel een veeg bloed van de kraanvogel op achterliet terwijl de andere pijlhelft in het donker verdween. Hij zou ze geen van beide ooit terugvinden en bleef er altijd vast van overtuigd dat een wintervos het bloed te verleidelijk had gevonden om de pijldelen te laten liggen.

De vogel stak nu boven hem uit, hief zijn kop naar de nacht en riep geluidloos weer naar de maan. Zijn volledig uitgeslagen vleugels waren breder dan de man lang was. De kraanvogel bewoog ze met lange, trage krachtige bewegingen op en neer. Hij schudde een keer met zijn beschadigde vleugel, toen nog een keer. De man zag nog steeds veren die met bloed besmeurd waren van de wond, maar de vleugel functioneerde en de kraanvogel leek tevreden.

De vogel zat stil en spreidde zijn vleugels zo ver mogelijk uit.

Hij draaide zijn kop om hem aan te kijken met dat starende oog, het verrassende goud onder zijn donkere, rode kruin. Een bizar moment lang vroeg de man zich af of het dier zich zou bukken om hem in zijn vleugels te nemen, alsof dit een soort test was waar hij voor geslaagd was, een test die hij compleet zou zijn vergeten als hij gefaald had.

Toen hoorde hij zichzelf iets doms zeggen, iets wat volkomen ongerijmd was.

'Ik heet George', zei hij.

Hij zei het tegen de kraanvogel.

Bij wijze van antwoord boog de kraanvogel zijn lange, lange nek tot laag bij de grond, maar hield zijn schouders hoog en zijn vleugels uitgeslagen. Hij begon er op een andere manier mee te slaan, waardoor hij bijna voorover viel op de man. Die schoof nog wat achteruit, en toen de kraanvogel van de grond kwam, scheerde zijn felwitte borst rakelings langs de opgeheven neus van de man. Hij keek achterom en zag de vogel snel opstijgen om te voorkomen dat hij tegen het huis zou vliegen en vervolgens neerstrijken op de nok van het dak. Achter hem stond de heldere maan, die hem uitsneed tot een verstild silhouet.

Nog één keer boog hij zijn kop, spreidde zijn vleugels en nam een duikvlucht over de achtertuin met zijn dunne zwarte poten naar achteren gestrekt, toen hoger en hoger en hoger en hoger en hoger, totdat hij niet meer was dan een ster te midden van talloze aan de nachthemel, en algauw zelfs dat niet meer.

De man, George, stond langzaam op van de ijskoude grond en er trok een zorgwekkende pijn door zijn naakte bovenlijf. Hij rilde nu zo vreselijk dat hij zich met moeite staande kon houden en hij vroeg zich af of hij in shock raakte. Wat hij nodig had, was een warm bad, en snel ook, hoewel hij nu al betwijfelde of hij de kracht had om naar binnen te gaan ...

Er ging een schok door zijn lichaam toen hij het nog een keer hoorde. Het weeklagen, de droeve roep waardoor hij naar buiten was gelokt. Het weergalmde door de heldere vrieslucht, alsof het de nacht zelf was die hem riep. De kraanvogel nam afscheid, bedankte hem, zei ...

En toen besefte hij dat de roep niet afkomstig was van een onmogelijke vogel die uit zijn tuin en uit zijn leven en misschien wel uit de hele wereld verdween, voor zover hij kon uitmaken. De weeklacht was vrijgekomen uit zijn eigen lichaam, uitgestoten door ijskoude blauwe lippen, losgescheurd uit een borstkas die ineens zijn onherstelbaar gebroken maar nog steeds kloppende hart leek te bevatten.

'**M**aar hier staat Pátty.'
'Ja, dat klopt, dat staat ook op het opdrachtformulier.'

'Vindt u dat ik eruitzie als een Patty?'

'Misschien hebben ze gedacht dat het voor uw vrouw was.'

'Mijn vrouw heet Colleen.'

'Tja, dan zou Patty voor haar helemaal niet geklopt hebben.'

'Ik heb het de man zelf zien intikken. P, a, dubbel d, i-grec. Paddy. Maar toch staat hier luid en duidelijk, volg mijn vinger langs de letters: Pátty.'

'En dat staat hier ook op het opdrachtformulier.'

'Maar dat is niet wat ik de man zag tikken.'

'Ik denk dat ze misschien naar het shirt hebben gekeken en omdat het zo roze is dachten ...'

'Ze? Wie zij zé?'

'De drukkers.'

'Is dit dan niet de drukkerij?'

'Niet zo'n soort drukkerij. Wij doen meer flyer- en posterachtige ...'

'Dus u runt een drukkerij die zijn eigen drukwerk niet doet.'

'Helemaal niet, zoals ik al zei, wij doen meer flyer ...'

'Dat doet er niet toe, voor het bedrukken van hardloopshirtjes ...'

'En T-shirts.'

'Wat houdt dat in?'

'We verzenden niet alleen hardloopshirtjes. Ook T-shirts. Voor vrijgezellenfeestjes, dat soort avonden.'

'U verzendt ze.'

'Wij verzenden ze.'

'Aan de hand van specifieke instructies die iemand in de

zaak intikt op een formulier op dat scherm daar.'

'O.'

'Dus toen ik die man zag, een stuk ouder dan u, en daarmee bedoel ik een volwassene, tikte hij voor mijn neus in: P, a, dubbel d, i-grec.' Dus waarom ...'

'Dat zullen de instructies zijn geweest voor de drukkerij waar we mee werken, ja.'

'Die ze niet hebben opgevolgd.'

'Volgens u niet in elk geval, maar er staat duidelijk Pátty op het opdrachtformulier ...'

'ZIE IK ERUIT ALS EEN PATTY?'

'U hoeft niet zo te schreeuwen. We proberen gewoon een probleem op te lossen als twee redelijke mensen die ...'

'Die geen van beiden Patty heten.'

'Ik kom uit Turkije. Daar bestaat de verwarring tussen Paddy en Patty nu eenmaal niet. Dus hoe had ik dat moeten weten? Zoals ik al zei, ze zijn waarschijnlijk afgegaan op de kleur van het shirtje ...'

'Dat is de kleur van de liefdadigheidsorganisatie. Roze is de kleur van die organisatie. Borstkanker. Roze. Omdat het vrouwen betreft. Over het algemeen zijn het vrouwen die de fondsenwerving doen, maar sommige mannen ook. We gaan hardlopen, we doen aan fondsenwerving. Het is de kleur van de organisatie. Het heeft niets te maken met de sekse van het shirt.'

'Goh, kijk, dat is nou interessant. Zou u zeggen dat er bij een shirt sprake is van sekse?'

'Ja, dat zou ik inderdaad zeggen. Man, extra large. Dat is er wat er op het etiket staat. Man. Extra. Large. Word ik soms gefilmd? Is dat wat er aan de hand is? Ha, dáár is de man die ...'

'Wat is er aan de hand, Mehmet?'

'Deze klant is niet tevreden over zijn bestelling, meneer Duncan.'

'Vindt u dat ik eruitzie als een Patty?'

'Dat weet ik eigenlijk niet zonder dat ik u beter heb leren kennen, maar ik geloof het niet.'

'Waarom staat er hier dan ...'

'Overduidelijk een vergissing. Ik kan me nog precies herinneren dat ik Paddy met dubbel d heb ingetikt.'

'Dank u.'

'We zullen het zo snel mogelijk rechtzetten.'

'De hardloopwedstrijd is zondag.'

'En zo snel mogelijk betekent vrijdag. Het komt echt voor elkaar.'

'Ik bedoel alleen maar dat er niks fout mag gaan. Niet weer fout mag gaan.'

'Daar kunt u op rekenen. Ik geef u mijn persoonlijke garantie.'

'Hoort u dat? De persoonlijke garantie van George Duncan.'

'En wat houdt dat precies in?'

'Dat ze er morgen zijn, Paddy, dat beloof ik. Al zou ik er zelf voor naar St. Ives moeten rijden ...'

'Zit uw drukker helemaal in St. Ives?'

'Al zou ik er zelf voor naar St. Ives moeten rijden om ze op te halen.'

'Dat is heen en terug twaalf uur rijden.'

'Hebt u dat weleens gedaan? Ik vind dat de A30 wel meevalt als je ...'

'Regel het nou maar. Geen dag later dan morgen. Correct gespeld.'

'Ik beloof het.'

'...'

'...'

'... Tjonge, wat een mopperkont was dat, zeg.'

'Geen klanten meer stangen, Mehmet. We zitten in een recessie.'

'Ha, kijk, nog een goed argument. *Gezien het feit dat we midden in een recessie zitten, Patty, is het dan echt zo vreselijk belangrijk dat iemand je naam verkeerd heeft gespeld ...*'

'Wat zeg ik nou steeds? Klantvriendelijkheid. Dat is niet iets wat ik heb bedacht om jou te straffen.'

'Daar doen ze alleen in Amerika aan, George. Kan ik u helpen, meneer? Dat staat u geweldig, meneer. Wilt u nog wat ijsthee, meneer?'

'... je bent dus nooit in Amerika geweest.'

'Ik kijk tv. Dat is precies hetzelfde.'

'Bel St. Ives nou maar, en vraag dan meteen waar de T-shirts blijven voor het vrijgezellenfeest van Brookman. De jongens vertrekken vanavond naar Riga en die shirts hadden er al moeten ...'

'Brookman?'

'... O jee, wat betekent die blik, Mehmet? Die blik staat me niet aan. Zeg alsjeblieft ...'

'De T-shirts van Brookman zijn al weg. Hij kwam langs toen jij aan het lunchen was.'

'O, nee. Nee, nee, nee. Ik heb die leverantie zelf nagekeken en het enige wat binnen was waren ...'

'De lichtblauwe met de poesjes voorop.'

'Die waren voor het vrijgezellenfeest van mevrouw O'Riley. Waarom zouden mannen op een vrijgezellenfeest in vredesnaam gaan rondlopen in een T-shirt met lichtblauwe poesjes?'

'In Turkije doen we niet aan vrijgezellenavonden! Daar heb ik toch geen verstand van!'

'Je bent hier komen wonen toen je dríé was!'

'Maak er toch niet zo'n toestand van. Ze zijn straks allemaal ladderzat, dus geen hond die het merkt.'

'Ik denk dat tien soldaten van de Coldstream Guards wel doorhebben dat een lichtblauw cartoonpoesje met een hand over haar geslachtsdelen niet helemaal de bedoe...'

'Pootje.'

'Wat?'

'Als het een poesje is, zou het een pootje zijn. En wat is dat poesje trouwens aan het doen? Zichzelf aan het bevredigen? Hoezo is dat een thema voor een meidenavond?'

'...'

'Wat?'

'Bel Brookman op, Mehmet. Om de een of andere reden heeft hij kennelijk zijn doos met T-shirts nog niet opengemaakt.'

'Ja, hij maakte een wat gehaaste indruk. Had niet eens tijd om ze te bekijken.'

'... Je lacht!'

'Nee, hoor.'

'O, jawel. Je hebt het met opzet gedaan.'

'Geen sprake van!'

'Mehmet!'

'Je beschuldigt me van van alles en nog wat! Dat is racistisch!'

'Bel hem op. Nu meteen.'

'Ik zie niet in waarom ik hier altijd voor de rotklussen opdraai. Het enige wat jij doet is op je luie reet zitten en kunstzinnige dingen uit papier snijden. Wat moet die daar nou eigenlijk voorstellen?'

'Welke?'

'Die je de hele tijd al in je hand houdt. Die je net achter je rug verbergt.'

'Deze? O, dat is niks. Dat is ...'

'Het lijkt wel een struisvogel.'

'Het is geen struis. Het is een kraan.'

'Een kraan.'

'Een kraan.'

'... die in de bouw wordt gebruikt? Want het spijt me dat ik het moet zeggen, George, maar ...'

'Wegwezen. Nu. Hop, aan de slag …'

'Ik gá al. Godallemachtig. De slavernij is tweehonderd jaar geleden al afgeschaft, wist je dat?'

'Ja, dat weet ik. Door William Wilberforce.'

'En dan vraag je je nog af waarom niemand eens een afspraakje met je wil maken. Volgens mij kicken vrouwen niet op dat soort weetjes. Hoewel ik moet toegeven dat ik daar natuurlijk geen verstand van heb.'

'Ik heb geen problemen met vrouwen, Mehmet.'

'Zoals met die laatste, bedoel je? Die geheime vriendin die niemand ooit heeft gezien en die naamloos bleef? Woonde ze soms in Canada, George? Heette ze Alberta?'

'Dat zijn van die zinnen waar ik geen touw aan kan vastknopen.'

'Ik refereer aan muziek en theater. Maar dat is voor jou als een vreemde taal. Wat me eraan doet denken dat ik een auditie heb …'

'Ja, best, noteer dat maar op het werkrooster en ga nú die man bellen. En niet een half uur twitteren voordat je het doet.'

'Twítteren … Was de wereld al in kleur toen jij geboren werd, George? En was er al de hele tijd zwaartekracht?'

'Denk je echt dat je als werknemer over voldoende kwaliteit beschikt om niet te worden ontslagen?'

'O, daar gaan we weer. Het is mijn bedrijf. Ik ben de eigenaar …'

'Nou, dat ís toch ook zo?'

'Prima. Ik laat je alleen met je struis.'

'Kráán. Kraanvogel.'

'Nou, ik hoop dat je het erbij schrijft, want geen mens zal ooit aan een kraanvogel denken als ze dat zien.'

'Het is niet voor iedereen. Het is …'

'Het is wát?'

'Laat maar.'

'Ach, je wordt er verlegen van. Je bloost helemaal!'

'Nee, hou toch op. Het is niets. Ik heb alleen … een kraanvogel gezien … gisteravond.'

'… en je bedoelt geen hijskraan?'

'Nee! Jezus, als je het per se weten wilt: er is een kraanvogel in mijn tuin neergestreken.'

'En?'

'En niets. Ga nou maar bellen!'

'Goed, ik ga al.'

'En hou op met zingen.'

'Een klant, meneer Duncan.'

'Wat?'

'Ik zei: een klant, George. Achter je.'

'Ik heb de deur niet gehoord …'

'…'

'…'

'…'

'Kan ik u …'

'Ik ben Kumiko', zei ze.

De mensen waren altijd verbaasd als ze hoorden dat George een Amerikaan was, of in elk geval als zodanig zijn leven begonnen was. Ze zeiden tegen hem dat hij geen Amerikaan 'leek'. Als er gevraagd werd wat dat precies betekende, verscheen er een onzekere blik op hun gezicht – niet onzeker over wat een Amerikaan 'lijken' kon betekenen, maar onzeker over hoe graag ze hem wilden beledigen.

Zulke mensen, zelfs vrienden, van wie een groot deel hoogopgeleid was en een groot deel diverse malen in Amerika was geweest, waren verrassend moeilijk af te brengen van hun aanname dat, met uitzondering van George (uiteraard, uiteraard), zijn driehonderd miljoen landgenoten allemaal paspoortloze, ironie hatende jezusfreaks waren die op klaarblijkelijk gestoorde politici stemden terwijl ze voortdurend mopperden dat hun belachelijk goedkope benzine bij lange na niet goedkoop genoeg was. 'Amerika is …', zeiden ze dan, en zo zelfverzekerd, zonder angst voor tegenspraak of weerlegging op alles wat volgde.

'The New Yorker', kaatste hij dan terug. 'Jazz. Meryl Stréép.'

Gewoonlijk zette dat hen ertoe aan om bij benadering een Amerikaans accent na te doen, een en al flikvlooierige monterheid en met te veel ooggeknipper. Dat accent was in elk geval veranderd in de loop van de jaren; nadat hij in Engeland was komen wonen hadden de mensen vol overgave het ergste Texaanse geknauw van J.R. Ewing geïmiteerd. 'Ik kom uit Tacoma', zei hij dan.

Niemand wilde horen dat andere mensen dan zijzelf gecompliceerd konden zijn, dat geen mens ooit maar één ding was, dat geen geschiedenis ooit maar één versie had. Het was voor hen merkwaardig moeilijk te accepteren dat hij weliswaar een Amerikaan was, maar niet uit het Diepe Zuiden of van de Oostkust kwam, dat hij uit het Noordwesten kwam waar het accent licht en bijna Canadees was, en ook al waren zijn ouders stereotiep in de zin dat ze regelmatig naar de kerk gingen – want het was inderdaad moeilijk om Amerikaanse protestanten te vinden die dat niet deden – ze maakten er geen groot punt van, alsof het een plicht was, net als inentingen. Zijn vader was bijvoorbeeld een stiekeme roker geweest, ook al had de kerk een evangelische inslag en werden zulke dingen afgekeurd. George wist ook door iets wat hij toevallig had gezien maar nooit had besproken, dat zijn ouders weleens videobanden met porno huurden bij het tankstation verderop in de straat. 'Je hebt mensen van allerlei pluimage,' hield hij vol, 'ook al strookt dat niet met een bepaald wereldbeeld.'

Neem bijvoorbeeld zijn ene, afwijkende schooljaar. Zelfs dát was geen simpel verhaal, als zoiets al bestond. Hij had moeiteloos de kleuterschool doorlopen (Maar wie niet? dacht hij. Daar was toch niet meer voor nodig dan komen opdagen en nergens in stikken?) en presteerde in de eerste en tweede klas boven het niveau en werd soms zelfs naar leesgroepjes van groep vier gestuurd om te voorkomen dat hij zich zou gaan vervelen. De onderwijzers waren dol op hem, op zijn grote blauwe ogen, op een volgzaamheid die aan het slaafse grensde, op een huid die eruitzag alsof hij op zesjarige leeftijd een baard zou laten staan.

'Gevoelig', zeiden ze over hem op ouderavonden. 'Dromerig, maar op een goede manier.' 'Steekt altijd zijn hand op.' 'Een heel speciaal, lief jochie.'

'Helemaal niet speciaal', zei juf Jones op de eerste ouderavond van groep drie, amper twee weken nadat hij was begonnen. 'En een veel te grote wijsneus. Betweters zijn bij niemand geliefd. Niet bij de andere leerlingen en zeker niet bij mij.'

De ouders van George hadden er met beleefde verbazing bij gezeten; zijn moeder hield haar handtas vast alsof het een teckel was die elk moment op de grond kon springen om het tapijt te bevuilen. Zijn vader en moeder wisselden een blik, en vooral het gezicht van zijn moeder nam zijn toevlucht tot de geschrokken uitdrukking die het altijd aannam wanneer ze onverwacht met het leven werd geconfronteerd. Wat in wezen elke keer was dat ze het huis verliet.

George wist dat allemaal omdat 1) ze het soort ouders waren die naar elke ouderavond gingen (hij dacht dat het kwam doordat hij enig kind was; ze wilden geen seconde missen voor het geval ze iets onherroepelijk zouden verpesten) en 2) hoewel er in de kerk meestal een enorm aanbod was te vinden van tienermeisjes, ze die avond geen oppas hadden kunnen krijgen, zodat hij rustig met zijn kleurpotloden aan een leeg tafeltje zat terwijl zijn vader en moeder lachwekkend laag en ineengedoken op plastic stoeltjes voor het bureau van juffrouw Jones zaten.

Maar juffrouw Jones kwam nog maar net op dreef. 'Ik kan u niet vertellen hoe moe ik ben', zei ze, en ze sloeg haar blik ten hemel alsof ze bad om een oplossing voor haar vermoeidheid, 'van al die ouders die hier komen om me te vertellen dat hun kleine Timmy of Stephanie of Frederíco' – die naam sprak ze minachtend uit, hoewel George wist dat ze het over Freddie Gomez had, de enige andere jongen die samen met hem naar een leesgroep van een hogere klas was gegaan, en die zo naar zeep rook dat de tranen je in de ogen sprongen – 'bijzonder en getalenteerd is, zodat ik God op mijn blote knieën mag danken dat ik hem in groep drie krijg.'

Zijn vader schraapte zijn keel. 'Maar wij zijn niet degenen die dat zeggen', zei hij. 'De schóól ...'

'O, de schóól!' Juffrouw Jones boog zich naar voren, bijna helemaal over haar bureau. 'Dan zal ik u dít zeggen, meneer Duncan', zei ze. 'Deze jongens en meisjes zijn zes, zeven of acht jaar oud. Die weten alleen hoe ze hun veters moeten strikken en dat ze niet in hun broek moeten plassen als de bel gaat. En zelfs dat hebben de meesten nog niet eens onder de knie, dat kunt u van me aannemen.'

'Waar slaat dat nou op?' zei zijn moeder met verstikte stem en op gespannen toon, zodat George zijn oren spitste. Ze was een nerveuze vrouw, zijn moeder. Ze was duidelijk uit haar evenwicht gebracht door de openhartigheid van juffrouw Jones, door haar luide toon en, het is niet anders, door hoe zwart ze was, en hij zag nu al dat het contact niet zo lekker liep. Hij ging verder met de kleurplaat en gaf elk deel van Snoopy dezelfde kleur groen.

En precies op dat moment maakte juffrouw Jones haar vergissing. 'Nu moet u eens goed naar me luisteren, mevrouw Duncan', zei ze en ze schudde haar opgeheven vinder vlak voor het gezicht van Georges moeder. 'Dat uw zoontje geen klei in zijn mond stopt, betekent nog niet dat hij opmerkelijk is.'

De ogen van Georges moeder bleven strak gericht op het topje van de donkerbruine vinger die zo vlak voor haar neus heen en weer zwaaide, en ze volgde elke beweging terwijl ze belerend werd toegesproken en de vinger inbreuk maakte op haar persoonlijke ruimte op een manier die zelfs George verontrustend vond, en net toen Georges vader met zijn gezaghebbende, dreigende stem van een voorman in de bouw zei: 'Nu moet u eens even goed luisteren', boog de moeder van George zich naar voren, zette haar tanden in het vingertopje van juffrouw Jones, beet er hard in en liet het een verrassende twee seconden niet los voordat het gekrijs losbarstte.

Als George dit verhaal vertelde, kreeg hij er altijd een wat ongemakkelijk gevoel bij omdat het een enigszins vertekend beeld van zijn moeder gaf. Het bijten in de onhebbelijke vinger van een onderwijzeres – hoewel er geen bloed vloeide en het zo weinig pijn had gedaan dat het juffrouw Jones door de directeur van de school, die net deed alsof hij niet voor het eerst werd geconfronteerd met een incident waarbij juffrouw Jones gebeten werd, uit het hoofd kon worden gepraat om een aanklacht wegens mishandeling in te dienen – kon gemakkelijk als een heldhaftige daad worden uitgelegd. Zijn moeder was de ster van het verhaal, en waarom ook niet? Zoals dat ging met verhalen binnen een familie groeide het uit tot een dijenkletser en werd op veelvuldig verzoek verteld en schaterlachend aangehoord.

'En ik dacht,' zei zijn moeder dan met een kleur van afgrijzen en verrukking omdat alle ogen in de kamer op haar gericht waren, 'vandaag of morgen bijt iemand eens in die vinger. Dus waarom niet vandaag?'

Maar George wist heel diep in zijn hart dat het bijten niet de daad was van iemand die een situatie meester is en tot een einde brengt met een perfecte, krankzinnige oplossing. De waarheid was dat zijn moeder juffrouw Jones had gebeten omdat ze in zekere zin losstond van de werkelijkheid, op een paniekerige manier haar grip op de dingen verloor. Ze was zo gespannen dat ze kon knappen, als een hoog champagneglas – op zijn negentiende zag George eindelijk zijn eerste champagneglas – dat in papier gerold en opgeborgen moest worden. Die taak vervulde zijn vader, die alle noodsituaties afhandelde en elke denkbare crisis oploste. Zijn liefde voor zijn vrouw – en George was er stellig van overtuigd dat hij van haar hield – nam de vorm aan van doorlopende bescherming, die haar uiteindelijk misschien meer kwaad dan goed deed.

Toen juffrouw Jones vermanend met haar vinger schudde, was George er vrij zeker van dat zijn moeder zich niet beledigd, maar aangevallen had gevoeld, alsof de grond onder haar voeten wegzakte, en ze had juffrouw Jones niet gebeten uit triomfantelijke afweer, maar omdat ze probeerde zich ergens aan vast te houden. Door letterlijk haar tanden ergens in te zetten. Het leven viel uiteen door de dreiging van één vreselijke vinger, die net zulke vormen aannam als een naderende apocalyps, waarna er geen genade en geen vergiffenis meer zou bestaan, alleen eeuwigdurende wanhoop. Wie zou er niet van zich afbijten bij zoiets verschrikkelijks?

Dat zijn moeder het toevallig precies bij het rechte eind had gehad, tja, dat kon gebeuren, en een deel van hem was blij dat het haar een keer gelukt was. Het verhaal dat verteld werd en het verhaal áchter dat verhaal waren twee verschillende dingen, en misschien onverenigbaar.

Hoe dan ook, het directe resultaat was dat George uit de derde groep van juffrouw Jones werd geplukt en overgeplaatst naar de O kom, o kom, Immanuël & Verlos uw volk, uw Israël-school voor zelfstandig en godsdienstig onderwijs waar, ondanks het feit dat er 'Israël' in de naam voorkwam, al het personeel bestond uit mensen die in hun hele leven eigenlijk nooit daadwerkelijk een Jood hadden ontmoet. (Tijdens zijn jeugd in Tacoma kende George een heleboel andere leden van de evangelische kerk, plus een zwik Mormonen, een handjevol katholieken, en zelfs praktiserende boeddhisten uit de grootste geïntegreerde Aziatische gemeenschap in het land. Maar amper Joden. Feitelijk zou hij in zijn hele bestaan twee andere Joodse mensen ontmoeten voordat hij in New York ging studeren, waar hij er nog meer ontmoette.)

O kom, o kom – losjes gelieerd aan de kerk van zijn ouders, zij het misschien alleen door goede bedoelingen – telde van de kleuterklassen tot en met de laatste klas van de bovenbouw slechts achtenveertig leerlingen, die zelfstandig de lesstof uit een boekje doornamen (en dikwijls zelf de opgaven nakeken), en die op woensdag maar een halve dag les hadden, wanneer de bezoekende O kom, o kom-dominee een kerkdienst hield in plaats van de middaglessen. Die bestond uit liederen en preken en eens per week de verandering van een geel overhemd met groene das en broek in een wít overhemd met groene das en broek.

George was acht, en als je acht bent, is de definitie van normaal dat wat er zich voor je neus afspeelt. Hij stapte heen over de verschillen met de openbare school – te beginnen met de grotendeels bleke etnische afkomst van zijn nieuwe klasgenoten – pakte de draad weer op en maakte zich zoals gebruikelijk geliefd bij de twee oudere vrijgezelle vrouwen die de school leidden: juffrouw Kelly, die haar rode haar zo strak naar achteren droeg dat ze een permanent verbaasde uitdrukking op haar gezicht had, en juffrouw Aldershot met haar vriendelijke ogen, harige kin en venijnige uitvallen met een liniaal.

Over het algemeen vermaakte George zich er wel, al waren zijn normen misschien niet bijzonder hoog. Hij was geen liefhebber van het op school alom geliefde trefbal, dat zo ongeveer het enige was wat de oudere vrijgezelle vrouwen konden bedenken als lichamelijke opvoeding, afgezien van op en neer springen en de armen en benen spreiden en hollen op de plaats (wat allemaal gedaan werd in korte, zweterige perioden zonder ooit de stropdas af te doen), maar hij was dol op de bibliotheek die er was, ook al waren zelfs 'verdraaid' en 'jeetje' onleesbaar gemaakt in het beduimelde schoolexemplaar van *De ongelofelijke reis*.

De jongen die ongeveer even oud was als hij heette Roy, zelfs toen al een ouderwetse naam, maar niet op dezelfde manier als 'George'. Roy was een jaar ouder, een jaar langer, een jaar wijzer, wat allemaal bleek uit het feit dat hij een fiets had.

'Die is uit de oorlog', zei hij tegen George toen ze elkaar leerden kennen. 'Die heeft mijn vader mee teruggebracht. Hij heeft hem van de Jappen gestolen nadat we ze gebombardeerd hadden.'

Het was in de jaren zeventig, en Roys vader was ongetwijfeld de luiers nog niet ontgroeid tijdens Nagasaki, maar bij George ging het erin als Gods woord in een ouderling.

'Gaaf', zei hij.

'Daarom is-ie zo zwaar', zei Roy terwijl hij hem met enige moeite optilde met zijn negenjarige handen. 'Om granaat-aanvallen te overleven als je achter de vijandelijke linie fietst.'

'Gaaf.'

'Als ik wat ouder ben, ga ik er helemaal mee naar Vietnam om handgranaten naar de Jappen te gooien.'

'Mag ik hem proberen?'

'Nee.'

De school was in 35th Street. Roy woonde in 56th Street en George in 60th Street, in een huis waar niemand van het gezin met plezier aan zou terugdenken. Meestal kwam zijn moeder, die niet werkte, hem met de auto van school halen, maar een enkele keer, als ze het druk had, ging hij lopend naar huis, een deel van de route met Roy samen, die de fiets tussen hen in voortduwde, het groenmetalen frame even standvastig en bedaard als een koe.

Op deze speciale dag, een lentedag, hield de zon hof aan de hemel, met een paar wolken als smekeling en een kriskras-patroon van condensatiesporen van straaljagers van de nabij-gelegen luchtmachtbasis. Echt zo'n prachtige dag waarop God je op de proef wil stellen, zei juffrouw Kelly vaak.

'En dan kom je erachter dat het hele schip een kanon is, snap je?' vertelde George opgewonden. 'Het héle schip! En dan vuurt-ie een enorme lichtflits af en BOEM! Ze vernietigen de wereld van de Gamilons!'

Bij Roy thuis hadden ze geen televisie, omdat de tv het werk van de duivel was (George had besloten dat probleem niet aan te kaarten bij zijn eigen ouders, hoewel het achteraf bezien onwaarschijnlijk was dat ze het daarmee eens zouden zijn geweest, gezien de porno), zodat George de wandeling naar huis vaak vulde met wat Roy gemist had.

'Maar het is geen hele planeet?' vroeg Roy.

'Nee!' riep George luidkeels en verbaasd. 'Het is echt onge-lofelijk! Het is een hálve planeet en die zweeft door de ruimte en op de bovenste helft zijn steden en de onderkant is rotsachtig en rond. Maar nu natuurlijk niet meer, omdat de Starblazers hem hebben opgeblazen.'

'Te gek', zei Roy met gepast respect.

'Ja, eerlijk, te gek', zei George ernstig.

Ze kwamen bij 53rd Street, de drukste straat tussen O kom, o kom en waar ze woonden. Ze liepen langs de supermarkt op de hoek, de parkeerplaats vol met iets sletterigere versies van hun eigen moeder, met kinderen kleiner dan Roy of George, die zoals gewoonlijk naar hun schooluniform staarden. Aan de overkant van de straat was een tankstation, dat ongeveer hetzelfde beeld bood.

Roy en George stonden bij het voetgangerslicht te wachten tot het groen werd.

'Ik geloof alleen dat sommige Gamilons zijn ontsnapt of zoiets,' zei George, 'want niemand keek erg blij. En er was ook een boel geschreeuw en gedoe dat ik niet begreep.' Hij moest weer lachen. 'Maar het hele schip was al die tijd een kanon geweest!'

Het licht sprong op groen, zodat ze konden oversteken. Ze liepen het kruispunt op, Roy die zijn fiets voortduwde en George die helemaal opging in de ondoorgrondelijke raadselen van een Japanse tekenfilm.

'Ik ga deze fiets ombouwen tot kanon', zei Roy. 'En als ik zestien ben, ga ik ermee naar Vietnam.'

George zei: 'Dat zou wat zijn.'

En de auto raakte hen allebei.

Wanneer George dit deel van het verhaal vertelde, zei hij er steevast bij: 'Het is echt zo gebeurd' en 'Ik verzin het eerlijk niet', omdat het zo schrijnend was dat de auto die door rood was gereden en Roy en de fiets en hem had aangereden bleek te zijn bestuurd door een drieëntachtigjarige dame die amper boven het stuur uitkwam.

Dat was de waarheid, triest genoeg. Als George ooit haar naam had geweten, was hij die allang vergeten, maar hij had onthouden dat ze drieëntachtig was, dat ze nauwelijks groter was dan Roy of hij, en dat de woorden die ze na afloop maar bleef herhalen waren geweest: 'Sleep me alsjeblieft niet voor de rechter. Sleep me alsjeblieft niet voor de rechter.' Omwille van de waardigheid van oude dames overal ter wereld had George vaak gewenst dat dit deel van het verhaal niet had plaatsgevonden, maar het was niet anders, soms kwam het leven je niet met de gepaste versie tegemoet.

Ze reed niet uitzonderlijk hard, maar de klap was zo vreselijk onontkoombaar, zo regelrecht onstuitbaar, dat zowel George als Roy tegelijkertijd een verrast: 'O!' uitriep toen ze hen aanreed.

En niet stopte.

Daar waren na afloop theorieën over, de meeste weinig verrassend: dat het even had geduurd voordat de klap doordrong tot haar door ouderdom verminderde vermogens; dat ze zo was geschrokken dat ze domweg was verstijfd en met haar voet op het gaspedaal was gebleven in plaats van op de rem te trappen, of dat het ongeloof over wat er zich voor haar ogen afspeelde zo groot was dat ze een paar vreselijke seconden lang simpelweg verwachtte dat iemand ánders iets zou doen. Wat de reden ook mocht zijn, ze reed hen aan en stopte niet.

Roy had haar op het allerlaatste moment zien aankomen en had een stap achteruit gedaan, maar bij lange na niet ver genoeg. De auto raakte zijn knieën, zodat hij rondtolde en tegen het wegdek werd gesmeten, bij de auto vandaan, terwijl zij zich een weg baande door George en de fiets.

George zag de botsing uiteraard, maar kon zich niet herinneren iets te hebben gevoeld. Roy was buiten zijn gezichtsveld beland, dat ineens werd gevuld door het reusachtige, onstuitbare blok staal dat de lucht uit zijn longen perste terwijl

44

zijn buik plat tegen het fietszadel werd gedrukt en hij op de motorkap van de auto terechtkwam.

De auto stopte niet. Die bleef maar rijden. Er was geen plek waar George zijn voeten kon neerzetten, geen herkenbare plek waar hij kon staan toen de grond onder hem werd weggerukt, en hij viel, nog steeds zo verbaasd dat dit gebeurde dat het leek alsof alleen zijn ogen dienst deden, alsof al zijn andere zintuigen – oren om het mee te horen, gevoel om de pijn te registreren – waren afgesloten.

Hij viel met fiets en al, en de handvaten bleven achter de voorbumper haken, en terwijl de oude dame nog steeds doorreed, vijf meter, tien meter voorbij de oversteekplaats, gleed George helemaal op de grond en werd hij door het frame van de fiets over de weg tot voor de auto geschoven. Dat gevoel kon hij zich nog levendig herinneren, levendiger dan enig ander detail van het ongeluk. Het voelde alsof hij op zijn rug over een sneeuwlaag gleed, en pijn van het over de grond schuiven was niet meer dan een toekomstige mogelijkheid. Hij was hoe dan ook niet bij machte er iets aan te doen, zijn armen weigerden iets vast te grijpen, zijn benen weigerden hem ervandaan te duwen en zijn hoofd weigerde zelfs om zich heen te kijken voor hulp.

Wat hem nog het meest was bijgebleven was dat het, paradoxaal genoeg, een moment van immense rust had geleken. Het enige wat hij zag was de lucht boven zich, zijn kalme en troostrijke weidsheid, die onaangedaan op hem neerkeek terwijl hij hotsend over het wegdek zeilde, voortgestuwd door een reusachtige auto en een gevallen fiets. Het was net zo'n moment als toen hij de kraanvogel vond, of toen de kraanvogel hem vond, een moment van gestolde tijd, een moment om voorgoed in verder te leven. Met een extatisch soort ongeloof staarde hij omhoog naar de lucht en kon zich later nog maar één samenhangende gedachte herinneren: 'Dit gebeurt echt.'

'Dit is echt gebeurd', zei George als hij het verhaal vertelde.

'Het klinkt alsof ik het verzin, maar dat is echt niet zo.'

De handvaten kwamen los van de bumper van de auto en de fiets viel, maar op de een of andere manier – bij toeval? wonderbaarlijk? onwaarschijnlijk? onmogelijk? – gebeurde dat zodanig dat de auto van de oude dame hem en daarmee ook George aan de kant schoof. In plaats van vermorzeld te worden door de banden kreeg George er een close-up van in beeld terwijl ze op een handbreedte van zijn gezicht voorbijreden toen de auto voortrolde door de straat.

En toen was er alleen stilte. Diepe stilte. Nog steeds op zijn rug liggend keek George de straat door en zag Roy. Er was maar zo weinig tijd verstreken dat ook Roy nog op straat lag en moeite deed om overeind te komen. George deed hetzelfde, en hij en Roy kwamen er tegelijkertijd achter dat ze geen van beiden konden lopen. Allebei kwamen ze half overeind en vielen op precies dezelfde manier terug.

En daar moesten ze om lachen.

Bijna veertig jaar later wist George nog precies hoe dat lachen voelde, de onvervalstheid, de oprechtheid ervan. In hun gezamenlijke, acht- en negenjarige schrik, voordat de onvermijdelijke pijn toesloeg die slechts enkele seconden verwijderd op de loer lag, voor de acceptatie of zelfs het besef dat ze zojuist een mogelijk fatale calamiteit hadden overleefd, hadden ze, heel even, geláchen.

Maar de wereld wachtte niet langer. Wat waarschijnlijk niet meer dan een stuk of tien volwassenen waren, maar voelde als duizenden, kwam als een golf aanstormen van het voorterrein van het tankstation en uit de glazen deuren van de supermarkt, het onvoorstelbare afgrijzen zo duidelijk op hun gezicht te lezen dat de pijn ineens ook toesloeg, en George plotseling begon te huilen.

Ze staken hun handen uit naar Roy en naar hem, tilden hen op van het wegdek en brachten hen naar de kant, terwijl sommigen van hen ook boos achter de auto van de oude dame aanrenden, die nu pas, zo'n dertig meter van de plek waar ze hen had aangereden, tot stilstand kwam. Die mensen lieten een ziekenauto komen, en ook een brandweerwagen, iets wat George ondanks de onthutsende pijn een tikkeltje overdreven vond. Hij kon zich niet herinneren dat hij iemand zijn telefoonnummer had gegeven, maar dat moest wel zo zijn, want een vrouw die achter hem stond zei tegen een andere vrouw – hij herinnerde zich dit gedeelte zo goed dat hij tot op de dag van vandaag haar exacte woorden nog kon horen: 'Nou, ik heb de moeders gebeld. Met de een gaat het goed, de andere is hysterisch.'

Georges schouders zakten, als een leeglopende bal.

En ja hoor, zijn moeder kwam en huilde even onstuitbaar als de auto van de oude dame was doorgereden, en de eerste woorden die uit haar mond kwamen – en ook dat herinnerde George zich goed – waren: 'Waarom heb je niet gebeld of ik je kwam ophalen?'

De zeldzamere keren dat George dit latere deel van het verhaal vertelde, het deel waarin zijn moeder er zo slecht afkwam, herinnerde hij de luisteraar eraan dat ze net had gehoord dat haar achtjarige zoontje was aangereden door een auto, dus dat ze alle reden had om van haar stuk te zijn. Maar toch, George betrapte zich erop dat hij zich tegenover alle vriendelijke vreemden die hem hadden geholpen wilde verontschuldigen voor het gedrag van zijn moeder, voor het feit dat ze zelf gekalmeerd moest worden door de bestuurder van de ziekenwagen en dat ze gretig een zuurstofmasker accepteerde van een verpleegkundige. Dezelfde vrouw die (ogenschijnlijk) zo heldhaftig in de vinger van juffrouw Jones had gebeten, trok alle aandacht naar zich toe nu haar eigen zoon een auto-ongeluk had gehad.

Ze overleefden het. Natuurlijk overleefden ze het. Ze waren niet eens zo zwaargewond geraakt. Geen botbreuken, maar Roy had wel de gewrichtsbanden van beide knieën gescheurd. Hoewel George verreweg het meeste gevaar had gelopen bij de botsing, kwam hij er beter vanaf. Twee enorme blauwe plekken op zijn bovenbenen en een heleboel bloederige schaafwonden op zijn achterhoofd en armen van de schuiver die hij over het wegdek had gemaakt, maar verbluffend weinig letsel na iets wat zo veel erger had kunnen aflopen. George kreeg niet eens een ritje in de ziekenwagen. Die was met gillende sirenes weggereden met Roy achterin, en George bleef achter met zijn eigen moeder, die hem naar het ziekenhuis bracht, maar onderweg zo huilde dat hij háár was gaan troosten.

Ze was zelfs zo van streek dat hij haar noch zijn vader ooit vertelde wat zelfs zijn achtjarige hersens hadden begrepen, namelijk dat als Roys fiets er niet was geweest, als die niet op zo'n rare manier was gevallen door eerst aan de bumper te blijven haken zodat hij op zijn plek bleef en vervolgens precies op het goede moment los te raken om hem uit de gevarenzone te houden, de oude dame dwars over hem heen zou zijn gereden. De banden die hij door het fietsframe heen had zien draaien – als draken achter tralies, seconden voordat ze hem zouden verslinden – zouden over zijn hoofd en nek zijn gereden.

Maar de onwaarschijnlijkheid van alles betekende ook dat hij dan niet het moment zou hebben beleefd waarop hij naar de lucht staarde, een moment waarop hij de enige was geweest die ooit had geleefd in heel die glorievolle schepping.

George had geen idee hoe het de oude dame was vergaan. En, misschien nog wel gekker, hij had verder ook geen herinneringen aan Roy. Hij kon zich niet eens zijn achternaam herinneren of hoe goed of slecht hij van zijn verwondingen was hersteld. Hij kon hem zich na het ongeluk ook niet meer herinneren op O kom, o kom, dus misschien was hij er wel niet naar teruggegaan, omdat zijn ouders een weet-ik-veel-watvoor-soort-reactie hadden gehad op het bijna overlijden van hun zoon. George wist nog wel dat zijn ouders hem honderd dollar hadden gegeven van de verzekeringsuitkering, die hij mocht uitgeven – hij kocht boeken – en daarna de rest hadden gebruikt om nieuwe vloerbedekking in huis te laten leggen. Maar goed, hij had het overleefd, en wat op een tragedie had kunnen uitlopen was een aardig verhaal geworden dat zo nu en dan verteld werd door zijn moeder, zij het uitsluitend in de context van wat een onaangename ervaring het voor haar was geweest.

Het leven ging verder. De onderwijzeres van de vierde groep van de openbare school bleek een ontzettend aardige vrouw te zijn die mevrouw Underhill heette, en om hem onbekende redenen – vermoedelijk van financiële aard, want zijn ouders waren eigenlijk geen mensen die zich een particuliere school konden permitteren, ook al werd die zwaar gesubsidieerd door de kerk, maar misschien ook wel omdat het er eerlijk gezegd wel een rare bedoening was, en voor verstandige mensen zijn er natuurlijk grenzen – werd George uitgeschreven bij O kom, o kom om het volgende schooljaar terug te gaan naar de Henry Bozeman-school. Hij was een goede leerling, zo goed dat hij zowel de stad als zijn ouders bekrompen begon te vinden, totdat hij studiebeurs kreeg voor een universiteit aan de oostkust.

Eenmaal in New York bleek juffrouw Jones uiteindelijk toch een profeet te zijn. Het beetje wetenschappelijke flair waar George blijk van had gegeven verbleekte tot gemiddeld. Hij wist net op tijd een postdoctoraalbeurs in de wacht te slepen, waarmee hij in Engeland belandde voordat het hem helemaal niet meer interesseerde of hij afstudeerde of niet. Het maakte weinig verschil. Op een feest ontmoette hij Clare en hij ging zelden meer naar huis, behalve dan voor de begrafenis van eerst zijn vader, door een ongeluk op de bouwplaats, en toen van zijn moeder, ogenschijnlijk door een hartaanval, maar vermoedelijk eerder omdat ze een te groot deel van haar levenskracht in haar man had gestopt. Dat komt voor. George raakte helemaal ingeburgerd en woonde inmiddels al langer in Engeland dan hij in de Verenigde Staten had gewoond, wat misschien betekenisvol had moeten zijn, maar het eigenlijk niet was.

Maar dit verhaal was echt gebeurd, tot in het kleinste detail, ondanks alle onwaarschijnlijkheden. Wanneer hij er nu over sprak, besefte hij dat hij het in de loop van de jaren steeds minder vertelde als een zinnebeeld van zijn eigen geschiedenis, maar als een op zichzelf staande keten van gebeurtenissen in een bepaalde periode in zijn leven.

Want, ja, al die mensen ...

Al die mensen die waren komen toesnellen van het tankstation en de kruidenierswinkel, dat waren de mensen aan wie George bij het ouder worden steeds vaker moest denken, vooral toen hij eerst vader werd van Amanda en daarna grootvader van JP. Al die mensen, vreemden van wie hij nooit de naam heeft geweten, wier gezicht hij zich niet herinnerde, al die willekeurige individuen die twee kleine jochies aangereden hadden zien worden door een oude dame in een reusachtige auto.

Hij vroeg zich af of zij dat verhaal ook weleens vertelden. Ook al waren Roy en George volledig hersteld, er waren die paar ondraaglijke seconden geweest waarin hun lot onzeker was, waarin alleen maar bekend was dat twee jongens waarschijnlijk hun dood tegemoet gingen, en er was niets, helemaal niets, wat een van de toekijkende volwassenen daaraan konden doen, iets wat George pas goed ging begrijpen toen op een middag Amanda, die vijftien passen voor hem uit liep op de stoep en nog steeds worstelde met de lachwekkende nieuwigheid die lopen heette, ineens zijdelings van haar koers was afgeweken en van de stoeprand tussen twee geparkeerde auto's was gevallen en even uit het zicht verdween. Ze was zelfs opgehouden met huilen toen ze zag hoe van streek haar vader was en voelde hoe stevig hij haar tegen zijn borst drukte.

George voelde zich verbonden, wás verbonden met die naamloze, anonieme getuigen die nu onvindbaar waren, zelfs in dit tijdperk met zijn onstuitbare netwerken. Hun levens hadden het zijne heel even gekruist, iets wat het echte leven natuurlijk op allerlei manieren op elk moment van elke dag voor iedereen overal deed, maar had zoiets niet uitsluitend iets te betekenen als het jou betrof?

Wat natuurlijk waar was en waar hij vaak aan dacht, was dat hoewel hij de held was in zijn versie van het verhaal, hij ook een bijrolspeler was wanneer hetzelfde verhaal door iemand anders werd verteld. Hoe vertelden die mensen het, want het leek aannemelijk dát ze het zouden vertellen. 'Je zult niet geloven wat mij een keer is overkomen. Ik was in de supermarkt en ik herinner me nog precies dat ik een slof sigaretten voor Del had gekocht en twee flessen druivensap. Geen idee waarom ik nog weet dat het er twee waren, maar toen keek ik toevallig op ...'

En de oude dame? Wat voor verhaal zou zij vertellen, als ze al iets vertelde, in haar vermoedelijk schaarse laatste jaren? En de ambulancebroeders, die een voorval waarbij twee jongens slechts licht gewond waren geraakt ongetwijfeld al snel weer vergeten waren?

En nu we het daar toch over hebben: wat zou juffrouw Jones' versie zijn van het verhaal waarbij een doorgedraaide blanke vrouw in haar vinger had gebeten? Zou het minder waar zijn dan zijn eigen versie? Dan die van zijn moeder? Hoewel die onderling al genoeg van elkaar verschilden.

Deed het ertoe? Misschien wel, dacht George, en niet in termen van het achterhalen van de waarheid of vanuit enige hoop om erachter te komen wat er op een bepaald moment werkelijk gebeurde. Er bestonden even veel waarheden –

overlappend, door elkaar gehusseld – als er vertellers waren. De waarheid telde minder dan de vitaliteit van een verhaal. Een vergeten verhaal ging dood. Een herinnerd verhaal leefde niet alleen voort, maar groeide.

Altijd wanneer hij zijn versie van zijn verhaal aan iemand verteld had – zijn verrassende Amerikaansheid verklaard, de rol van zijn overleden ouders teruggebracht tot postzegelformaat, het bijtincident dat op de een of andere manier tot een auto-ongeluk had geleid – en het gesprek vervolgens een andere wending nam omdat iemand anders zijn eigen verhaal vertelde, leunde hij vaak een beetje achterover en luisterde niet zo aandachtig, omdat hij tijdelijk zijn toevlucht nam tot zijn eigen herinneringen.

Dan zag hij voor zich hoe hij, gescheiden door tientallen jaren en een oceaan en een werelddeel, onder een prachtige blauwe lucht, in de onbestaanbare stilte, op zijn rug werd voortgeschoven over de weg, onder de waakzame, geschrokken blik van tientallen medevertellers, en omdat hij het voor zich kon zien, en omdat zij dat ook konden in al hun verschillende versies terwijl hun levens elkaar kruisten en samenkwamen in wat George alleen kon omschrijven als een wederzijdse omhelzing, duurde dat moment nog steeds voort. Het bleef nog altijd plaatsvinden.

En in dat eeuwig herhaalde ogenblik had de pijn nog niet toegeslagen, bleef de angst op afstand, en was alles verbazing en verwondering.

D it keer begonnen de dingen voor Amanda scheef te lopen toen zij, Rachel en Mei van alle stompzinnige plaatsen op heel de groene wereld langs het gedenkteken voor Dieren in oorlogstijd reden.

'Jezus, wat een ongelofelijke aanfluiting', zei Amanda, die in haar eentje achterin zat, hoewel ze bijna een halve kop groter was dan Mei en om die reden duidelijk een logischer kandidaat om naast de bestuurder te zitten. Het deed haar onvermijdelijk denken aan autoritten die ze als kind met haar ouders had gemaakt, waarbij van haar werd verwacht dat ze liggend op de achterbank tot Cornwall zou slapen terwijl George reed op zijn neuriënde, nonchalante manier en haar moeder haar achterstand bij het lezen van juridische dossiers probeerde weg te werken. Dat ze op de achterbank zat had Amanda's stemming voor de picknick al enigszins bedorven, maar kennelijk was een andere verdeling van zitplaatsen onmogelijk. Mei zat altijd voorin en Rachel reed altijd, ook al hadden Mei en Amanda allebei een auto.

Er waren heel wat regels, en dit was er een van. Amanda probeerde zich eraan te houden, maar slaagde daar steeds minder goed in.

'Wat? Dát?' vroeg Rachel. Zonder een gemanicuurde hand van het stuur te halen wees ze op de enorme halfronde marmeren wand die plompverloren op een lapje uitzonderlijk dure grond in het hart van Mayfair stond. Er vlakbij stonden deemoedige beelden van een paard, een hond en mogelijk een postduif, hoewel Amanda er nooit naartoe was gelopen om dat te verifiëren. Waarom zou ze? Waarom zou iemand dat in vredesnaam doen?

'Ja, dát', zei Amanda, ook al zond een deel van haar hersenen al luidkeels waarschuwingssignalen uit. 'Zij hadden geen keus', declameerde ze het motto van het gedenkteken, op een

53

toon die naar haar idee aardig in de buurt kwam van Huw Edwards. 'Natuurlijk hadden ze geen keus! Het waren dieren! Het is verdomme een belediging voor de echte mannen en vrouwen, de echte vaders en zoons en moeders en dochters die in de oorlog zijn omgekomen om ze gelijk te stellen aan een lábrador.'

Er viel een stilte toen Rachel en Mei voorin een blik met elkaar wisselden, en Amanda wist dat het een verloren zaak was, dat dit misschien niet de laatste keer was dat ze werd uitgenodigd om zich in Rachels auto te proppen voor een carpe diem – het is een onverwacht zonnige dag, geknipt voor een geïmproviseerde picknick/test voor het uithoudingsvermogen in het park met haar en Mei – maar de lijst van uitnodigingen was beslist eindig geworden.

Zelfs het vloeken (twee keer) was nogal riskant geweest, maar ze had gedacht dat zij van hun drieën nu eenmaal de vriendin was die vloekte, de vriendin die wist hoe je een jointje moest bouwen als het nodig was (het was nog niet nodig geweest), en de vriendin die haar huwelijk had herkauwd met een gebrek aan decorum die aan het hyena-achtige grensde. Rachel en Mei hadden ook allebei een scheiding achter de rug, zij het niet op zo jonge leeftijd en niet zo heftig. Dat was de rol die haar was toebedeeld, en ze had haar best gedaan die met verve te spelen.

Daar gaan we weer, verzuchtte een stem in Amanda's hoofd. Laat ze de klere krijgen.

Zelfs na acht maanden was Amanda nog steeds het nieuwe meisje. Ze was transportconsulent, net als Rachel en Mei. Zij waren drie van de negen vrouwen in een bedrijf met vierenzeventig medewerkers, wat wel illegaal móést zijn. Dat kwam niet noodzakelijkerwijs doordat vervoer zo'n niet-vrouwelijke bedrijfstak was (maar wel een beetje), het kwam doordat dit specifieke bedrijf – Umbrello Flattery & Unwin – een Hoofd Personeelszaken had (Felicity Hartford, ontegenzeggelijk vrouw nummer één van negen) die de pest had aan vrouwen. Ze had Amanda tijdens haar sollicitatiegesprek laten weten dat Amanda wat kwalificaties betrof in het gunstigste geval op nummer acht stond (van acht), maar dat zelfs de wat oudere Umbrello senior zich had afgevraagd waarom zijn secretaresse die onlangs met pensioen was gegaan vervangen was door een trendy jongeman die onder zijn overhemdkraag iets had zitten wat leek op 'een metalen staaf, mevrouw Hartford'. En omdat mevrouw Hartford 'geen zin had zich te gaan dood vervelen bij de zoveelste rechtszaak', moest Amanda maar goed genoeg zijn.

Amanda werkte op dezelfde afdeling als Rachel en Mei – mevrouw Hartford beperkte de vrouwen tot zo min mogelijk afdelingen, want dat maakte het makkelijker om de slechtste te ontslaan mocht ze op een ochtend wakker worden met de aanvechting dat te doen – en ze hadden haar onder hun hoede genomen omdat ze ook een jonge gescheiden vrouw was. Ze hadden Amanda op haar eerste dag uitgenodigd om samen met hen te lunchen, en in die drie kwartier had Amanda niet alleen gehoord dat Rachel de naaktfoto's die ze van de geliefde van haar ex-man had gevonden op de in-memoriamwebsite van de overleden moeder van die geliefde had geplaatst, en dat Mei last had van candidiasis, maar ook dat Rachel tijdens haar studie een brand in een studentenhuis had overleefd – en mogelijk had gesticht – waarbij twee van haar kamergenotes om het leven waren gekomen en dat Mei drie verschillende, hilarische verhalen over besneden mannen had. 'Waren het broers?' had Amanda gevraagd toen ze uitgelachen was, een diepe, schorre, smakelijke lach, die ze zelf als haar leukste eigenschap zou hebben genoemd, als iemand er ooit naar zou hebben gevraagd.

Er had niemand mee gelachen. Het waren acht lange maanden geweest.

'Pak jij de picknickmand?' vroeg Rachel terwijl ze haar Mini parkeerde.

'Tuurlijk', zei Amanda. Zij was altijd degene die de picknickmand pakte.

Mei stapte uit aan de passagierskant en haar aandacht was volledig op haar mobieltje gericht. Ze volgde haar dochtertje, een baby nog, via gps omdat ze het weekend bij haar vader doorbracht. 'Niet te geloven', zei Mei, die niets geloofde. 'Hij is met haar naar Nándo.'

'Wat zit hier in jezusnaam in?' vroeg Amanda, die onelegant de onredelijk zware mand uit de Mini tilde. Ze voelde zich als een neushoorn die achterwaarts uit een vitrinekast liep.

'Weet je, je bent vijfentwintig', zei Rachel. 'Oké, dat is jonger dan wij zijn, dat snap ik, maar je bent er toch te oud voor om te praten alsof je in *Skins* zit?'

'Sorry', bromde Amanda toen ze eindelijk de picknickmand uit de auto had. Waar hij met een klap prompt op de grond viel. Er stroomde een plas wijn door de bodem van de mand alsof het een erg dure fontein was.

Rachel slaakte een zucht. 'Was dat niet, zeg maar, onze enige fles rood?'

'Sorry', zei Amanda nog eens.

Rachel zei niets, maar liet gewoon een ongemakkelijk moment van stilte verstrijken terwijl ze wachtte tot Mei Amanda in een plas Pinot zag staan.

'Ooooo', fluisterde Mei toen ze het eindelijk zag. 'Niet te geloven.'

Amanda ging altijd goed van start met vriendinnen. Op de basisschool, de middelbare school, tijdens haar studie, bij allerlei banen die ze sinds haar afstuderen had gehad, plus natuurlijk de groep vrienden die om Henri heen hing. Ze vonden haar allemaal aardig als ze haar leerden kennen. Echt waar.

Dingen die bij een man bedreigend hadden kunnen zijn –

dat ze tamelijk lang was en vrij breed in de schouders, haar diepe, gezaghebbende stem – waren bij een vrouw juist ontwapenend. Mannen keken naar haar en dachten 'vrouw', maar op de een of andere manier ook 'rugby' en voordat ze het wisten, trakteerden ze haar op een biertje en vroegen haar of ze dacht dat ze een kans zouden maken bij dat sexy Nederlandse meisje dat economie deed. Homo's mochten haar, wat zo zijn voordelen had, maar haar ook een beetje het gevoel gaf dat ze een gesteriliseerde poes was, terwijl vrouwen in het begin helemaal weg van haar waren omdat ze iemand was bij wie ze eindelijk zichzelf konden zijn en vrijuit konden zeggen wat ze op het hart hadden zonder in een vrouwelijke concurrentiestrijd verwikkeld te raken. Ze was echt een maatje.

Maar daar vergisten ze zich kennelijk in.

'O, kijk!' zei haar nieuwe beste vriendin op de universiteit (om maar een van de vele voorbeelden te noemen), die Karen heette, ook geografie studeerde en ook niet begreep wat er zo leuk was aan Bristol en ook vond dat het falen van werkelijk elke politieke filosofie in de geschiedenis was te herleiden tot de simpele, basale waarheid dat Mensen Dom Waren. 'The Wizard of Oz is op tv!'

'O ja?' zei Amanda, die zich naast haar op de bank liet vallen. Het was een warme avond en ze waren uit geweest. Omdat ze zo gezweet had, plakten haar beste uitgaanskleren aan haar lichaam, haar voeten deden pijn in deze schoenen – vrouwen met zo'n hoge botdichtheid als zij waren van nature niet echt geschikt voor hoge hakken – en hoewel Karen en zij de hele avond hadden gedanst, gedronken, gelachen en gerookt, hadden ze geen van beiden een jongen weten te versieren en hadden amper iemands aandacht getrokken. Eerlijk is eerlijk: Karen had een problematische neus. En wenkbrauwen. En tja, ze hinkte een beetje, maar dat kon je amper zien als ze aan het dansen waren. Maar ze hadden wel lol gehad. Het leek allemaal heel veelbelovend.

Met wat hulp van haar moeder en stiefvader Hank – haar vader betaalde haar collegegeld en ze wist dat hij zich dat nauwelijks kon veroorloven en daarom loog ze altijd wanneer hij vroeg of ze iets extra's nodig had – redde Amanda het net om in haar laatste studiejaar de helft te bekostigen van een driekamerflat vlak bij de universiteit. Karen had gereageerd op Amanda's oproep op het prikbord voor een huisgenoot. Ze hadden samen koffiegedronken, konden het goed met elkaar vinden en waren samen de flat betrokken. Twee weken later, en tot dusver geen problemen.

'Ik had niet gedacht dat ze die nog zouden uitzenden', zei Karen enthousiast en ze trok haar ongelijke benen onder zich op de bank. Ze haalde diep adem en wilde net gaan meezingen met het volgende refrein van 'We're Off to See ...'

'Ik heb zo de pest aan die rotfilm', zei Amanda.

Karen verslikte zich in wat alleen maar de lucht kon zijn geweest die ze net had ingeademd. 'Wát?' proestte ze, met een blik op haar gezicht alsof Amanda haar net had gestompt. Echt had gestómpt.

Zonder iets in de gaten te hebben kletste Amanda door. 'Niets ervan is echt, zelfs niet binnen die verhaallijn. Om de plot aannemelijk te maken moet iedereen zich als een volslagen idioot gedragen, en dan komen ze bij het eind en dan is er niet alleen géén toverkunst, maar de tovenaar is gewoon een lóser die iedereen heeft overgehaald om hem te volgen, en voordat ze dat sneue type voor het Internationaal Gerechtshof kunnen dagen, ontsnapt hij in een luchtballon. Het is zo ongeveer een Milosevic.'

Ze zweeg even, omdat ze zag dat Karens ogen zich wijd opensperden, maar ze hoopte dat het van de dubieuze pillen kwam die ze hadden gekocht van de te dikke jongen bij de wc's, die had gezegd dat het ecstasy was die hij in de slaapkamer van zijn oudere broer had gevonden, zodat ze misschien wel twintig jaar over de houdbaarheidsdatum waren en vermoedelijk maar pijnstillers waren geweest.

'Je zit me zeker voor de gek te houden?' vroeg Karen.

'En dan gaat ze weer naar huis', denderde Amanda gewoon door, omdat ze om de een of andere reden dacht dat het een aanmoediging was, 'en dan horen wij kennelijk blij te zijn dat ze is teruggegaan naar haar oude, bekrompen, zwart-witte blikveld? Dat het allemaal leuk en aardig is om te dromen, maar dat je niet moet vergeten dat je in werkelijkheid voorgoed vastzit op de boerderij? Precies dezelfde reden waarom ik verschrikkelijk de pest heb aan *De kronieken van Narnia*. O god, daar heb je hem ook, breek me de bek niet open.' De Bange Leeuw trippelde over het scherm. 'Om nachtmerries van te krijgen.'

Karen keek haar ongelovig aan. Beter gezegd: nog ongeloviger. 'De Bange Leeuw?'

'Ja, halló. Als je naar hem kijkt, zie je toch het prototype van de pedofiel waar je je dochter voor waarschuwt? Ik heb altijd het idee dat hij hem elk moment uit zijn broek kan halen en Dorothy gaat bespringen.' Ze gaf een ronduit vreselijke imitatie ten beste van de stem van de Bange Leeuw. 'Kom maar, kleine Dorothy, kom maar bij oom Leeuw op schoot zitten, dan zal hij je laten zien waarom hij de koning van de wildernis is, eheh, eheh. En dan werkt hij haar tegen de grond en trekt haar broekje omlaag tot die robijnrode ...'

Amanda hield op met praten omdat de blik op Karens gezicht dit keer niet mis te verstaan was. Van een aspirientje ging iemand niet zo kijken.

'Nou, je hoeft er niet om te huilen, hoor', zei Amanda, maar het was al te laat.

Het bleek dat Karens opa van haar vijfde tot haar veertiende 'aan haar had gezeten' – Karens eigen, vreselijke, vaak herhaalde uitdrukking. Het was pas opgehouden toen hij doodging. En dat niet alleen, maar toen ze het haar ouders had verteld, hadden ze haar korte tijd op straat gezet en ze mocht pas terugkomen om eindexamen te doen toen ze het volledig had herroepen.

'Je hebt geen idee', zei ze snikkend in Amanda's armen in de lange, lange uren die volgden. 'Je hebt gewoon geen idee.'

'Het spijt me', zei Amanda terwijl ze Karen onhandig klopjes op haar hoofd gaf. 'Nee, ik heb geen idee.'

Het had hen dichter bij elkaar kunnen brengen. Dat lag voor de hand, maar Karen begon vriendinnen mee te brengen en de gesprekken verstomden abrupt wanneer Amanda de kamer binnenkwam. En dat was het dan weer.

Het vervelende was dat ze geen idee had waaróm. Voor zover ze dat kon beoordelen was haar jeugd volkomen normaal geweest. Ondanks de scheiding had ze nog steeds een hechte band met zowel George als Clare, en er waren nooit buitensporige zorgen geweest over geld en er was geen gebrek aan geborgenheid geweest. Het leek gewoon alsof ze geboren was met een klein gebrek, in het diepst van haar wezen, een gebrek dat om de een of andere reden te beschamend was om aan iemand anders te laten zien, zodat ze haar hele leven bezig was een pantser op te trekken om het verborgen te houden. Het was onvermijdelijk dat het pantser haar ware zelf werd, iets wat ze zich nooit helemaal realiseerde, iets wat een troost had kunnen zijn. Zij was zich alleen bewust van de heimelijke waarheid, het kleine gebrek dat niemand, maar dan ook niemand ooit aan de weet mocht komen. En als dat haar ware zelf niet was, wat dan wel? In het diepst van haar wezen was ze gebrekkig, en het leven was gewoon één lange poging om mensen daarvan af te leiden.

'Heb je het wel naar je zin, lieverd?' vroeg haar vader, die haar om de dag belde.

'Ja hoor, pap, jézus', zei ze dan om niet in tranen uit te barsten.

'Want iedereen zegt wel dat je studietijd de beste jaren van je leven zijn, maar ik moet bekennen dat ik mijn draai niet zo kon vinden en ... Ja, dat dekt het wel zo'n beetje.'

'Jij hebt altijd moeite om je draai te vinden, George', zei ze en ze boog zich voorover om te voorkomen dat er een snik uit haar keel zou ontsnappen.

Hij moest lachen. 'Daar zul je wel gelijk in hebben.' Wat haar zó van streek maakte – zijn vriendelijkheid, de zinloosheid ervan – dat ze moest ophangen toen hij vroeg: 'Weet je zeker dat je niet wat extra geld kunt gebruiken?'

Rachel en Mei gingen zitten en namen samen vijfzesde van de picknickdeken in beslag. Het was eigenlijk niet warm genoeg voor een picknick, maar Rachel was dol op dit soort uitdagingen waarbij je moest afzien, en naar Amanda's idee wilde ze zien hoeveel haar vriendinnen bereid waren te verdragen. Als je mopperde, had je verloren.

'En wie zorgt er voor JP?' vroeg Rachel, die haar jas aanhield.

'Mijn vader', zei Amanda, die de inhoud van de mand bekeek, maar er niets bij zag wat ze wilde eten. Ze stelde zich tevreden met een plastic bakje salade. 'Is er ook dressing?'

Nog een stilte, gevolgd door weer een besmuikte, gedeelde lach tussen Mei en Rachel. Amanda deed alsof ze het niet zag en vond ten slotte een klein, duur ogend flesje olijfolie. Ze sprenkelde die spaarzaam uit over de bladgroente en de andere bladgroente en wat er verder nog aan bladgroente was. Ze schroefde de dop er te stevig op en voelde dat ze hem onder haar vingers stukdraaide. Ze kon hem nu vruchteloos ronddraaien zonder dat hij bleef zitten. Ze zette het flesje voorzichtig terug in de picknickmand en draaide de dop er zo op dat hij in elk geval dicht léék en keek toen of Rachel en Mei het hadden gezien.

'Mijn vader zou nooit willen oppassen', zei Rachel en uit een absurd smalle thermoskan schonk ze een beker koffie in. 'Wil je geloven dat die zijn hele leven nog geen luier heeft verschoond? En de moeite niet nam om onze namen te leren tot we vijf waren?'

'Ach, kom nou toch', zei Mei tot verrassing van Amanda en, naar het scheen, zichzelf, voordat haar gezicht snel weer de uitdrukking van opgewekte berusting aannam. Amanda durfde nauwelijks te hopen op een saamhorigheidsgevoel bij Mei; het kwam vermoedelijk gewoon door de manier waarop Rachel het Australische karakter van haar vader overdreef tot hij zo ongeveer vee ving met een lasso tussen zijn tanden terwijl hij surfte en een biertje dronk. Heeft hij zo'n rare Australische mopsneus? Dat had Amanda nooit gevraagd. Of zo'n laag babyspek zoals vrijwel alle Australische mannen hebben? Ook die vraag had ze binnengehouden. Of draagt hij zijn haar in een paardenstaart van zo'n inteeltjugband uit de jaren zeventig? Ook die vraag had ze ingeslikt. Ze ging bij zichzelf te rade. Ze was verschrikkelijk oneerlijk bezig. Maar was verschrikkelijk oneerlijk zijn soms niet heel erg leuk?

'Mijn vader is geweldig met JP', zei ze. 'Hij is erg aardig, mijn vader. Een lieverd.'

'Mmm', hield Rachel nog net binnen en ze keek over het grasveld dat ze hadden uitgekozen naar een stel jonge mannen die ook het mooie weer benutten en een balletje trapten. 'De jongere broer van Jake Gyllenhaal op drie uur.'

Mei knipperde met haar ogen. 'Weet je, ik snap nooit wat je daarmee bedoelt. Je zegt "drie uur" alsof het een richting is.'

'Dat is het ook', zei Rachel en ze wees. 'Twaalf, een, twee, drie uur? Zo moeilijk is dat toch niet?'

Ze draaiden zich om en keken naar meneer Drie Uur, die inderdaad aantrekkelijk was, ook al zou Amanda dat nooit hardop toegeven, zij het zelfs voor haar wat aan de jonge kant, maar misschien niet voor de zes jaar oudere Rachel. Zijn haar was zo dik en vol als een milkshake, en er bestond geen twijfel over dat hij dat niet wist. Zelfs op deze afstand

straalde hij zelfverzekerdheid uit, net zoals de koningin ver-
draagzaamheid uitstraalde.

'Hij ziet eruit alsof hij huilt als hij klaarkomt', zei Amanda,
zonder zich te realiseren dat ze het hardop had gezegd totdat
ze Mei hoorde proesten van het lachen. Ze draaide zich om,
maar onder Rachels blik had Mei zich alweer in de hand. Mei
pakte snel haar telefoon om te volgen waar haar dochtertje
was. 'Nog steeds bij Nando', liet ze weten.

'Nou, Marco toont tenminste belangstelling', zei Rachel.
'Hij heeft in elk geval niet met een sexy vriendin de benen genomen naar een ander land. Zonder een greintje plichtsbesef.'

Amanda's vork stopte halverwege de laatste hap sla en
haar mond, en heel even was ze zo gekwetst dat de hete tranen haar in de ogen sprongen. Alleen pure wilskracht voorkwam dat ze over haar wangen rolden.

Want zo was het helemaal niet. Tenminste: het was wel zo,
maar het was ook niet zo. Henri was inderdaad teruggegaan
naar Frankrijk en woonde nu samen met Claudine, maar
Amanda had hem min of meer gedwongen om te gaan en had
hem uit het leven van haar en JP geschopt met een kracht
en een hardnekkigheid die zelfs haar had verrast. Maar hij
belde JP elke week, ook al stelden de telefoonvaardigheden
van de vierjarige JP nog niet veel voor. Henri zei dat hij gewoon wilde dat zijn zoon echt Frans zou horen, dat hij zijn
naam (Jean-Pierre) fatsoenlijk hoorde uitspreken en dat hij de
slaapliedjes zou horen die zijn eigen grootmoeder voor hém
had gezongen.

Als Amanda's hart niet telkens opnieuw werd verscheurd
wanneer ze Henri's stem hoorde, had het zelfs aandoenlijk
kunnen zijn.

Ze hadden elkaar ontmoet tijdens haar laatste studiejaar,
eerst bij een college dat ze allebei volgden, later omdat ze op
dezelfde feestjes kwamen. Hij was stevig gebouwd en man-

nelijk op het overdrevene af. Ook al was hij pas twintig, zijn haar was al aan het grijzen, en van alle meisjes die het college bijwoonden, was zij degene naast wie hij kwam zitten, omdat hij een verwante kracht bij haar zag, zoals hij haar later vertelde, alsof ze niet alleen in staat was een vijand te doden, maar hem ook te verslinden.

En haar hoofd begon zo te tollen telkens wanneer hij in dezelfde ruimte was, dat ze in een toestand van vrijwel aanhoudende razernij leefde. Maandenlang weigerde ze het zelfs maar aan haar ouders te vertellen voor het geval ze een glimlach niet zouden kunnen onderdrukken omdat ze zo hard voor de bijl was gegaan, hoewel zij natuurlijk de laatsten zouden zijn om dat te doen.

Ze reageerde het grotendeels op Henri af. 'Jij hebt vúúr', zei hij, en hoewel dat zelfs met een Frans accent lachwekkend klonk, voelden ze zich allebei zo tot elkaar aangetrokken dat het er nauwelijks toe deed. Het was alsof een orkaan het aanlegde met een schorpioen. Er vlogen voorwerpen door de kamer, de seks was ongelofelijk, en maanden verkeerden ze onophoudelijk in een sidderende, koortsachtige roes. Het had allemaal zo jong gevoeld! Het had allemaal zo Frans gevoeld! Ze werd meegesleurd door haar gevoel, maar achteraf bezien alleen zoals een landverschuiving een snelweg wegvaagt: een onstuitbare catastrofe, met een puinhoop als gevolg. Ze hadden zelfs ruziegemaakt op hun trouwdag. Tijdens de plechtigheid.

Toen ze een maand getrouwd waren, kwam ze tot de ontdekking dat ze drie maanden zwanger was en meteen begon ze nog meer fouten in hem te ontdekken. Hij scheidde de kartelmessen niet van de gewone messen. Op het nieuwe balkon van de flat, die hij nooit opknapte zoals hij beloofd had, hoopten zijn peuken zich op in de pot van de camelia die ze daar had opgehangen. En toen, op een avond, terwijl ze een ruzie bijlegden met een vrijpartij die er verrassend genoeg nog steeds mocht wezen hoewel ze zeven maanden zwanger was, had hij zo boos gekeken dat ze hem spontaan een klap in zijn gezicht had gegeven, zo hard dat haar trouwring zijn wang openhaalde, een daad waar ze zo van schrok dat ze die nacht bij haar vader had doorgebracht, bang voor waar ze nog meer toe in staat zou zijn.

Henri vertrok de volgende dag. 'Het gaat me niet om die klap', zei hij, tergend kalm. 'God weet dat een Fransman wel wat kan hebben. Het gaat erom hoe je keek toen je het deed.' Hij pakte haar arm met een tederheid die haar genadelozer dan welke ruzie ook duidelijk maakte dat het voorbij was. 'Je vecht tegen je zelfhaat, dat is voor iedereen duidelijk, je doet je best en je leeft het uit op de mensen die naar jouw idee sterk genoeg zijn om het aan te kunnen. Dat begrijp ik. Ik zit net zo in elkaar. Het valt niet mee, maar het is draaglijk wanneer je liefde voor mij groter is dan je haat. Maar ergens is daar een omslag in gekomen, en volgens mij komen we dat niet meer te boven. Geen van beiden.'

Dat deed zo'n pijn dat haar woede opnieuw oplaaide, en ze overstelpte hem met een stroom van wraakzuchtige beloften, zoals dat hij zijn zoontje nooit meer zou zien, dat ze een rechter zou vertellen dat hij háár had geslagen als hij niet verdween – en welke Engelse rechter zou niet bereid zijn dat te geloven van een Fransman? – zodat hij maar beter het land helemaal kon verlaten of ze zou hem laten arresteren.

Uiteindelijk geloofde hij haar. En vertrok.

Maar toen hun zoontje werd geboren, noemde ze hem naar Henri's overleden oom op wie hij erg gesteld was geweest, zoals ze een keer besproken hadden. Ze kortte de naam meteen in tot JP, maar toch. Ook nu nog sprak ze net zo vaak Frans als Engels met hem om er zeker van te zijn dat hij het niet verleerde en zonder probleem met zijn vader kon praten.

Henri was haar grote liefde geweest en dat zou ze hem nooit kunnen vergeven. Net zomin als zichzelf, blijkbaar.

Intussen werd ze, wanneer hij belde, zo verdrietig van de klank van zijn stem dat ze de tv harder zette als hij haperend met JP praatte, die alles wat hij zei beantwoordde met een heel voorzichtig: 'Oui?'

'Hoor eens', zei Amanda terwijl ze haar vork weer in het bakje met salade stak en de tranen wegslikte. 'Het spijt me wat ik heb gezegd over dat gedenkteken voor Dieren in oorlogstijd. Het spijt me dat ik gevloekt heb. Ik heb spijt van alles, nou goed? Jullie hoeven me dat niet nog meer te laten voelen.'

Meis ogen leken zich oprecht met verraste verbazing te vullen, maar Rachel sprong er als eerste bovenop. 'Het gaat niet om het gedenkteken', zei ze. 'Het gaat er meer om dat je altijd zo fél bent.'

Amanda, die had verwacht dat haar meteen zou worden verzekerd dat ze zich nergens voor hoefde te verontschuldigen – dom, bleek nu – raakte meteen weer geïrriteerd. 'Mijn grootvader Joe is een been kwijtgeraakt in Vietnam', zei ze. 'En toen hij in een rolstoel terugkwam, werd hij bespuugd door vredesactivisten. Dus jullie moeten het me maar niet kwalijk nemen dat ik een monument voor een postduif van slechte smaak vind getuigen.'

'Ho eens even', fluisterde Mei. 'Heeft jouw grootvader in Vietnam gevochten?'

'Dat kan onmogelijk waar zijn', zei Rachel en haar stem klonk scherper.

Amanda verstijfde. Het was ook niet waar. Grootvader Joe was niet onder de wapenen geroepen en was om het leven gekomen op een bouwplaats toen een graafmachine bij een ongeluk een slagader in zijn bovenbeen had opengereten. Ze voelde gewoon dat het slechte karma zich opstapelde omdat ze heel even had doen voorkomen dat zijn dood een andere oorzaak had gehad. Maar nood breekt wet.

'Heeft hij ook Vietnamezen gedood?' vroeg Mei, die plotseling ernstig was geworden, zoals altijd wanneer iemand binnen gehoorsafstand misschien respectloos was over iemand van Aziatische afkomst.

Rachel liet afkeurende geluiden horen. 'Engelse soldaten hebben toch niet in Vietnam gevochten? Australiërs wel. Mijn vader ...'

'Mijn grootvader was Amerikaan', zei Amanda, want dat deel was waar.

Mei keek Rachel aan. 'O ja?'

'Van je moeders kant?' vroeg Rachel, die verbaasd keek op een manier die Amanda weer verbaasde.

'Nee, van mijn vaders kant', zei ze. 'Mijn vader is Amerikaan.'

'Ach, welnee', zei Rachel. 'Jouw vader is toch Brits? Ik heb hem toch ontmoet? Meer dan eens? Wat ben je toch een leugenaar, Amanda. Dat is niet slim en het is niet grappig.'

'Neem me niet kwalijk', zei Amanda. 'Ik weet, denk ik, toch echt wel welke nationaliteit mijn vader heeft.'

'Mij best', zei Rachel en ze nam een slok koffie.

'Misschien bedoel je je stiefvader', zei Mei, die er kennelijk over inzat dat ze te onaardig waren.

'Mijn stiefvader is ook Amerikaan', zei Amanda en ze trok haar wenkbrauwen samen. 'Mijn moeder valt duidelijk op een bepaald type.' Dat was ook niet waar. Hank was weliswaar Amerikaan, maar hij was groot, breedgebouwd en zwart. Zelfs als George een vrouw was geweest, had hij niet meer van hem kunnen verschillen. 'Mijn moeder is Brits, maar mijn vader is echt Amerikaan.'

Rachel trok alleen haar wenkbrauwen op en bleef naar meneer Drie Uur kijken.

'Vraag het zijn nieuwe vriendin als jullie mij niet geloven', zei Amanda, maar zachtjes, omdat ze de moed had opgegeven.

'Zijn nieuwe vriendin?' vroeg Rachel, verrassend scherp.

'Heeft hij verkering?' vroeg Mei met open mond. 'Op zijn leeftijd?'

'Hij is achtenveertig', zei Amanda. 'Zelfs niet te oud voor een van jullie.'

'Gadver', zei Rachel. 'Doe niet zo onsmakelijk.' Met haar vinger wipte ze nog een olijf uit haar pasta. 'Wat is het voor iemand? Die nieuwe, aankomende stiefmoeder van je?'

Dat vroeg Amanda zich ook af. George was deze week nog verstrooider geweest dan anders. Hij had haar eerst gebeld met een verhaal dat ze niet helemaal kon volgen over een vogel die in zijn achtertuin was neergestreken en toen weer was weggevlogen, maar ze had hem er uiteindelijk van kunnen overtuigen dat het een droom moest zijn geweest. En vanochtend had hij ineens verteld dat hij uitging met een nieuwe vrouw die zijn zaak was binnengelopen. Hij had zo openhartig en kwetsbaar geklonken dat de bezorgdheid over wat er onvermijdelijk zou gebeuren – hij was immers George – haar een wat misselijk gevoel had bezorgd.

'Een nieuwe stiefmoeder kun je haar nauwelijks noemen', zei Amanda. 'Ze hebben pas een paar afspraakjes gehad en ik heb haar nog niet eens ontmoet. Ik weet alleen dat ze Kumiko heet en ...'

'Kumiko?' zei Rachel. 'Wat is dat nou weer voor een naam?'

'Een Japanse naam', zei Mei, met ogen als laserstralen. 'Een veelvoorkomende naam.'

'Dat weet ik niet precies, maar uit wat hij zo vertelt, lijkt ze me heel aardig.'

'Als ze met jouw zogenaamd Amerikaanse vader kan opschieten, moet dat wel', zei Rachel en ze dronk het restant van haar wijn op.

'Wat bedoel je dáár nou weer mee?' wilde Amanda vragen, maar ze kwam niet verder dan 'Wat bedoel je ...' toen een voetbal zo hard tegen haar achterhoofd knalde dat ze bijna voorover in de picknickmand belandde.

'Sorry', zei meneer Drie Uur, die zich energiek bukte om de bal te pakken.

'Jezus, kun je niet uitkijken?' zei Amanda met een hand tegen haar achterhoofd, maar ze zweeg toen ze Rachel op haar alleraantrekkelijkst zag lachen en haar tieten naar voren zag duwen als een offergave.

'Trek het je niet aan', zei Rachel. 'Ze verdiende het, want ze zat leugens te verkopen.'

Meneer Drie Uur lachte en streek een lok haar uit zijn ogen. 'Is dit een picknick alleen voor dames of mag een schooier er ook bij komen zitten?'

'Een schooier erbij zou een verbetering zijn', zei Rachel. 'Wil je wat calamares? Ze zijn van Marks & Spencer's.'

'Daar zeg ik geen nee tegen', zei hij en hij plofte naast Amanda neer op het gras en gooide daarbij haar Diet Coke om. Hij verontschuldigde zich niet. Rachel schepte al wat calamares voor hem op een servet.

Amanda hield nog steeds haar hand tegen haar achterhoofd. 'Wat olijfolie?' vroeg ze met een uitgestreken gezicht.

'Ja, lekker', zei hij, zonder haar zelfs maar aan te kijken.

Voorzichtig pakte ze het flesje olijfolie en gaf het hem terwijl ze zo onschuldig mogelijk keek. 'Je moet hem eerst wel even schudden.'

Dat deed hij.

'Hoe kan dát nou?' zei Mei.

Wanneer hij zijn mes pakte en in de pagina's van een boek sneed, voelde dat als zo'n taboe, zo'n vergrijp tegen alles wat hem lief was, dat George nog steeds half verwachtte dat ze zouden gaan bloeden.

Hij hield van tastbare boeken met dezelfde gretigheid waarmee andere mensen van paarden, wijn of progrock hielden. Hij was nooit warmgelopen voor e-boeken, omdat ze een boek leken te reduceren tot een computerbestand, en computerbestanden waren wegwerpdingen, dingen die je nooit echt kon bezitten. Hij had geen e-mails meer van tien jaar geleden, maar nog wel alle boeken die hij dat jaar had gekocht. Bovendien, wat was prachtiger dan een boek? De verschillende soorten papier, glad of ruw onder je vingers. De rand van de bladzijde die tegen je duim drukte wanneer je een nieuw hoofdstuk opensloeg. De manier waarop je bladwijzer – fraai, bescheiden, een stukje kladpapier, een snoepwikkel – zich erdoorheen bewoog en markeerde hoe ver je gekomen was, telkens iets verder wanneer je het boek dichtsloeg.

En hoe ze op de plank stonden! Gerangschikt naar de bevlieging van dat moment. George had nu een eenvoudige bevlieging – op auteursnaam, chronologisch binnen die naam – maar in de loop van de jaren had hij ze ook gerangschikt naar grootte, onderwerp of bindwijze. Allemaal daar in de kast, te veel, niet genoeg, hun verhalen erin voortrazend, of er nu een lezer was of niet: Dorothea Brooke die altijd weer haar verbijsterende keus voor een echtgenoot maakte, de regen van bloemen die altijd de begrafenis van Jose Arcadio Buendia luister bijzette, Hal Incandenza die altijd maar weer Eschaton speelde op de tennisvelden van Enfield.

Hij had een keer een reportage gezien over zandmandala's die door Tibetaanse boeddhistische monniken werden gemaakt. Adembenemend mooie creaties, soms van maar een meter doorsnee, soms zo groot als een kamer. Verschillende kleuren zand, die door monniken met rietachtige buisjes met grote zorgvuldigheid tot symmetrische patronen werden geblazen, en laagje na laagje werden opgebouwd, een proces van weken, tot het klaar was. Dan werd de mandala in overeenstemming met de boeddhistische opvatting over materialisme vernietigd, maar aan dat aspect ging George liever voorbij.

Wat hem interesseerde was dat de mandala een reflectie hoorde te zijn van de innerlijke staat van de monnik – tenzij hij het helemaal verkeerd begrepen had, wat ook mogelijk was. Het innerlijke wezen van een monnik, hopelijk een vredige, uitgespreid in een prachtige, kwetsbare vorm. De ziel als schildering.

De boeken langs de wanden in Georges huis waren zijn zandmandala. Wanneer ze allemaal op hun plaats stonden, wanneer hij met zijn hand over hun rug kon strijken, er een van de plank kon pakken om te lezen of te herlezen, waren ze de vredigste reflectie van zijn innerlijke staat. En zo niet van zijn innerlijke staat, dan in elk geval van de innerlijke staat die hij had willen hebben. En welbeschouwd was het met de monniken misschien niet anders gesteld.

En toen hij dus zijn allereerste snede in de pagina's van een boek maakte, toen hij begon te snijden in een oude paperback die hij bij de vuilnisbakken achter de winkel had gevonden, voelde het als een onhandige stap in de richting van zijn mandala. Een godslastering. Een ontheiliging van het goddelijke. Of misschien van het vrijmaken daarvan.

Het voelde hoe dan ook … boeiend.

Hij had zichzelf nooit als een kunstenaar gezien en zag zichzelf ook nu niet als zodanig, maar hij had altijd best aardig kunnen tekenen. Hij kon met enige bedrevenheid een gezicht schetsen – hij was alleen niet zo goed in handen, maar wie was dat wel, afgezien van John Singer Sargent? – en hij had tijdens zijn studie met houtskool zelfs naaktschetsen gemaakt van Clare, die languit tegen een kussen rustte en er niet in slaagde de veren hoofdtooi stil te houden die ze god weet waar had opgedoken. Meestal was dat natuurlijk een aanloop tot vrijen, maar daar werden de tekeningen niet slechter door, en misschien waren ze een symbool van hun uiteindelijke huwelijk, omdat ze begreep wat voor iemand hij in wezen was.

'Dat is helemaal niet slecht', zei Clare dan wanneer ze naar zijn schetsblok keek en het overhemd uit zijn broek trok. En wat daarop volgde, was altijd ontspannen en leuk en vervuld van de juiste soort vreugde.

Toen ze getrouwd waren, was hij blijven schetsen en tekenen, zelfs toen hij zijn zaak begon en zij de carrièreladder van het justitiële systeem beklom – ooit zou ze rechter worden, daar waren ze allebei van overtuigd – maar hij was maatschappelijk nooit opgeklommen zoals Clare (vriendelijk, bemoedigend, hoopvol) bleef denken dat hij zou doen. Hij bleef schetsen, maar er werden steeds minder naakten in houtskool gemaakt, de hoofdtooi werd niet meer teruggevonden en de lome middagen liepen voortijdig uit op een middagdutje zoals mensen van middelbare leeftijd doen.

Clares nieuwe echtgenoot, Hank, was de manager van een reusachtig hotel van een Amerikaanse keten. George had geen idee of hij tekende.

Na de scheiding bleef George schetsen, soms niet meer dan wat gedoedel terwijl hij aan het bellen was, soms pakte hij een paar vellen van het betere papier uit de voorraad van de winkel en probeerde een door zonlicht beschenen boom te tekenen of een parkbankje in de regen of een ongekend lelijk paar schoenen dat Mehmet een keer had laten staan na een mislukte auditie voor *The Lion King*. Maar meer ook niet. Niets meer dan potloodlijnen, soms iets in inkt, maar tegenwoordig nooit meer in houtskool.

Totdat hij het boek vond. Hij had het makkelijk over het hoofd kunnen zien. Het was achter de vuilnisbakken gevallen, en hij had het alleen maar opgemerkt toen hij de restanten van een weggegooide lunch opruimde die een gelukkige duif de halve steeg door had gezeuld. Het was er een van John Updike dat hij nooit had gelezen (hij had nog nooit iets van John Updike gelezen) en dat *In the Beauty of the Lilies* heette. Hij had het behoorlijk gehavende boek mee naar binnen genomen en had door de aangetaste bladzijden gebladerd. Veel bladzijranden waren aan elkaar geplakt nadat ze de regen hadden doorstaan, maar met ongeveer de helft van het boek was nog iets te doen.

Hij werd overvallen door de impuls om iets te tekenen op een van de bladzijden. Het leven van het boek was ten einde, het was praktisch onleesbaar, maar toch leek erop tekenen zowel verleidelijk vandalistisch, maar misschien ook – en dat voelde steeds juister – een manier om het te ruste te leggen, het een fatsoenlijke uitvaart te geven, alsof hij muntjes in de ogen naaide. Maar toen hij zijn potlood naar een van de vrijwel lege pagina's bracht, bedacht hij zich.

Een snijmes zou beter zijn.

Zonder al te lang stil te staan bij het waarom daarvan zocht hij in zijn bureauladen tot hij het mes had gevonden dat hij gebruikte voor het bijsnijden en inkepen wanneer een opdracht echt fysiek geassembleerd moest worden, zo zeldzaam in deze tijd van digitale ontwerpen, iets waar hij zich overigens niet tegen verzette omdat het sneller was en hem meer vrije tijd gaf om te doedelen, te prutsen en te dromen. Hij richtte zich weer op het boek dat op zijn werktafel lag.

Het was zaterdagochtend. Hij moest nu eigenlijk de zaak openen, maar hij zette het mes op de pagina. Hij zoog zijn adem in toen hij sneed en verwachtte half dat het boek hetzelfde zou doen. Dat gebeurde niet, maar toch stopte hij even na die eerste snede om te zien wat hij had gedaan.

En toen ging hij verder.

Hij sneed en sneed, smalle repen, bredere, gebogen en hoekige repen, waarvan sommige scheurden, waarvan er eigenlijk heel wat scheurden, totdat hij gewend raakte aan hoe dit speciale papier meegaf. Nog veel meer repen hadden gewoon niet precies de juiste vorm, en dus bleef hij snijden, diep in de woorden van John Updike (hij las er snippers van wanneer hij even stopte, de alinea's met hun verbijsterende aantal puntkomma's waarin niet bijzonder veel gebeurde).

Na een poosje opende hij de zaak en liet de klanten over aan de genade van Mehmet terwijl hij zich met verbazende inzet op het snijwerk richtte en de uren zich aaneenregen zoals ze maar zelden doen. Hij wist niet precies wat voor vormen hij eigenlijk aan het maken was, maar aan het eind van de middag, toen Mehmet stond te trappelen om naar huis te gaan en zich voor te bereiden op een zaterdagavond stappen, bracht hij de scherpst uitgesneden vormen bij elkaar op een zwart vierkant stuk papier en kreeg voor elkaar dat ze de vorm aannamen die hij voor zich begon te zien. Hij legde ze niet op elkaar en liet ze niet reiken naar het driedimensionale, maar legde ze gewoon vlak op het papier, waarbij ze elkaar niet eens altijd raakten, en verschoof ze tot ze de vorm benaderden die goed voelde, en de verspreide woorden en delen van woorden keken naar hem terug als door kleine gebogen vensters op de wereld die binnen het boek was ontstaan.

'Een lelie', zei Mehmet, die rakelings langs hem heen liep om zijn jas te pakken.

'Wat?' zei George, verrast knipperend, omdat hij bijna was vergeten waar hij was.

'Het lijkt op een lelie', zei Mehmet langzaam, alsof hij tegen een comapatiënt sprak. 'De lievelingsbloem van mijn moeder. Wat vrij veel over haar zegt, als je het mij vraagt. Ruikt lekker, maar geeft snel vlekken.'

Mehmet hees zich in zijn jas en vertrok, maar George bleef

er nog lang zitten en keek naar het snijwerk.

Een lelie. Duidelijk een lelie. Uit een boek dat *In the Beauty of the Lilies* heette.

Hij lachte geïrriteerd omdat het zo voor de hand liggend was, precies de oppervlakkigheid van visie die hem altijd in de weg had gestaan om een echte kunstenaar te worden, dacht hij, en hij wilde alles al in de prullenbak vegen.

Maar hij hield zich in. Het was eigenlijk wel een erg goede lelie.

En zo begon het. Hij begon de uitverkoopbakken van twee-dehandsboekwinkels af te struinen en kocht alleen de meest beschadigde, minst geliefde en minst sympathieke boeken. Hij was er niet echt op uit om thematische collages te maken – in de hoop een herhaling van de weinig subtiele lelie te vermijden – maar soms werd zijn fantasie geprikkeld door een regel op een bladzijde van een zestig jaar oude, halfbeschimmelde Agatha Christie en sneed hij een alinea uit in de vorm van een hand waarin een uit vele zinnen bestaande sigaret bungelde. Of een horizon van letters met drie haiku-achtige manen uit de pagina's van een sciencefictionroman waar hij nog nooit van gehoord had. Of één enkele gestalte die een klein kind droeg, slechts gemarkeerd door één enkele 'i' van 'Deel i' van een geschiedenis van het beleg van Leningrad.

Het eindresultaat liet hij alleen aan Amanda zien – Mehmet zag ze allemaal, omdat hij in de zaak werkte, maar dat was iets anders dan 'laten zien' – en ze reageerde er beleefd op, wat ontmoedigend was, maar toch ging hij ermee door. Hij experimenteerde met lijmsoorten om erachter te komen hoe hij ze het beste op de achtergrond kon plakken en probeerde uit of ze achter glas moesten of beter niet, met lijst, zonder lijst, met passe-partout of zonder, klein of groot. Soms probeerde hij een silhouet te maken van één enkele uitsnede en produceerde één keer een vrijwel volmaakte roos (als eerbetoon aan zijn lelie, uit een vrijwel uit de band vallend exemplaar van Iris Murdochs *Een wilde roos*), maar vaker kreeg hij resultaten zoals de erg op een struisvogel lijkende kraanvogel die Mehmet toevallig had gezien.

Hij had geen ambities om er iets mee te doen en zou zelf nooit gedacht hebben dat ze goed genoeg waren om aan het publiek te laten zien, maar het was een manier om de tijd te doden. Ze zetten zijn handen aan het werk, soms enigszins los van wat er in zijn hoofd omging, en het leidde altijd ergens toe, een mysterie dat pas werd onthuld, soms ook voor hem, op het moment dat de stukjes op een vlakke achtergrond bij elkaar werden gebracht. Hij voltooide ze op verschillende manieren en bewaarde ze in een hoekje van het magazijn waar Mehmet gelukkig nooit rondkeek.

Ze waren leuk, en soms iets meer dan dat, maar meestal was het niet veel soeps, hij zou de eerste zijn om dat toe te geven, hoewel hij ook zou benadrukken dat het zíjn niet veel soeps was.

Tot de dag waarop Kumiko was gekomen. En alles veranderde.

Ze had een koffertje bij zich, een kleintje, dat je zou kunnen zien – het beeld kwam zo snel in zijn hoofd op dat het hem afleidde – aan de arm van een filmheldin uit de jaren veertig op een treinstation: het koffertje nauwelijks meer dan een kleine doos, overduidelijk leeg, zodat de actrice er niet vermoeid door zou raken, hangend aan een hand met smetteloos witte handschoenen. Maar toch duidelijk een koffer en geen aktentas of handtas.

Ze was kleiner dan gemiddeld zonder echt klein te zijn, had lang, donker haar dat golvend tot op haar schouders hing, en lichtbruine ogen die hem zonder te knipperen aanstaarden. Als je het hem op dat moment zou hebben gevraagd, had hij niet kunnen raden waar ze vandaan kwam. Ze droeg een eenvoudige witte jurk in dezelfde tint als de jas die ze over haar vrije arm had, ook net als een filmheldin uit de jaren veertig die op de trein wacht. Ten slotte droeg ze een rood dophoedje, een anachronisme dat op de een of andere manier bij de rest paste.

Haar leeftijd was al net zo moeilijk te schatten als haar afkomst. Ze zag er jonger uit dan hij, vijfendertig misschien? Maar terwijl hij haar stond aan te gapen omdat zijn spraakvermogen het even liet afweten, deed iets in haar houding, iets aan de precieze eenvoud van haar jurk, aan de vaste blik waarmee ze hem nog steeds aankeek, ineens denken aan een figuur uit het verleden: een dame met uitgestrekte landgoederen en aanzien tijdens een oude Schotse oorlog, een Franse edelvrouwe die was weggezonden om een huwelijk aan te gaan in de wildernis van Zuid-Amerika, de geduldige dienares van een bijzonder lastige godin …

Hij knipperde en ze werd weer een vrouw. Een vrouw in een eenvoudige witte jurk. Met een hoed die zowel negentig jaar uit de mode leek als een voorbode van het allernieuwste.

'Kan ik u …?' wist hij eindelijk uit te brengen.

'Ik heet Kumiko', zei ze.

In het eenentwintigjarige bestaan van de kleine drukkerij was nog nooit iemand een bestelling op deze manier begonnen.

George zei: 'Ik ben George.'

'George', zei ze. 'Ja. George.'

'Kunnen we je ergens mee helpen?' vroeg George, die heel, heel graag wilde dat ze niet weg zou gaan.

'Ik vroeg me af', zei ze en ze zette het koffertje op de toonbank, 'of je me zou kunnen adviseren hoe ik hier het beste een kopie van kan maken.'

Bij nadere inspectie zag het koffertje eruit alsof het van bordkarton was, maar ook als het kostbaarste soort bagage dat George ooit had gezien. Ze maakte het open, gespte leren riempjes los en haalde een stapeltje grote kaarten tevoorschijn, allemaal ongeveer van A5-formaat en allemaal zwart, vergelijkbaar met sommige die George voor zijn eigen boek-collages had gebruikt.

Ze legde er vijf voor George neer, een voor een.

Het waren prenten, duidelijk eigen werk, te oordelen naar de manier waarop ze ernaar keek, met die merkwaardige combinatie van verlegenheid en moed van een kunstenaar die uit is op een reactie, positief of negatief. Op het ene ni-veau waren het niets meer dan prenten van mooie dingen, ge-plaatst tegen de achtergrond van een stevig karton. Maar bij nadere beschouwing, als je beter keek ...

Allemachtig.

Een ervan was een watermolen, maar bij lange na niet zo zoetelijk als 'watermolen' doet vermoeden. Een watermolen die bijna leek te draaien door de beek die erdoorheen stroom-de, een watermolen die niet in de verbeelding bestond, maar ergens op een specifieke plek in de wereld, een echte water-molen, een ware watermolen, in de nabijheid waarvan zich de grote en vreselijke tragedies van het leven konden hebben afgespeeld. En toch ook gewoon een watermolen, en mooi bovendien.

De volgende was een draak, deels Chinees van stijl, maar met vleugels zoals in Europese mythen, vastgelegd in volle vlucht – zijn oog keek de beschouwer met boosaardige on-heilsblik aan. Net als de watermolen was het op de rand van kitsch, het soort toeristenrommel die je voor een habbekrats bij een kraampje op straat kon kopen. Maar het overschreed die grens niet. Dit was de draak waar die nepdraken van droomden, het lijvige, zware, levende, ademende dier achter de mythe. Deze draak kon je bijten. Deze draak kon je ver-slinden.

De andere waren hetzelfde, op de rand van goedkope vul-gariteit, maar ook heel duidelijk niet. Een feniks die oprijst uit een bloemknop. Op hol geslagen paarden die een heuvel af denderen. De wang en de nek van een vrouw die wegkijkt van de kunstenaar.

Ze hadden er goedkoop uit moeten zien. Ze hadden er smakeloos en als huisvlijt uit moeten zien. Ze hadden er moeten uitzien als de ergste rotzooi die je op een kofferbakmarkt kunt kopen, het werk van een dikke, moedeloze vrouw met geen andere opties dan een vroege dood door alcohol.

Maar deze. Deze waren adembenemend.

En wat Georges hart sneller deed slaan, wat zijn buik het gevoel gaf of hij een fladderende ballon had ingeslikt, was dat het geen tekeningen of houtsnijwerk of schilderijen of aquarellen waren.

Het waren collages. Elk gemaakt van wat flintertjes van een ongelofelijk scala aan veren leken.

'Dit zijn ...' zei George, die niet kon bedenken wat hij precies wilde zeggen, daarom herhaalde hij het gewoon nog maar een keer. 'Dit zijn ...'

'Ze zijn nog niet helemaal zoals ik wil', zei Kumiko. 'Ze missen iets. Maar ze zijn van mij.'

Ze leek te aarzelen nu ze zag hoe aandachtig George de voorstellingen bestudeerde. Hij keek ernaar alsof hij het slachtoffer van een ontvoering was en zij het langverwachte losgeld. Hij had het gevoel dat hij zijn evenwicht verloor, alsof hij een duizelingwekkende klap tegen zijn oren had gekregen, en om steun te vinden legde hij zijn handen op de toonbank.

'O!' zei Kumiko, en hij zag haar glimlachend naar zijn linkerhand kijken.

Daarin hield hij zijn eigen collage die hij voor Mehmet had proberen te verbergen, erg onvakkundig, pijnlijk amateuristisch in vergelijking. Hij wilde hem weer wegstoppen, maar haar ogen rustten er al op, en zonder minachting of spot.

Haar ogen keken verrukt.

'Je hebt een kraanvogel gemaakt', zei ze.

Ze kwam 'overal en nergens' vandaan, zei ze toen hij haar er die avond tijdens een etentje naar vroeg, en ze was een soort leerkracht geweest. In het buitenland. In ontwikkelingslanden.

'Dat klinkt nobel', zei ze. 'Ik wil niet dat het zo klinkt. Als een dikdoenerige vrouw die haar diensten aanbiedt aan zielige minderbedeelden die haar adoreren. Daar klopt niets van. Zo was het helemaal niet. Het was ...'

Ze maakte haar zin niet af, maar keek naar de dominant aanwezige donkere houten betimmering van de wanden en het plafond. Om redenen die hij zelf niet begreep, had George haar meegenomen naar een formeel ouderwets 'Engels' restaurant, waar mannen in jacquet hadden kunnen dineren, grofweg tussen 1780 en 1965. Op een bordje boven de deur stond 'GEVESTIGD SINDS 1997'. Het had hem verbaasd dat ze op zijn uitnodiging was ingegaan, verbaasd dat ze op zo'n korte termijn beschikbaar was geweest, maar ze vertelde dat ze nieuw was hier en op het moment niet overliep van de vrienden.

Dat woord had ze gebruikt. Overliep.

'Het lesgeven,' zei ze met rimpels in haar voorhoofd, 'de interactie, moet ik zeggen, was elke dag tegelijkertijd hallo en tot ziens. Begrijp je wat ik bedoel?'

'Ik heb geen flauw idee', zei George. Ze sprak met een accent dat hij niet kon thuisbrengen. Frans? Frans/Russisch? Spaans? Maltees? Zuid-Afrikaans? Nepalees? Canadees? Maar ook Engels, en mogelijk Japans, net als haar naam, maar ook geen van alle of allemaal tegelijk, alsof elke plaats waar ze naartoe was gereisd haar niet had willen laten gaan en zich in haar stem had genesteld om haar te dwingen iets ervan mee te nemen. Dat gevoel begreep hij wel.

Ze lachte naar hem, maar op een vriendelijke manier. 'Ik hou er niet van om zo veel over mezelf te praten. Laat het genoeg zijn dat ik heb geleefd en dingen heb veranderd en zelf ben veranderd. Net als iedereen.'

'Ik kan me niet voorstellen dat jij ooit iets zou hoeven te veranderen.'

Ze schoof wat rosbief over haar bord zonder ervan te eten. 'Ik ben ervan overtuigd dat je meent wat je zegt, George.'

'Dat ging te ver. Het spijt me.'

'En daar ben ik ook van overtuigd.'

Ze had een relatie, misschien zelfs een huwelijk, gehad waar een eind aan was gekomen, en naar het leek niet op een vriendschappelijke manier, zoals de zijne met Clare. Daar wilde ze ook niet over praten. 'Het verleden is altijd vervuld van zowel vreugde als verdriet, en die dingen zijn privé en misschien geen gespreksstof voor een eerste afspraakje.'

Hij was zo blij geweest dat ze het een 'eerste afspraakje' had genoemd dat hij verscheidene van haar volgende zinnen miste.

'Maar nu jij, George', zei ze. 'Je bent niet van hier, of wel?'

'Nee', zei hij verbaasd. 'Ik ben …'

'Amerikaan.' Ze leunde achterover in haar stoel. 'Dus jij hoort hier misschien ook niet helemaal thuis.'

Ze vertelde dat ze collages was gaan maken tijdens haar reizen. Verf en penselen waren te lastig en te duur om mee te slepen van plaats naar plaats, daarom had ze eerst stoffen gebruikt die ter plekke voor handen waren – batik of geweven stof of wat er maar was – en was toen min of meer bij toeval overgestapt op veren nadat ze in Paramaribo of Vientiane of Quito of misschien ook wel Shangri-La een marktkraam had gezien waar alle denkbare kleuren veren werden verkocht en nog meer, sommige met kleurschakeringen die zo onwaarschijnlijk waren dat ze nauwelijks van een dier afkomstig leken.

'En wat was het achteraf bezien ongelofelijk,' zei ze, 'dat ik dat kraampje tegenkwam. Veren zijn moeilijk te vinden en duur. Maar daar waren ze, vastgespeld op de wanden van een kraam van een arme marktkoopman, in de bloedhitte. Ik was als betoverd. Ik kocht er zo veel als ik mee kon nemen, en toen ik de volgende dag terugging, was de kraam er niet meer.'

Ze nam een slokje muntthee, een rare keus om bij rosbief te drinken, maar ze had de rode wijn die George uit alle macht niet te snel probeerde te drinken steeds geweigerd.

'Je voorstellingen zijn …' begon George, maar daarna stokte hij.

'En alweer een zin die je niet kunt afmaken.'

'Nee, ik wilde zeggen dat ze …' Het woord wilde hem nog steeds niet te binnen schieten. 'Ze zijn …' Er lag een glimlach op haar gezicht, en ze keek een beetje verlegen bij het naderende commentaar op haar werk, maar ze was mooi, zo mooi, zo mooi en vriendelijk en ze keek George recht aan, zodat hij, wat kon het ook schelen, vervolgde: 'Ze zijn als een stukje van mijn ziel.'

Haar ogen sperden zich een beetje open.

Maar ze lachte hem niet uit.

'Heel aardig van je, George', zei ze. 'Maar dat zie je verkeerd. Ze zijn als een stukje van míjn ziel.' Ze zuchtte. 'Mijn voorlopig nog incomplete ziel. Ze missen iets. Ze zijn er bijna, maar er … ontbreekt iets.'

Ze keek in haar theekopje alsof het ontbrekende daar zou kunnen zijn.

Ze was onbestaanbaar. Onbestaanbaar mooi, het was onbestaanbaar dat ze met hem sprak, maar ze was ook onbestaanbaar aanwezig, zozeer zelfs dat ze niets anders dan een droom kon zijn. Haar voetzolen moesten wel een centimeter boven de grond zweven. Haar huid zou van glas blijken te zijn dat verbrijzelde zodra je het aanraakte. Als hij beter zou kijken, zouden haar handen op zijn minst doorschijnend zijn, helder genoeg om doorheen te kunnen lezen.

Hij boog zich spontaan naar voren en nam haar hand in de zijne. Ze liet het toe, en hij bekeek hem aandachtig, van voren en van achteren. Er was natuurlijk helemaal niets bijzonders aan, gewoon een hand (maar háár hand, de háre) en gegeneerd legde hij hem weer terug. Maar zij liet de zijne niet los. Ze bekeek zijn hand op dezelfde manier, keek naar zijn ruwe huid, naar de haartjes die zo onaantrekkelijk op de bovenkant van zijn vingers groeiden, naar de nagels die hij tientallen jaren lang zo kort had afgebeten dat ze weinig meer waren dan verzakte zerken op zijn vingertoppen.

'Het spijt me', zei hij.

Voorzichtig liet ze zijn hand los en pakte het koffertje dat op de grond naast haar stoel stond. Ze haalde er de kleine creatie uit van Georges kraanvogel. In de winkel had ze gevraagd of ze die mocht hebben. Ze hield hem in de palm van haar hand.

'Ik vraag me af of ik iets onbeschaamds zou mogen doen', zei ze.

De volgende dag was een nachtmerrie. Het terughalen van de T-shirts met de poesjes van de Brookman-feestgangers was verrassend moeilijk gebleken, want ze vonden ze, al even verrassend, erg leuk.

'Wat is er nou leuker dan tien legerofficieren die een veel te strak lichtblauw T-shirt aan hebben met een masturberend poesje op de voorkant?' had Brookman aan de telefoon gezegd.

George kon heel wat dingen bedenken. 'Maar het vrijgezellenfeestje van O'Riley rekent er min of meer op. Ze zijn gepersonaliseerd voor iedere ...'

'Ja, dat weten we! We hebben de namen al verdeeld. De getuige wordt Tieten, dat staat al vast.'

Uiteindelijk had George op zijn kosten in de stad een T-shirtdrukker voor een fikse prijs nog een partij shirtjes laten maken voor het vrijgezellenfeest van de vrouwen en hoopte uit alle macht dat zij niet ook ineens een goedkoop Easy Jet-

83

reisje naar Riga hadden geboekt. Intussen deed Mehmet alsof hij buikklachten had omdat hij vroeg weg wilde, wat hij op vrijdag regelmatig deed, en George had de hele dag lopen malen over het vrijwel niet te bevatten gegeven dat Kumiko nog een mobieltje moest kopen dat het in dit land deed, wat betekende dat hij haar niet kon bellen of sms'en of zich kon kwellen met de vraag of hij haar moest bellen of sms'en of zich kon kwellen met de vraag of hij haar juist niet moest bellen of sms'en, en hij had een punt bereikt waarop hij bijna gek werd omdat hij niets anders had dan haar woord dat hij haar ooit nog zou terugzien.

En toen kwam ze natuurlijk binnenwandelen.

'Mijn onbeschaamdheid', zei ze en ze legde het koffertje op de toonbank voor in de zaak.

Ze pakte er de bevederde kaart van de draak uit: witte, dicht verweven reepjes veer en schacht op een effen zwarte achtergrond.

En aan de draak had ze zijn papieren kraanvogel toegevoegd.

'Godallemachtig', zei Mehmet ernstig terwijl hij over Georges schouder keek. 'Dat is fantastisch.'

George zei niets, want als hij dat deed, zou hij in tranen uitbarsten.

'Het is een picknick', zei Amanda de volgende ochtend terwijl ze JP aan George overhandigde als een naar koekjes ruikende bundel.

'*Grand-père!*' riep JP.

'Beetje koud voor een picknick, vind je niet?' vroeg George, nadat hij JP had gekust en mee naar binnen had genomen. Amanda liep ook naar binnen, maar ging niet zitten.

Hij zag haar een blik werpen op de overvloed aan paperassen, kleding en boeken die zijn huiskamer niet tot de meest kindvriendelijke plek ter wereld maakte. Het maakte niet uit.

JP was dol op George, en George was dol op zijn kleinzoon. Ze hadden samen in de gevangenis kunnen zitten en er nog een leuke dag van kunnen maken.

'Niet voor Rachel en Mei', zei Amanda.

'Rachel?' vroeg George.

'Je weet wel', zei ze. 'Die vrouw van mijn werk die een paar maanden geleden op mijn verjaardag was. Mei ook. Allebei knap om te zien, allebei een beetje bozig. Rachel nog het meest.'

'Ja', zei George en hij gooide een giechelende JP omhoog in zijn armen en ving hem weer op. 'Ik geloof dat ik weet wie ze zijn.'

'We gaan in de zon zitten. We kijken naar mannen. We drinken wijn.'

'Klinkt leuk.'

'Ze hebben de pest aan me. En ik heb, geloof ik, de pest aan die twee.'

'Ik heb iemand ontmoet', zei hij, zo snel dat het duidelijk moest zijn geweest dat hij zich niet langer kon bedwingen. 'Ze heet Kumiko.'

Amanda's gezicht verstarde even. 'Oké.'

'Ze kwam in de winkel. We zijn gisteravond en eergisteravond uit geweest. En vanavond hebben we weer een afspraak.'

'Drie avonden achter elkaar? Jullie zijn toch geen tieners?'

'Ik weet het, ik weet het, het is allemaal veel tegelijk, maar ...' Hij zette JP op de bank en bedolf hem onder stoffige oude kussens, zodat hij moest ontsnappen, een spelletje waar JP gek op was.

'Maar?' vroeg Amanda.

'Niets', zei George schokschouderend. 'Niets. Ik vertel je alleen maar dat ik een leuke vrouw heb ontmoet.'

'Oké', zei Amanda nog eens, bedachtzaam. 'Ik kom hem voor vieren weer ophalen.'

'Goed, want …'

'Want je hebt een afspraakje, ik snap het.'

Maar George geneerde zich niet en voelde zich zo vol zonneschijn dat hij er niet eens verlegen onder werd. 'En wacht maar af,' zei hij, 'wacht maar af tot ik je de draak en de kraanvogel laat zien.'

Die avond kuste hij Kumiko. Heel even was ze beslist degene die gekust werd, maar toen kuste ze hem terug.

Zijn hart jubelde.

'Ik begrijp het niet', zei hij enige tijd later tegen haar toen ze samen onder de lakens lagen die hij niet eens had verschoond, omdat het geen moment bij hem was opgekomen dat zoiets als dit zou kunnen gebeuren. 'Wie bén je?'

'Kumiko', zei ze. 'En wie ben jij?'

'Ik zal het je eerlijk zeggen', zei George. 'Ik heb geen flauw idee.'

'Dan zal ik het je vertellen.' Ze draaide zich naar hem toe en pakte zijn hand alsof ze hem een zegen wilde geven. 'Je bent aardig, George. Het soort man dat zou vergeven.'

'Die wat zou vergeven?' vroeg hij.

Maar bij wijze van antwoord kuste ze hem en de vraag ging hopeloos verloren.

Ze wordt geboren als een wolkenzucht.

Ze ziet haar vader noch haar moeder – haar moeder is tijdens de bevalling overleden en is niet blijven talmen; haar vader is de wolk zelf, zwijgend, huilend, verteerd door verdriet – en daarom staat ze er alleen voor, op onbekende benen.

'Waar kom ik vandaan?' vraagt ze.

Het antwoord blijft uit.

'Waar moet ik heen?'

Het antwoord blijft uit, zelfs van de wolk, hoewel hij het weet.

'Mag ik op zijn minst vragen hoe ik heet?'

Na een moment van aarzeling fluistert de wolk het haar in het oor. Ze knikt en begrijpt het.

2 van 32

Ze vliegt uit.

3 van 32

De wereld beneden haar is jong, te jong om al helemaal te zijn samengegroeid. Ze bestaat uit eilanden van drijvende aarde, sommige verbonden door touwbruggen of overspanningen van bamboe, andere via hemelgewelven bereikbaar met roeiboten van papier, en weer andere waar ze alleen naartoe kan vliegen.

Ze strijkt neer op een eiland dat grotendeels uit grasland bestaat – de halmen buigen voor haar in de wind. Ze knijpt erin en zegt: 'Ja, zo is het.'

In het grasland is een meer. Ze gaat erheen, volgt het strand langs de oever totdat ze bij een rivier komt die daar ontspringt. Ze gaat op haar tenen staan en ziet dat de rivier over de rand van het eiland stroomt en als een stortvloed van woedend water uitmondt in de ruimte.

Waarom doet het water dat? denkt ze.

4 van 32

Op de oever aan de overkant staat een visser. Ze roept naar hem. 'Waarom doet het water zo? Zal het niet opraken, zodat er alleen nog lege aarde achterblijft?'

'Dit meer wordt gevoed door de tranen van kinderen die hun ouders hebben verloren, mevrouw', antwoordt de visser. 'Zoals u ziet.'

'O', zegt ze, en wanneer ze omlaag kijkt, ziet ze haar eigen gouden tranen in het water vallen, die kringetjes op het oppervlak van het meer maken.

'Het maakt de vis mals', zegt de visser, die een vis met glanzende gouden schubben ophaalt. 'Maar ze smaken wel naar verdriet.'

'Ik heb honger', zegt ze. 'Ik heb nog helemaal niets gegeten.'

'Kom maar bij het vuur, mevrouw', zegt de visser. 'Dan krijgt u uw portie smart.' Hij gooit de vis met de gouden schubben in zijn mand; de kieuwen happen vruchteloos naar lucht. 'En daarna zult u me misschien wel beminnen om uw dankbaarheid te tonen', zegt hij bijna verlegen, maar niet meer dan dat.

Hij lacht naar haar. Zijn lach is vervuld van lelijke hoop.

Bij wijze van antwoord buigt ze het hoofd en vliegt naar hem toe terwijl haar vingers lichtjes over het wateroppervlak scheren, zodat achter haar twee lange, waterige pijlpunten ontstaan. Ze strijkt neer naast de visser, legt haar handen tegen zijn wangen en kust hem zacht op de lippen.

Het is een nieuwe ervaring. Natter dan verwacht.

'U wilt me in de val lokken', zegt ze tegen hem. 'Uw gedachten zijn zonneklaar. U zult de speer pakken die u naast uw mand met vis hebt liggen, en als ik u niet wil beminnen, zult u hem gebruiken om me te dwingen. U bent misschien niet eens een slecht mens, maar hebt misschien door eenzaamheid een verwrongen geest gekregen. Dat weet ik niet. Wat ik wel weet, is dat u in feite niet om mijn lichaam vraagt. U vraagt mijn vergiffenis.'

Het gezicht van de man trekt samen van verdriet. Hij begint te huilen. 'Ja, mevrouw. Het spijt me, mevrouw.'

'Ik geloof u', zegt ze. 'Ik vergeef u.'

Snel en genadig bijt ze de visser beide ogen uit en steekt twee scherpe vingers door zijn hart. Hij zijgt ineen op de modderige oever.

'U hebt me gedood, mevrouw', zegt hij met een blik op zijn lichaam dat zieltogend op de modder tussen hen in ligt. 'U hebt me bevrijd.'

'Met alle genoegen', zegt ze.

'Ik dank u, mevrouw', zegt de visser. 'Ik dank u.'

Er wervelt een windvlaag om hen heen, die de geest van de visser verspreidt, en de geest bedankt haar totdat hij haar niet meer bedanken kan.

Ze doet zich te goed aan zijn mand met vis. De vis smaakt naar verdriet, dat bitter is, maar niet onaangenaam. Wanneer ze verzadigd is, pakt ze de overgebleven vissen, zet ze terug in het water, maar houdt ze tussen haar handen totdat ze kronkelend tot leven komen en wegzwemmen. Als dat gedaan is, rolt ze ook het lichaam van de visser in het meer en wenst hem vaarwel als hij in de stroming terechtkomt en aan zijn laatste reis begint wanneer het woedende water hem in de ruimte tussen de eilanden werpt.

Ze bekijkt haar handen en keert ze om en om, als in verbazing over wat ze ermee heeft gedaan. Ze wast ze in de rivier en droogt ze af aan de stof van haar jurk.

Dan vliegt ze weer weg.

II

'Ik wil haar vragen om bij me in te trekken.'
'Ja, en ik wilde weten of ik JP zaterdag weer bij jou mag brengen. Ik moet een verkeerstelling doen in Romford, zie je het voor je? Op een záterdag. Er is een of ander sportevenement, ik weet het niet precies ...'
'Heb je gehoord wat ik zei?'
'Ja. Je gaat een schoonmaakster nemen. Blablabla. Ik moet hem wel gruwelijk vroeg komen brengen, nog voor zessen, maar dan slaapt hij makkelijk nog door tot acht uur, dus het is eigenlijk maar ...'
'Heb je gehoord om welke réden ik een schoonmaakster neem?'
'De reden? Ik heb geen idee. Om een schoon huis te krijgen? Wat is dat nou voor vraag ...'
'Ik denk erover om Kumiko te vragen of ze bij me wil intrekken.'
'...'
'...'
'Bij je ín wil trekken?'
'Ja. Dat zou ik graag willen.'
'BIJ JE IN WIL TREKKEN?'
'Ik weet dat het wat voortvarend is.'
'VOORTVÁREND? Je kent haar pas twee weken! Als het al twee weken is. Jullie zijn toch geen eendagsvliegen?'
'Amanda ...'
'Pap, je kraamt echt onzin uit. Je kent haar amper.'
'Dat is het nou juist. Ik wil haar leren kennen. Ik hunker er bijna naar.'
'En dat wil je zo aanpakken? Hoor eens, je bent verliefd, en ik ben blij voor je dat je verliefd bent, maar ik maak me er ook zorgen over, George. Je zult eraan kapotgaan. Je houdt van haar en die liefde is te groot en ze kunnen nooit zo veel

van jou houden als jij van hen, en je kunt haar echt niet vragen om nu bij je in te trekken, want dan weet ze niet hoe snel ze zich uit de voeten moet maken. En dat is logisch. Dat zou elke vrouw doen.'

'Ze is niet zomaar elke vrouw.'

'Dat kan zijn, maar tenzij ze van een andere planeet komt ...'

'Ik sluit het niet uit.'

'... zal ze denken dat je niet goed bij je hoofd bent.'

'Dat zou je niet zeggen als je haar ontmoet had. Het lijkt nu al zo natuurlijk, zo makkelijk ...'

'Kijk, daarom is het nou veel te vroeg voor jullie om te gaan samenwonen. Ik heb haar nog niet eens ontmoet.'

'Waarom ga je zaterdag niet met ons mee uit eten?'

'Omdat ik in Romford ben en ik JP hier moet brengen ...'

'Kom dan daarna, wanneer je hem ophaalt.'

'Dat gaat niet. Henri belt die avond met JP en ik ...'

'Ik wil gewoon dat je haar ontmoet ...'

'Waarom zou ik? Waarom zou ik zelfs maar onthouden hoe ze heet voordat ze je nooit meer wil spreken omdat je haar na twee weken hebt gevraagd bij je in te trekken?'

'Weet je, Amanda, ik vraag me weleens af waarom je denkt dat je op zo'n toon tegen me kunt praten.'

'Ik...'

'...'

'...'

'Amanda?'

'...'

'Ach, niet huilen, lieverd, ik wilde je niet ...'

'Nee, nee, ik weet dat je dat niet wilde, en daarom huil ik. Je wijst me terecht en dat doe je heel vriendelijk en je hebt gelijk en ik weet niet wat er met me aan de hand is en ik ben gewoon een vreselijk kreng ...'

'Je bent geen vreselijk ...'

'Jawel! Neem dit nou! Hoe kunnen we er zeker van zijn dat ik niet in tranen uitbarst zodat jij me halsoverkop gaat vertellen dat ik geen vreselijk kreng ben?'

'Doe je dat dan?'

'Ik weet het niet!'

'Liefje, wat is er aan de hand?'

'...'

'Zo'n diepe zucht is nooit een goede indicator van ...'

'Ik geloof dat ik het heb verpest bij de vrouwen op kantoor.'

'O, Amánda.'

'Ik wéét het, je hoeft het me niet te vertellen.'

'Welke vrouwen?'

'Wat?'

'Welke vrouwen op kantoor?'

'Dezelfde. Mei en Rachel.'

'Rachel. Die met het Australische accent.'

'En Mei is degene met de borsten die nep lijken, maar het niet zijn. Kijk, dat bedoel ik nou. Ik dénk dat soort dingen en dan zeg ik ze gewoon ...'

'Wat is er gebeurd?'

'Hetzelfde als altijd. Ik doe verdomme die grote bek van me open ...'

'Ik wou dat je niet zo ...'

'Dit is niet het moment om me op mijn taalgebruik te wijzen, pap.'

'Sorry.'

'Het is gewoon ... Ik snap het niet. Hoe doen mensen dat? Hoe krijgen mensen het voor elkaar om zo makkelijk met elkaar te praten? Hoe krijgen ze het alleen al voor elkaar om, ik weet het niet, er zo maar in te duiken en zich te ontspannen en dan hebben ze een gevat gesprek en maken grapjes, gewoon op hun gemak, en ik zit daar alleen maar en denk: Oké, waar hebben we het over? En wat moet ik zeggen? En wat moet ik niet zeggen? En hoe moet ik het wel of niet zeggen? En tegen de tijd dat ik verdomme wat zeg, zijn we drie onderwerpen verder.'

'Kun je niet zelf een onderwerp aansnijden?'

'Dan kom ik nog meer in de problemen. Ik bedoel, dit liep echt helemaal mis tijdens die klotepicknick toen ik zei dat ik een bloedhekel had aan dat monsterlijke ding op Mayfair ...'

'Welk monsterlijk ding?'

'Dat gedenkteken voor Dieren in oorlogstijd.'

'O, dat? Vind je het niet mooi?'

'...'

'Ach, lieverd, ik weet nu niet eens waaróm je huilt, maar toe ...'

'Omdat ik niet begrijp hoe mensen met elkaar praten, pap. Ik probeer het wel, maar ik vergaloppeer me en ben als een olifant in de porseleinkast en maak miskleunen en overtreed alle regels die niemand me zelfs ooit maar vertelt ...'

'Ja, dat is typisch Engels. Ze houden van onkenbare regels.'

'Ja, maar ik bén Engelse. Ik bén "ze".'

'Ik probeer alleen maar te zeggen dat je niet de enige bent die zich een buitenstaander voelt.'

'Maar dat is 't hem nu juist. Een buitenstaander zijn. Dat had moeten stoppen toen ik volwassen werd, maar ...'

'Intelligente mensen hebben vaak het gevoel dat ze een buitenstaander zijn, lieverd.'

'Zo intelligent ben ik nou ook weer niet. Ik bedoel, ik ben slimmer dan Rachel. En waarschijnlijk ook slimmer dan Mei, hoewel die een bron van vele raadselen is. Dus tja, ik weet het niet, misschien. Maar wat heb je eraan om slim te zijn wanneer je iets zegt, maar niemand aanvoelt wat je bedoelt?'

'Sorry, schat. Misschien zijn het nooit zulke goede vriendinnen geweest ...'

'Nou, iémand moet dat toch zijn! Ik ben bijna zesentwintig en ik kan niet eens een beste vriendin aanwijzen. Weet je wel hoe griezelig dat is voor een vrouw? Bij vrouwen draait het allemaal om beste vriendinnen, zelfs wanneer je de pest aan elkaar hebt.'

'Mannen hebben ook beste vrienden.'

'Daar gaat het niet echt om. Ik maak nu al ruim vijfentwintig jaar valse starts, zit aan de andere kant van het glas en vraag me af hoe je binnenkomt. Hoe je binnen blijft.'

'Het zou nog erger kunnen. Wat dacht je van bijna vijftig jaar?'

'Jij hebt er nooit een probleem mee gehad om aan de andere kant van het glas te komen, George.'

'Ik heb er een probleem mee gehad om andere mensen zover te krijgen dat ze aan die kant bij me blijven. Hetzelfde, maar vanuit een andere invalshoek.'

'Mamma is gebleven.'

'Een poosje.'

'Een hele poos. Ze is nog steeds goed bevriend met je.'

'Een vriendin is iets anders dan een vrouw, Amanda.'

'Ja, ik weet het, ik weet het. Ik heb … Het is niet makkelijk op mijn werk. En thuis ook niet. Henri belt en praat met JP en hij doet belééfd tegen me. Vriendelijk en beleefd en jezus, ook nog hoffelijk. En elke keer weer vréét dat aan me …'

'Oké. Ik zal niet meer zeggen dat je moet ophouden met huilen. Misschien heeft het wel een helende werking.'

'Niet deze tranen. Dit zijn tranen van woede. Lách niet!'

'Nou, schat, als het helpt, ben ík je vriend.'

'Ach, pap. Dat telt niet, dat weet je toch?'

Z e wilde niet dat hij haar zag als ze bezig was met de collages.

'Dat kan ik niet, George', zei ze dan met een onverwacht verlegen blik (en hij mocht haar niet aanraken wanneer ze bloosde, niet met zijn vingers langs haar jukbeen strelen, omlaag naar haar kaak, onder haar kin, en haar op dat moment niet kussen en zich bij elke stap verontschuldigen). 'Het is te privé, het spijt me.'

'Ook voor mij?' vroeg hij.

'Juist voor jou. Jij hebt zo veel liefde in je ogen als je naar me kijkt …'

'Kumiko …'

'Ik weet het. Je hebt het woord niet gezegd, maar het hangt in de lucht.' Hij verstrakte, maar haar zachte bruine ogen waren warm en vriendelijk. 'Jouw observerende blik is precies wat ik zou willen,' vervolgde ze, 'maar het verandert mijn werk. Dat moet beginnen onder alleen mijn eigen blik. Als jij erbij bent om het te zien, is het al gedeeld, en als het al gedeeld is, dan kan ik het niet aan jou of aan iemand anders geven, begrijp je?'

'Nee', zei hij. 'Ik bedoel: ja, ik begrijp het, maar dat is niet wat ik wilde zeggen.'

'Wat wilde je dan zeggen?'

'Dat ik inderdaad met liefde naar je kijk. Zo zie ik je.'

'Ik weet het', zei ze, maar ze zei het op zo'n manier dat 'Ik weet het' klonk als de liefde die hij altijd had gezocht.

'Wil je bij me komen wonen?'

En net als alle andere keren dat hij die vraag had gesteld, lachte ze alleen maar.

Op zichzelf genomen waren de kunstwerken die ze maakte prachtig, maar ze bleef volhouden dat haar werk statisch was. De versneden en over elkaar gelegde veren, gearrangeerd tot oogstrelende combinaties die niet alleen een beeld suggereerden (de watermolen, de draak, het profiel), maar dikwijls ook iets wat ontbrak op die voorstellingen, de schaduwen die achterbleven, zwarte veren vermengd met donkerpaarse, die verrassende leegten opriepen. En soms wás er alleen maar lege ruimte, met een enkel plukje dons om die leegte te benadrukken. Het oog werd er voortdurend door bedrogen en zag zomaar vorm wanneer er leegte werd verwacht en zag zomaar leegte wanneer er vorm werd verwacht. Ze wekten verwachtingen en ze bedrogen het oog.

'Maar ze ádemen niet, George.'

'Jawel. Ik verzeker je dat ze dat wél doen.'

'Aardig van je. Maar dat doen ze niet.'

Bij herhaalde inspectie bleken ze ook niet altijd uitsluitend uit veren te bestaan. Soms borduurde ze met een draad een lijntje of verwerkte er een enkel parelmoeren knoopje in om een horizon of een zon te suggereren. In een ervan had ze een plat, gebogen stukje plastic verwerkt dat een dissonant had moeten vormen met de zachtheid van een plukje veren, maar dat er op de een of andere manier een zowel passende als eeuwige combinatie mee leek te vormen.

Ze waren goed. Ze waren erg goed.

'Maar', zei ze, 'er zit geen leven in.'

'Ze zijn schitterend.'

'Ze schitteren van leegte.'

'Ik heb nog nooit eerder zoiets gezien.'

'Ze zijn als geen andere leegte die je ooit hebt gezien.'

Zo ging hij met haar in discussie, maar dan herinnerde ze hem aan hun eerste dag, aan die eerste 'onbeschaamdheid', zoals zij het noemde. Haar draak op die collage was onveranderd gebleven, een draak die het volgens George totaal niet aan leven ontbrak. Hij zag boosaardigheid in het oog van de draak, groen gemaakt door wat misschien een stukje glas of een granaatje was.

Maar nu bedreigde de draak de kraanvogel van George. Dezelfde draak van veren vloog over de kraanvogel die van woorden op papier was gemaakt. Een combinatie van middelen die niet had moeten werken. Een combinatie van stijlen die niet had moeten werken. George zat er geen moment mee om toe te geven dat het zelfs een combinatie van vaardigheden was (die van haar heel groot, de zijne die van een beginneling) die niet had moeten werken.

Maar o. Maar o. Maar o.

'Godallemachtig', had Mehmet gezegd.

Inderdaad, godallemachtig, had George gedacht.

De draak had nu een doel. De kraanvogel had nu context. De draak had nu een gevaarlijk soort nieuwsgierigheid, hij had potentieel. De kraanvogel werd nu bedreigd, aan zijn vredigheid zou een eind komen. Samen hadden ze spanning. Samen waren ze meer dan twee incomplete helften, ze waren een dérde object, mysterieus, machtig en groter dan het kleine zwarte kartonnen vierkant dat hen gevangenhield. Een beeld was een film geworden, een zin uitgegroeid tot een verhaal. De draak en de kraanvogel nodigden je uit om binnen te stappen, deel te nemen, een van beide of allebei te zijn, maar ze maakten heel duidelijk dat je dat op eigen risico zou doen.

En ze had het hem gegéven.

'Als een bedankje,' had ze gezegd, 'als je het hebben wilt.'

'Nee', zei George. 'Het is te veel. Duidelijk te veel.'

'Dan wil ik hem wel', zei Mehmet.

'Hij is af', zei Kumiko. 'Jij hebt hem afgemaakt. Hij is net zozeer van jou als van mij.'

'Ik ...' begon George. 'Ik ...'

'Ik wil hem wel', zei Mehmet nog eens.

En toen had Kumiko gezegd: 'Vertel eens, maak je wel vaker collages?'

Toen was alles eigenlijk begonnen.

Ze vroeg hem niet om iets specifieks te snijden, omdat ze het idee had dat dat op de een of andere manier de inspiratie in de weg zou staan. Maar George begon gretig elk vrij moment aan het maken van collages te besteden; hij plunderde de vuilnisbakken bij tweedehandsboekwinkels, kocht tweedehandsboeken als er niets geschikts bij was en hij stuurde Mehmet naar voren om klanten te kwellen die binnenkwamen ('Maar hier op het formulier staat rood.').

Hij probeerde niet na te denken, probeerde zijn concentratie de vrije hand te geven, het mes gewoon zijn sneden te laten maken en zelf niet te weten wat het eindresultaat zou zijn totdat hij het laatste stukje papier op zijn plaats legde.

'Wat stelt het voor?' vroeg Mehmet toen de eerste collage waar hij zich ook maar enigszins tevreden over voelde klaar was.

'Wat denk jij dat het voorstelt?' vroeg George op zijn beurt, zelf nogal verbaasd.

'Een soort hyena?'

'Volgens mij zou het een leeuw kunnen zijn.'

'O ja. Van dat gestileerde gedoe zoals ze op Engelse sportshirts hebben.'

'Gedoe?'

'Al het oude wordt weer nieuw, baas.'

'Als je me nog een keer "baas" noemt, ben je ontslagen.'

Mehmet keek met gefronst voorhoofd naar de hyena/leeuw. 'Wat je met die vrouw hebt, komt toch niet door de mysterieuze aantrekkingskracht van het Oosten, hoop ik? Want dat zou ik toch echt verschrikkelijk beledigend vinden.'

'Jij komt zelf uit het Oosten, Mehmet, en ik vind je mysterieus noch aantrekkelijk.'

'Ah', zei Kumiko toen ze de collage zag. 'Een leeuw. Ja.'

En ze nam hem mee.

Hij wist nog steeds maar heel weinig over haar, zoals wat ze in haar vrije tijd deed, wat voor familie ze had, zelfs niet wat ze deed om aan de kost te komen.

'Ik lééf, George', zei ze als hij ernaar vroeg, en dan trok er een uitdrukking van gepijnigde verbazing over haar gezicht. 'Wat doen mensen zoal? Ze leven, ze overleven, ze nemen zichzelf en hun voorgeschiedenis met zich mee en ze ploeteren gewoon door.'

Tja, dat is wat personages in boeken doen, dacht hij dan, hoewel hij dat voor zich hield, maar de rest van ons moet voor brood op de plank zorgen, en af en toe een biertje.

Af en toe hintte ze erop dat ze van spaargeld leefde, maar hoeveel geld kon een internationale hulpverlener als zij hebben opgepot? Tenzij het natuurlijk van voor die tijd was of geld van haar familie of ...

'Ik baar je zorgen', zei ze op een avond in bed, in Georges bed, in Georges huis – hij was nog steeds niet bij haar thuis geweest ('Te klein', had ze met een bedenkelijk gezicht gezegd. 'Kleiner dan wie dan ook zou geloven.') – in wat misschien de derde week van hun relatie was. Het was een vreemde tijd. Wanneer hij erop terugkeek, wist hij dat ze uren samen hadden doorgebracht, maar hij bewaarde slechts herinneringen aan een paar vluchtige momenten: haar mond die zich opende om een beleefd hapje aubergine te nemen, hoe ze moest lachen om de op brood beluste ganzen die hen teleurgesteld achternaliepen door het park, de verstrooide manier waarop ze zijn hand pakte wanneer hij ongemakkelijk om zich heen kijkend constateerde dat hij in de rij voor de bioscoop werd omringd door tieners (om een film te zien die meteen weer uit zijn geheugen verdween).

Ze was bijna een halfherinnerde droom, maar ook niet.

Want ze was hier, in zijn bed, beantwoordde zijn strelingen, streek met een vinger van zijn slaap naar zijn kin en zei: 'Ik baar je zorgen.'

'Ik weet zo weinig van je', zei hij. 'Ik wil meer weten.'

'Je weet alles wat belangrijk is.'

'Dat zeg je nou wel, maar ...'

'Maar wat?'

'Je naam bijvoorbeeld.'

'Je weet hoe ik heet, George', zei ze geamuseerd.

'Ja, maar is Kumiko Japans?'

'Ik geloof het wel.'

'Ben jij Japans?'

Ze keek hem plagerig aan. 'In de zin dat mijn naam dat is, ja, ik geloof het wel.'

'Is dat een beledigende vraag? Ik wil niet ...'

'George', zei ze en ze kwam iets verder overeind en keek op hem neer terwijl haar vinger verder gleed door het grijzende haar op zijn borst.

'Het is niet makkelijk voor me geweest, vroeger', zei ze, en het was alsof de nacht zelf verstilde om naar haar te luisteren. 'Ik heb moeilijke tijden gehad, George. Tijden die me uiteraard lief waren, tijden die ik ten volle heb geleefd, maar veel vaker nog was het niet makkelijk. En daar wil ik niet meer naar terug.' Ze zweeg en stak haar vinger speels in zijn navel, maar haar stem had allesbehalve diezelfde speelsheid. 'Er valt meer over me te weten, natuurlijk.' Ze keek naar hem en hij zou hebben gezworen dat haar ogen op de een of andere manier het goudkleurige maanlicht weerspiegelden dat in werkelijkheid achter haar binnenviel. 'Maar we hebben de tijd, George. We hebben alle tijd van de wereld. Dus, kan het wachten? Kan ik langzaam aan je onthuld worden?'

'Kumiko ...'

'Ik voel me veilig bij je, George. Jij bent veiligheid en zachtheid en vriendelijkheid en respijt.'

George, die zich toch al weinig op zijn gemak voelde bij het verloop van dit gesprek, voelde zich ineens twee keer zo verontrust. 'Zachtheid?'

'Zachtheid is kracht', zei ze. 'Krachtiger dan je denkt.'

'Nee', zei hij. 'Nee, dat is het niet. Mensen zeggen dat omdat het leuk klinkt, maar op de keper beschouwd is het niet waar.'

'George ...'

Hij slaakte een zucht. Hij wilde haar nu vasthouden, wilde zijn armen om haar heen slaan, met zijn te ruwe handen zacht over de huid van haar rug, haar dijen en ook haar handen en voeten strelen. Hij wilde haar op de een of andere manier volkomen omhullen, een grot voor haar zijn, precies het respijt zijn zoals ze net had gezegd, maar respijt was niet zoals hij betiteld wilde worden.

'Mijn ex-vrouw', zei George, die het vervelend vond haar de slaapkamer binnen te brengen, maar hij ging toch door. 'Zij zei altijd tegen me dat ik te aardig, te vriendelijk was. Te zacht. Ze bedoelde het niet vervelend, helemaal niet. We zijn nog steeds bevriend.' Hij zweeg even. 'Maar ze heeft me verlaten. Alle vrouwen hebben me uiteindelijk verlaten. Ik heb nog nooit een eind aan een relatie gemaakt.' Hij liet zijn hand omhooggaan langs de zijkant van Kumiko's arm. 'Mensen willen dat hun vrienden aardig zijn, maar dat is een ander soort liefde.'

'Iemand die aardig is, George,' zei ze, 'dat is alles ter wereld wat ik wil.'

En hoewel George de woorden 'op dit moment' zwijgend hoorde toevoegen aan het eind van die zin, had hij werkelijk geen idee of dat kwam doordat zij het zo bedoeld had of dat ze door zijn angstige hart werden ingegeven.

Hij wilde de draak en de kraanvogel inlijsten en nam er de tijd voor om te bedenken hoe. Een eenvoudige platte lijst zou in de verste verte niet volstaan, omdat de diepte van de constructie van de collage niet toeliet dat hij simpelweg onder glas zou worden geperst. Bovendien waren de allersimpelste lijsten voor kinderen met een prachtig gebit en hun golden retrievers, niet voor iets wat zo spannend en bezield was als dit.

Nadat hij vergeefs een paar verschillende methodes had geprobeerd – zonder glas, gematteerd of glanzend glas, horizontaal geplaatst zodat je hem van bovenaf kon bekijken – deed hij hem uiteindelijk in een ondiep vitrinelijstje, zodat er lege ruimte omheen was, wat een beetje aan een diorama deed denken. Het vitrinelijstje zelf had een gematteerde goudkleurige rand om de hoeken, alsof de ingelijste afbeelding er misschien al honderden jaren in zat en bij het openen tot stof kon verkruimelen. Het leek een overblijfsel uit een parallelle tijdlijn, een kunstvoorwerp dat bij toeval vanuit een andere dimensie was komen vallen.

Maar vervolgens rees de vraag waar hij hem moest laten.

Hij hing hem thuis op, maar om de een of andere reden was dat niet de goede plek. Boven zijn schoorsteenmantel misstond hij onverklaarbare wijze; hij leek wel een buitenlandse bezoeker die zich beleefd glimlachend afvraagt wanneer er in vredesnaam een eind zou komen aan dit etentje. De wanden in zijn andere kamers stonden te vol met boeken om hem genoeg ademruimte te geven en daarom probeerde George hoe hij boven zijn bed stond. Een verbijsterend onsamenhangende seksdroom later (landverschuivingen en weilanden en legers die over zijn huid trokken), haalde hij er meteen weer af.

Dus uiteindelijk bleef alleen de zaak over, waar hij hem in elk geval elke dag kon zien en waar hij verrassend goed stond en over hem waakte, op de een of andere manier helemaal niet misplaatst, tussen de beste voorbeelden van door hem geproduceerd drukwerk. En het was natuurlijk ook de plek waar hij haar ontmoet had. En daarom was deze collage, waarin hun twee verschillende creaties samengebracht waren, het meest op zijn plaats op de plek waar zijzelf elkaar hadden ontmoet.

Hij hing hem boven zijn bureau, aan de achterwand, een

heel eind bij de toonbank vandaan, iets te ver om goed te kunnen zien, dacht hij.

Maar.

'Wat is dát in hemelsnaam?' zei de man in het pak die, zo verklaarde hij, pas gedrukte opleidingsbrochures kwam ophalen, omdat zijn secretaresse ziek was. George keek op van zijn bureau, van de kleine collage waar hij mee bezig was en vorm begon te krijgen en iets weg had van een stilleven van vruchten (of misschien ook van een spaniël).

'Dat moet u mij niet vragen', zei Mehmet, die er nog steeds de pest over in had dat hij de collage niet had gekregen. 'Ik geloof niet dat wij dat in Turkije kunst zouden noemen.'

'Dat zou erg dom zijn van de Turken', zei de man in het pak met verblufte verwondering in zijn stem. 'Is hij van u?' vroeg hij en hij keek verwachtingsvol naar George, alsof die op het punt stond iets te vertellen wat hij altijd al had willen weten. En hij bedoelde 'Is het van u?' in twee betekenissen, besefte George. Had George hem gemaakt? Maar ook of het zijn eigendom was.

'De kraanvogel is van mij', zei George. 'De draak is ...' Hij zweeg even, met Kumiko's naam als iets kostbaars op zijn tong. 'Van iemand anders.'

'Hij is heel bijzonder', zei de man simpelweg, zonder buitensporige nadruk en zonder zijn ogen ervan af te wenden.

'Dank u.'

'Wat kost hij?'

George knipperde verbaasd. 'Sorry?'

'Wat biedt u ervoor?' vroeg Mehmet en hij sloeg zijn armen over elkaar.

'Hij is niet te koop', zei George.

'Maar stel dat hij te koop was?' zeiden Mehmet en de man op precies hetzelfde moment.

'Maar dat is hij niet. Klaar.'

'Iedereen heeft zijn prijs', zei de man, die nu een beetje geïrriteerd klonk omdat hem iets werd ontzegd wat hij hebben wilde, de onrechtvaardigheid die de moderne wereld als niets anders tot razernij dreef.

'Dat is wel het vijandigste wat ik de hele dag heb gehoord', zei George.

De houding van de man veranderde. 'Het spijt me. Het spijt me oprecht. Maar hij is gewoon zo ...'

George wachtte af wat de man zou zeggen. Mehmet leek ook te wachten.

'... passend', zei de man ten slotte.

George was verbaasd te zien dat de ogen van de man nu zwommen achter opwellende tranen.

'Weet u het zeker?' vroeg de man.

'Ik weet het zeker', zei George, stellig maar respectvol.

'Ik wil er dik voor betalen', zei de man. 'Meer dan u denkt.'

En toen noemde hij zo'n buitensporig bedrag dat Mehmet echt naar adem hapte.

'Hij is niet te koop', zei George.

Mehmet draaide zich naar hem om. 'Ben je wel goed bij je hoofd?'

'Weet u,' zei de man, 'eigenlijk begrijp ik het wel. Ik zou er ook geen afstand van doen.' Zijn hand klopte doelloos op de stapel opleidingsbrochures op de toonbank, een gebaar dat zo veel teleurstelling omvatte, zo veel erkenning dat hij op een van de ergste beperkingen van het leven was gestuit, dat George ineens opstond. Om wat te gaan doen wist hij niet. Om de man troost te bieden? Om zich te verontschuldigen? Om simpelweg het belang van het moment te onderschrijven?

Hij zou er nooit achterkomen, want de winkeldeur ging open en Kumiko kwam binnen en begroette George met een glimlach.

'Ik hoop dat je het niet erg vindt', zei ze en ze zette haar koffertje op de toonbank naast de brochures van de man, schijnbaar zonder zijn aanwezigheid te registreren. Ze pakte er een zwart karton uit, maar hield voor George de voorstelling nog even verborgen. 'Ik heb je leeuw genomen', zei ze. 'En ik heb hem gebruikt.'

Ze draaide de kaart om met een zwijgend, verrukt: ta-dá.

De leeuw sloop nu rond bij de watermolen. Een combinatie die nog meer wrong dan de draak en de kraanvogel, maar die op de een of andere manier, tegen alle verwachtingen in, net zo goed werkte. De waarachtigheid van de watermolen, die geschiedenis meedroeg in alle glanzende flintertjes veren, was nu voorzien van een waarschuwing. Loslopende leeuwen zijn hier welkom, leek het te zeggen. Leeuwen die uitsluitend uit woorden bestaan. Maar misschien dat deze leeuw, deze hier, die duidelijk al zo lang rondsloop bij de watermolen dat hij en de watermolen één thuis vormden, één geschiedenis, dat die misschien een uitzondering zou maken voor jou, de beschouwer. Hij zou je nog altijd kunnen opeten, maar misschien ook niet. Net als bij de draak en de kraanvogel zou je het op eigen risico doen. Zou je dat willen?

'Het is …' zei George.

'Jezus …' zei Mehmet.

'Dat is …' zei de man in het pak.

En toen noemde hij een nog buitensporiger bedrag.

'Goeie genade', zei Kumiko, alsof ze de man voor het eerst opmerkte. Ze wierp een verbaasde blik op George. 'Biedt hij aan hem te kopen?'

De man wachtte het antwoord van George niet af en verhoogde zijn buitensporige bedrag met nog een buitensporig bedrag.

Kumiko giechelde, ze giechelde echt en keek George aan alsof ze onverwacht midden in een komedie waren beland. 'Wat zullen we in vredesnaam doen?' vroeg ze.

George betrapte zich op een uiterst felle reactie: al na een eerste korte blik op hoe de collage was geworden, wilde hij de leeuw en de watermolen niet meer kwijt.

De man verdubbelde zijn tweede extravagante bedrag.

'Verkocht!' riep Mehmet.

'George?' vroeg Kumiko nog eens. 'Het geld zou me goed van pas komen. Voor materiaal.'

George probeerde te spreken, maar het klonk schor. Hij probeerde het nog eens. 'Alles best', zei hij hakkelend. 'Alles wat je zegt.'

Kumiko keek hem even aan. 'Daar zal ik je niet aan houden', zei ze. Toen wendde ze zich tot de man. 'Goed. Verkocht.'

Toen George als verdwaasd de leeuw en de watermolen in vloeipapier verpakte, rolden de man in het pak de tranen ongegeneerd over de wangen. 'Bedankt', bleef hij maar zeggen, terwijl Mehmet een bon fabriceerde die de man met zijn creditcard kon betalen. 'Heel erg bedankt.'

'Hóéveel?' vroeg Amanda de volgende keer dat ze JP bij hem kwam brengen.

'Ik weet het', zei George. Hij tilde JP op tot oogniveau en gooide hem op en neer in zijn armen. 'Jij dacht dat je grandpère gek was, hè? De man die zomaar boeken stuksnijdt.'

'*Désolé*', zei JP.

'Nee, serieus pap, hóéveel?'

'Ze heeft mij de helft ervan gegeven. Ik wilde het echt niet aannemen, maar ze zei dat we hem samen hadden gemaakt, dat hij niets voorstelde zonder mijn bijdrage – hoewel dat een pertinente leugen is, Amanda, mijn bijdrage is piepklein, een tiende, een duizendste van wat zij doet.'

'Maar desondanks heeft ze jou de helft gegeven.'

'Ze zei dat het de kunst in een leugen zou veranderen als ik het geld niet aannam.'

'Wanneer ga ik die vrouw nou verdomme eens ontmoeten?' wilde Amanda weten.

George was even in de war gebracht, maar toen realiseerde hij zich dat Kumiko en Amanda elkaar nog steeds niet hadden ontmoet. Op de een of andere manier had het steeds zo uitgepakt dat ze er nooit tegelijk waren. Vreemd. Hoewel George eerlijk gezegd het bestaan van ieder ander op de planeet vergat wanneer hij met Kumiko samen was, heel even vergat dat ook die anderen ertoe deden. Hij voelde een blos van schaamte opkomen en improviseerde een leugen.

'Binnenkort', zei hij. 'Ze stelde een cocktailparty voor.'

'Een cócktailparty? Waar? In 1961?'

'Cock-tail', zei JP en hij bootste met zijn vingers pistoolgeluiden na.

'Ze kan wat ouderwets zijn', zei George. 'Het is maar een idee.'

'Nou ja, ik wil haar wel graag ontmoeten. De mysterieuze vrouw die in een dag een maandsalaris voor je heeft verdiend.'

'Ik had er een klein aandeel in. Ik heb de leeuw gemaakt.'

'Ja hoor, George.'

Kumiko had een tweede reeks collages die ze hem liever niet wilde laten zien. Het waren er tweeëndertig, vertelde ze, en ze lagen rustig in een hoekje van haar koffer in vijf afzonderlijke stapeltjes, samengebonden met een wit lint, met een velletje vloeipapier ertussen zodat ze niet langs elkaar zouden schuren.

'Het is een groter project van me', zei ze.

'Je hoeft het me niet te laten zien', zei hij.

'Dat weet ik', zei ze en er speelde een lachje om haar mond. 'En daarom doe ik het misschien juist wel.'

Dat deed ze uiteindelijk op een zaterdag in de drukkerij. George had JP teruggebracht naar Amanda na haar tweede weekend fileverkeer tellen in Romford of Horsham of een ander plaatsje met zo'n oubollige naam, en George was naar de zaak gekomen om Mehmet af te lossen, die er een hekel aan had om in zijn eentje te werken en had beweerd dat hij op zaterdagmiddag moest terugkomen voor een extra repetitie voor *Wicked*, dat een leugen was, vermoedde George, maar hij had hem toch laten gaan.

Hij had Kumiko de voorgaande twee avonden niet gezien. Het was onvoorspelbaar wanneer ze elkaar zagen. Ze had nu een telefoonnummer, maar ze leek wel nooit op te nemen, en vaak kwam ze gewoon naar de drukkerij en vroeg of hij zin had haar die avond gezelschap te houden.

Hij zei altijd ja.

Vandaag duurde het bijna tot sluitingstijd voordat ze kwam. Nog steeds met het koffertje, nog steeds met de witte jas over één arm, zonder zich er iets van aan te trekken dat het winterweer steeds kouder leek te worden.

'Mijn dochter zou je erg graag willen ontmoeten', zei hij tegen haar terwijl ze het koffertje opende.

'Dat is wederzijds', zei Kumiko. 'Misschien als we dat feest geven waar je het over had.'

'Goed', zei George. 'Ja, goed, beslist, laten we ...'

'Het is een soort verhaal', zei ze, hem in de rede vallend, maar zo subtiel dat het bijna was alsof ze het per ongeluk had gedaan, alsof hij haar een paar seconden geleden had gevraagd naar de stapel ongeziene collages in plaats van heel wat avonden geleden. Ze stak haar hand in het koffertje en in plaats van hem de nieuwe voorstelling te laten zien die ze had gemaakt in combinatie met de laatste creatie die hij had afgestaan (een gesloten vuist, maar een die was ontdaan van potentieel geweld, een die duidelijk zijn laatste dierbare ding vasthield), pakte ze een pakketje kartonnen kaarten die met een lint bijeen waren gebonden.

'Een soort mythe', zei ze en ze legde het pakketje neer, maar haalde het papier er nog niet af. 'Een verhaal dat mij als klein meisje werd verteld, maar een die met het vertellen in de loop van de jaren is gegroeid.'

Nog steeds maakte ze geen aanstalten om het lint los te maken.

'Je hoeft het niet te doen', zei George.

'Dat weet ik.'

'Ik ben bereid om te wachten. Ik heb je gezegd dat ik bereid ben op alles te wachten.'

Nu keek ze hem ernstig aan. 'Je geeft me te veel macht, George. Dat is geen last, maar het zou er een kunnen worden, en dat wil ik niet.' Ze raakte zijn arm aan. 'Ik weet dat je het doet vanuit je overvloedige vriendelijkheid, maar er kan een dag komen waarop zowel jij als ik zou willen dat ik minder omzichtig met je omging. En dat moet tot de mogelijkheden blijven behoren, George. Als er nooit ruimte is voor hardheid of pijn, heeft zachtheid geen betekenis meer.'

George slikte. 'Goed dan', zei hij. 'Ik wil de collages graag zien.'

Ze opende haar mond tot een klein vierkantje van verrukte verbazing. 'Echt waar, George? En mijn onmiddellijke ingeving was om nee tegen je te zeggen. Maar wat geweldig. Natuurlijk wil ik ze je laten zien.'

Ze maakte het lint los en liet hem de eerste zien.

Die was vrijwel helemaal overdekt met veren. Ze waaierden uit en bogen zich naar elkaar toe en van elkaar af in een explosie van stralend wit. Daarbinnen één enkele veer, ook wit, maar om eruit te springen van een net iets andere tint; die veer was in flinters gesneden en gearrangeerd tot de vorm van een pasgeboren kind.

'Deze zijn niet te koop', fluisterde ze en ze aarzelde nog om hem de rest te laten zien.

'Nee', zei George, vrijwel geluidloos instemmend.

'Maar wat zou jij eraan kunnen toevoegen?' vroeg ze. 'Wat ontbreekt eraan?'

'Er ontbreekt niets aan', zei George terwijl zijn blik alle contouren van het wit volgde en de iets andere contouren van het pasgeboren kind.

'Dat is niet waar en dat weet je', zei ze. 'En daarom vraag ik je om erover na te denken.'

George bestudeerde de collage nog eens, probeerde zijn bewuste geest los te laten, probeerde het beeld vervolgens te laten zweven, zodat andere beelden de kans kregen zich ermee te verbinden.

'Ik zou er een afwezigheid aan toe voegen', zei hij. 'Een afwezigheid die bestaat uit woorden. Er is hier sprake van verlies.' Hij knipperde met zijn ogen en herstelde zich. 'Denk ik.'

Ze knikte. 'En wil jij die afwezigheid voor me snijden? Wil je ook andere maken, zoals je tot nu toe gedaan hebt?'

'Natuurlijk', zei hij. 'Wat je maar wilt.'

Ze richtten hun aandacht weer op haar collages. 'Wat gebeurt er hier?' vroeg hij. 'Je zei dat het een mythe was. Welke mythe?'

Ze knikte alleen maar, en hij dacht dat ze geen antwoord zou geven.

Maar toen stak ze van wal, alsof ze aan een verhaal begon.

'Ze wordt geboren als een wolkenzucht', zei ze.

En ze vertelde verder.

De volgende maandag, nadat hij een weekend met haar had doorgebracht dat opnieuw verzandde in kleinigheden, maar over het algemeen gekenmerkt werd door vredigheid, genoegen en een zoet verlangen, hing George in zijn winkel de derde collage op die ze hadden gemaakt, de nieuwste van de collages die geen deel uitmaakten van haar afzonderlijke tweeëndertig.

Ze had de gesloten vuist genomen die hij had gemaakt, die was ontdaan van kracht en wraakzucht en die zich leek te hebben neergelegd bij zijn ultieme lot en zich daar misschien zelfs wel op verheugde, en had hem gecombineerd met de snijdsels van veren die de wang en nek voorstelden van een vrouw die wegkeek van de kunstenaar. Het was een nog disharmonischer combinatie dan die van de leeuw en de watermolen. Er ging de suggestie van gewelddadigheid vanuit, vuist tegen gezicht, ongeacht hoe kalm de vuist was, maar die suggestie verdween snel. De vuist werd niet langer een vuist, maar gewoon een gesloten hand, die zich leeg terugtrok van zijn laatste streling van het gezicht van de vrouw. De streling zou zelfs ook een herinnering kunnen zijn, een gesloten hand die naar het verleden reikte om het opnieuw te voelen, maar vergeefs, zoals het verleden altijd teleurstellend is voor degenen die ernaar teruggrijpen.

'Het is maar een beeld', hield George zichzelf telkens voor toen hij een plekje op de muur zocht om hem op te hangen. 'Het is maar een beeld.' Hij probeerde het bij verrassing zijn macht te ontnemen, het effect op hem te verkleinen, ervoor te zorgen dat zijn maag zich niet zou omdraaien.

Maar dat lukte hem niet. En daar was hij blij om.

Achter hem ging de deur open. Heel even dacht hij verbaasd dat het Mehmet was die ongewoon punctueel was, zeker na een weekend dat was gevolgd op een auditie voor een rolletje in *Wicked*, wat dat ook mocht inhouden.

'Jij bent vroeg', zei hij terwijl hij zich omdraaide met de derde collage in zijn hand.

Maar het was Mehmet niet. Het was de man die de tweede collage voor zo'n buitensporig hoog bedrag had gekocht. Hij was niet alleen. Hij was in gezelschap van een beetje dikke, maar uiterst professioneel uitziende vrouw. Kort blond haar, dure oorbellen en een blouse met open kraag van zo'n eenvoudige, elegante snit dat hij waarschijnlijk meer had gekost dan Georges koelkast.

Maar haar gezicht. Haar gezicht stond bijna wanhopig, haar ogen keken George fel aan, een beetje rood langs de randen, alsof ze in de loop van de ochtend had gehuild. 'Is dit hem?' vroeg ze.

'Dit is hem', zei de man, een stap achter haar.

De vrouw keek omlaag naar de collage die hij in de hand hield. 'Er zijn er meer', zei ze en er klonk grote opluchting uit haar stem.

'Kan ik u helpen?' wist George uit te brengen.

'Die collage', zei ze. 'De collage die u in de hand houdt.'

'Wat is daarmee?' vroeg George terwijl hij hem iets omhooghield, klaar om hem te verdedigen.

En toen bood de vrouw een bedrag dat George eigenlijk alleen maar exorbitant kon noemen.

Toen ze in Essex eindelijk, eindelijk klaar was met de allersaaiste filetelling aller tijden, en nadat ze een humeurige JP, die te weinig had geslapen, had opgehaald na weer een zaterdag bij haar vader, die merkwaardig verstrooid was en mompelde dat hij verderging met zijn collage, en eindelijk was thuisgekomen nadat ze naar twee verschillende supermarkten was geweest om het enige soort sap te vinden dat JP die week wilde drinken (mango met passievrucht en perzik), werd er op Amanda's voordeur geklopt.

Zoals gebruikelijk reageerde ze daar niet op. Wie klopte er tegenwoordig aan de deur bij flats? Voor het merendeel huis-aan-huisverkopers die het sensuele genot van dubbele beglazing uitlegden, of rozet dragende fascisten met een zomerhoed die uit waren op haar stem bij de volgende verkiezingen, en één keer een man die met zo'n sterk Cockney-accent praatte dat ze zelfs als Engelse moeite had om hem te volgen toen hij vroeg of ze verse vis wilde kopen – hij had toevallig een partijtje op de kop getikt. ('Zeker van de vrachtwagen gevallen?' had ze hem gevraagd). Het zou in elk geval niet de flatbeheerder zijn, niet op een dag dat er voetbal op tv was, en het was te laat voor de post, dus toen er een tweede keer aangeklopt werd, reageerde ze daar ook niet op.

'Wat denk je dat er met de Jehovagetuigen is gebeurd?' vroeg ze JP, die met een 3D-bril op voor hun tv zat, die beslist niet 3D was. 'Die zie je niet veel meer. Die kunnen we wel naar het land der fabelen verwijzen.' Ze graaide nog een handvol plakkerig speelgoed bij elkaar om op te bergen. 'Maar waarschijnlijk niet een van die fabelen met borsten en drinkgelagen en zwanen die het met maagden aanleggen.' Ze draaide zich om naar haar zoontje, die niets terug had gezegd, voornamelijk omdat hij vier was en voor de tv zat. 'Hoe denk jij dat een fabel met Jehovagetuigen zal zijn, knulletje?

Ik denk dat er vast een heleboel wachttorens in voorkomen.'

'Sst, mamma', zei JP. 'De Wiggledans!'

Wat betekende dat de Wiggledans sneller dan haar lief was naderde op de Wigglevideo, uitgevoerd door kinderlijke Wiggledinosaurussen in hun Wigglekostuum op het Wigglestrand onder een Wiggleregenboog door middel van een Wiggleapp op een Wigglepad. Het dansje hield weinig meer in dan met je heupen wiegen, maar JP was een fanatieke fan.

Er werd nog een derde keer aangeklopt en onverstaanbaar geroepen. Ze bleef even staan met een plakkerige actieheld in de ene hand en een plakkerige brandweerauto in de andere. Ze aarzelde even of ze het zou riskeren, maar die visventer had ook iets geroepen toen hij aanklopte. ('Verse vis!' vermoedde ze, maar wat maakte het ook uit?) Ze wachtte nog even, maar wie het ook was, deed geen derde poging. Ze gooide het speelgoed in de speelgoedkist en concludeerde zuchtend dat de kamer er schoon genoeg uitzag en dat ze eigenlijk alleen maar haar prachtige jongetje naar bed wilde brengen na zijn wekelijkse telefoontje met Henri om daarna met een kop thee naar de zaterdagse flut-tv te kijken en wat sarcastische twitterberichtjes te versturen naar haar zestien volgelingen.

'De Wiggledans!' riep JP en hij sprong overeind en begon verwoed met zijn heupen te wiegen.

Amanda's mobieltje ging over. Ze ging naar de keuken om de plakkerigheid van haar handen te wassen voordat ze hem uit haar zak pakte.

Op het schermpje zag ze tot haar lichte verbazing: Henri.

'Je bent vroeg', zei ze. 'Hij is ...'

'Je bent thuis', zei Henri, zijn accent als altijd een verrassende combinatie van scherp en warm. 'Ik kan de televisie horen. Waarom doe je niet open?'

'Het was onverwacht', zei hij nonchalant bij een kop thee. 'Ik ga vanavond met de Eurostar weer terug, en we zijn alleen gekomen omdat Claudines moeder opgesloten zat in een hotelkamer.'

Amanda onderbrak de slok thee die ze nam. 'Opgesloten?'

Henri maakte een geringschattend Gallisch handgebaar. 'Voor de meeste mensen is dat onvoorstelbaar. Voor Claudines moeder …' Hij haalde zijn schouders op; het was een last die hij bereid was te dragen.

(JP was uit zijn dak gegaan toen hij Henri zo onverwacht zag. *Papa! Papa! Je suis tortillant! Tortiller avec moi!*' En Henri had inderdaad met zijn heupen gewiegd zoals een vader betaamt. Daarna had het een eeuwigheid geduurd om JP naar bed te krijgen, maar Henri had gevraagd of hij het mocht doen en hij had hem zelfs in bad gedaan en een verhaaltje voorgelezen – *Le Petit Prince*, uiteraard – voordat JP eindelijk in slaap was gevallen. Het was Amanda zelfs gelukt om zich niet te gaan ergeren aan hoe zelfvoldaan Henri eruitzag nadat hij de taken had verricht die zij elke dag deed, zonder publiek.)

'En waar is Claudine nu?' vroeg ze.

'Terug naar Frankrijk', zei Henri, en Amanda vond dat er in de hele wereld niets Franser was dan een Fransman die *France* zei. 'Haar moeder gebruikt mijn kaartje. Ik kon pas voor morgen weer een kaartje krijgen.'

'Waren er twee mensen voor nodig om haar moeder te redden?'

Henri sloeg zijn ogen ten hemel alsof hij genade wilde vragen aan de goden. 'Je mag je gelukkig prijzen dat je haar niet hebt ontmoet. Jouw moeder is zo anders, zo Engels, zo aardig. Ik hou erg veel van Claudine,' – hij keek weg zodat hij niet zag dat Amanda's gezicht even vertrok – 'zij is als een hobo die Bach speelt, maar haar *maman* …'

Hij nam nog een slok thee. 'Bedankt dat ik zomaar mocht

komen binnenvallen.' Zijn stem was vrij van cynisme en am-
biguïteit. Hij was echt dankbaar. 'Ik ben je echt dankbaar', zei
hij.

'Graag gedaan', zei ze met een zachte stem.

Er viel een korte, behoedzame stilte. 'Mag ik vragen hoe
het met je gaat?' zei hij.

'Ja, hoor.'

Hij glimlachte terug op een manier die haar maag tot in
haar tenen deed zakken. Ze hield van hem, ze hield van hem,
ze hield van hem, ze haatte die Franse klootzak, vooral om
hoevéél ze van hem hield, maar o, ze hield nog steeds, nog
steeds, nog steeds van hem, van die knappe klootzak. 'Dus,
hoe gáát het met je?' vroeg hij nog eens.

Ze opende haar mond om te zeggen: 'Het gaat prima',
maar wat eruit kwam was: 'Het lijkt wel of ik de laatste tijd
niet meer kan stoppen met huilen.'

En tot haar verbazing was dat waar. Ze had zichzelf nooit
als een huilebalk beschouwd, maar de laatste tijd, o, de laatste tijd. Ze huilde wanneer ze haar vader sprak, huilde als er
ook maar iets sentimenteels op de televisie was, en ze huilde
wanneer een liftdeur dichtging voordat ze er was. Het was
om dol van te worden, maar gek genoeg ging ze er alleen
maar meer van huilen.

'Ben je depressief?' vroeg Henri, niet onvriendelijk.

'Alleen als dat inhoudt dat ik aan één stuk door boos ben.'

'Het woord daarvoor is volgens mij "amandanesk".' Hij
trok zijn wenkbrauwen op zoals alleen de Fransen ooit doen,
maar nog steeds vriendelijk. De detente was nog vrij nieuw.
Henri kwam vaak genoeg op bezoek om zich ervan te verzekeren dat JP zijn fysieke aanwezigheid vers in herinnering
hield, maar de eerste paar jaar was het geweest als de uitwisseling van nucleaire geheimen tussen vijandelijke agenten,
van wie zij, als ze eerlijk was, verreweg het vijandigst was. Na
verloop van tijd was het echter te vermoeiend geworden om

voortdurend zo boos op hem te blijven. Zij was ontdooid van gespannen tot nors, van nors tot beleefd, van beleefd tot dit bijna vriendelijke gedrag, dat in zekere zin moeilijker te hanteren was, want als ze zo rustig tegen hem kon doen betekende dat waarschijnlijk dat de vonk volledig verdwenen was, of niet? Al die furieuze hartstocht was in elk geval hartstocht geweest. Bij die gedachte verscheen er een frons op haar voorhoofd en Henri duidde haar gelaatsuitdrukking verkeerd.

'Neem me niet kwalijk', zei hij en hij zette zijn theekopje neer. 'Ik wil je geen reden geven om tegen me te gaan schreeuwen.'

'Was dat het enige wat ik deed? Tegen je schreeuwen?'

'Er werd heel wat af geschreeuwd.'

'Er was ook heel wat om over te schreeuwen.'

Hij grinnikte. 'En we hebben dat punt al bijna weer bereikt. Maar toe, ik ben niet gekomen om ruzie te maken. Ik kwam op bezoek bij mijn zoon en dat zou ik graag in vrede en vriendschap willen doen, oké?'

Amanda zei niets en liet het laatste restje koude thee ronddraaien in haar kopje terwijl ze naar hem keek. Hij was irritant bruin en zijn peper-en-zoutkleurige haar was heel kort geknipt, zodat zijn terugwijkende haarlijn niet zo opviel. Het maakte hem alleen maar sexyer, net als het ietwat Franse model van zijn T-shirt en het enigszins Franse toefje borsthaar dat boven de hals uitstak.

'Dat huilen zit me dwars', zei hij en hij boog zich op de bank iets naar haar toe. 'Dat kan niet goed voor je zijn. Het kan ook niet goed zijn voor Jean-Pierre als zijn moeder verdrietig is.'

Ze dacht even na. 'Ik denk eigenlijk niet dat het alleen maar tranen van verdriet zijn. Eerder van boosheid.'

'Die verschillen niet zo veel van elkaar.'

Hij was er nog steeds en boog zich zo dicht naar haar toe dat ze hem kon ruiken, een kwellend vertrouwde geur, deels van de honingzeep die hij, zoals ze wist, graag gebruikte, deels van de sigaret die hij ongetwijfeld had gerookt tijdens de wandeling van de metrohalte naar hier, en deels gewoon Henri, een persoonlijke geur zoals iedereen had en die uitsluitend door de persoon die hem verspreidde aantrekkelijk of afstotelijk werd.

Aantrekkelijk. Of afstotelijk. Of aantrekkelijk.

De rotzak.

Ze stak haar hand uit en streelde hem over de wang. De baardstoppels voelden ruw aan.

'Amanda', zei Henri.

Hij schoof niet weg toen ze dichterbij kwam, schoof niet weg toen ze zonder twijfel in zijn persoonlijke ruimte kwam, schoof niet weg toen haar lippen de zijne raakten.

Maar toen schoof hij wel weg. 'Dat lijkt me geen goed idee.'

'Claudine zit kilometers onder water', zei Amanda, nog steeds dichtbij, hoewel ze niet goed wist wat ze aan het doen was; ze voelde de tranen op slechts seconden afstand en probeerde te voorkomen dat ze zouden opwellen. 'En bedenk eens hoe goed we elkaar al kennen. We kunnen al dat gedoe waar we allebei niet van houden gewoon overslaan.'

Hij pakte haar hand en kuste hem. 'Dat moesten we maar niet doen.'

'Maar het gaat wel door je hoofd.'

Hij glimlachte en gebaarde naar zijn schoot, waar indrukwekkend opbollende stof duidelijk maakte dat hij lichamelijk wel interesse had. 'Maar we moesten het toch maar niet doen', zei hij. 'Dat gaat niet.'

Ze wachtte nog een paar tellen om te zien of hij zou bezwijken (en bezwijken was het juiste woord, ze vroeg hem voor haar te bezwijken, niet alleen om te zien of hij dat zou doen, maar omdat haar behoefte zo groot was, op dat moment zo groot was dat het leek alsof ze van een klif viel en dolgraag wilde dat hij haar niet voor de val zou behoeden, maar juist samen met haar zou vallen, en als ze het overleefden, dan konden ze daarna goddomme nog eindeloos theedrinken), maar toen ging ze weer op de bank zitten en probeerde nonchalant te lachen, alsof het maar een opwelling was geweest, niets bijzonders, volwassen lol die ze hadden kunnen hebben, maar niets om spijt van te krijgen, niets om je zorgen over te maken.

Ze moest op haar onderlip bijten om niet in tranen uit te barsten. Voor de zoveelste keer.

'Ik hou van je, Amanda,' zei Henri, 'en ondanks wat je soms allemaal uitkraamt, weet ik dat je ook van mij houdt. Maar nu hou ik van Claudine en zij is in staat om van me te houden op een manier die haar niet zo veel moeite kost als jou.'

'Het stelde niets voor', zei Amanda, maar ze had er de pest over in dat haar stem zo verstikt klonk en ze probeerde er weliswaar een geforceerde opgewektheid in te leggen, maar ze wist dat ze daar geen van beiden in trapten. 'Een luchtige flirt op de zaterdagavond.' Ze snifte en keek van hem weg terwijl ze een slok uit haar lege theekopje nam. 'Gewoon voor de lol.'

Hij keek haar even aan. Ze wist dat hij heen en weer geslingerd werd tussen zich edelmoedig opstellen over alles – hij was altijd al wat pompeus geweest – en oprecht gemeend tactvol en vriendelijk zijn om haar niet in verlegenheid te brengen, zo dat al mogelijk was. Dat was het niet, en ze zou gewoon moeten wachten tot hij zich dat had gerealiseerd.

'Ik moest maar eens opstappen', zei hij ten slotte en hij stond op, maar bleef vlak bij haar staan. Ineens waren ze wel heel dicht bij elkaar, hij staand, zij zittend, zich allebei weer bewust van de nog steeds aanwezige bobbel in zijn broek.

Even ademden ze alleen maar.

'*Merde*', fluisterde Henri en hij trok zijn overhemd uit over zijn hoofd.

Later, toen het voorbij was, en hij op de rand van de bank zat met niets anders dan een sigaret en de onderbroek die hij nu binnenstebuiten aanhad, wees hij naar de kamer van JP. 'Ik mis hem', zei hij. 'Ik mis hem elke dag.'

'Ik weet het', was alles wat Amanda kon uitbrengen.

Ze huilde niet toen hij was weggegaan en voelde geen boosheid of verdriet, eigenlijk helemaal niets; ze keek alleen hoe vrolijke, kleurige mensen vrolijk gekleurde hysterie ondergingen in alle tv-programma's die er op de zaterdagavond waren. Toen het eindelijk tijd was om hem uit te zetten en naar bed te gaan, toen pas moest ze huilen.

De zondag ging op aan een hele reeks klusjes: de afwas van een hele week (tot haar schaamte), de was van ruim een week (daar schaamde ze zich nog meer voor; JP had een bepaalde tuinbroek nu al voor de derde keer aan), plus een pauze om de eenden in de buurtvijver te gaan voeren, wat JP vertikte als hij iets anders aan moest dan zijn Supermanpak, compleet met nepspieren.

'Eendjes, eendjes, eendjes!' riep JP en hij gooide een hele boterham naar een gans.

'Steeds kleine stukjes, lieverd', zei ze en ze boog zich om het hem voor te doen. Hij keek naar haar handen, bijna hijgend wachtend op het brood.

'Ik!' zei hij. 'Ik, ik, ik!'

Ze gaf hem de stukjes brood en hij gooide ze met één grote zwaai allemaal tegelijk naar de gans. 'Eendje!'

Ze mocht zich gelukkig prijzen, dat wist ze, dat hield ze zich ergerniswekkend vaak voor. Ze had een betaalbare crèche vlak bij haar werk gevonden, waar JP het naar zijn zin leek te hebben en waarvan de kosten vrijwel helemaal gedekt werden door de alimentatie die Henri betaalde. Haar moeder kon hem daar aan het eind van de dag ophalen als Amanda's werkdag wat uitliep en op hem passen totdat Amanda hem op weg naar huis kwam ophalen. Ook George wilde met alle plezier op lastige tijden bijspringen als het nodig was.

En moest je hem nou zíén. Jezus, moest je hem nou eens zíén. Soms hield ze zo veel van hem dat ze hem levend zou willen opeten. Hem gewoon tussen twee sneetjes oud brood voor de eendjes zou willen leggen en zijn botten oppeuzelen als de heks uit een sprookje. De snor van vruchtensap om zijn lippen, hoe dapper hij vrijwel alles op aarde, met uitzondering van ballonnen, tegemoet trad, en zijn Frans, dat veel preciezer was dan zijn Engels. Ze hield zo veel van hem dat ze de aarde binnenstebuiten zou keren als iemand het waagde hem kwaad te doen ...

'Oké', fluisterde ze tegen zichzelf, want ze voelde de tranen alweer opkomen. 'Zo kan-ie wel weer.'

Ze boog zich naar voren en gaf hem een kus op zijn achterhoofd. Hij stonk een beetje, maar hij was nog steeds puur zichzelf.

'Mamma?' vroeg hij, en hij draaide zich om met uitgestrekte handen die meer brood wilden.

Ze slikte haar tranen weg. (Wat mankeerde haar toch?) 'Kijk eens, knul', zei ze en ze gaf hem een nieuw voorraadje. 'Die daar is trouwens geen eend.'

Hij draaide zich om en keek verbaasd naar de gans. 'O nee?'

'Het is een gans.'

'Net als Suzy de Gans!'

'Ja, natuurlijk, ik vergat dat we dat gelezen ...'

'Maar ze is niet wit.'

'Je hebt allerlei verschillende soorten ganzen. Volgens mij is dit een Canadese gans.'

'Wat is "Canadese"?' vroeg JP.

'Canadese komt van Canada, een groot land dat aan Amerika grenst.'

'Wat doen ze daar?'

'Ze hakken bomen om en tussen de middag eten ze boter-hammen en ze gaan naar de wc.'

JP was opgetogen over dat nieuws.

'Is dat ook een gans?' vroeg hij en hij wees.

Ze volgde zijn vinger en zag een grote witte vogel door de vijver waden. Hij had een toef rode veren op zijn kop en keek strak naar het water tussen zijn poten, alsof hij aan het vissen was.

'Ik weet het niet precies', zei Amanda. 'Misschien is het wel een ooievaar.'

Toen kwam er een gedachte bij haar op. Een verbluffende gedachte.

Maar nee, dat had George toch maar gedroomd? Ze had niet geloofd dat het echt gebeurd was. Hij had het ook geen ooievaar genoemd. Hij had het een kraanvogel genoemd, dat was het. Maar had je eigenlijk wel kraanvogels in Engeland? Ze dacht het niet, maar ze had beslist nooit eerder een vogel als deze gezien. Om te beginnen zijn formaat …

JP hoestte en de vogel keek op door het lawaai. Een fel goudkleurig oog, dat iets fanatieks had zoals de ogen van alle vogels, keek haar even aan en hield haar blik een paar seconden vast voordat het zich weer op een mogelijke prooi richtte.

Amanda had even het gevoel dat ze beoordeeld was. Maar goed, dat gevoel had ze vrijwel elke dag.

'Komt pappa straks ook om samen met ons de eendjes te voeren?' vroeg JP.

'Nee, schat, pappa moest terug naar Frankrijk.'

'Naar Claudine', zei JP, trots op zijn kennis.

'Precies', zei Amanda. 'Naar Claudine.'

JP keek om naar de gans die hij had gevoerd. Die had het laatste stukje brood opgepeuzeld en stak zijn lange nek naar hen uit, op een bedelende manier die zowel beschaamd als assertief was. JP stond ernaar te kijken, met zijn handen in de zij, met uitpuilende schuimrubber Supermanspierbundels. 'Een gans', zei hij. 'Ik ben geen gans.'

'Nee, dat klopt.'

'Soms ben ik een eend, mamma,' legde hij uit, 'maar ik ben nooit een gans. Echt nooit.'

'Waarom is dat, denk je?'

'Als ik een gans was, zou ik mijn naam weten. Maar als ik een gans ben, weet ik mijn naam niet, dus ik ben geen gans. Ik ben een eend.'

'Je bent een JP.'

'Ik ben een Jean-Pierre.'

'Dat ben je ook.'

Hij stak zijn kleverige handje in de hare. (Hoe kon dat? Waar kwam die kleverigheid vandaan? Hij had alleen bróód vastgehouden. Scheiden jongetjes gewoon plakkerig slijm af, zoals slakken?) Amanda keek nog eens naar de ooievaar/mogelijk kraanvogel en zag hem toen verdwijnen achter de takken van een overhangende boom, nog steeds het water afspeurend naar voedsel.

'Vissen houden in deze tijd van het jaar toch een winterslaap?' vroeg ze, maar toen keek ze vertwijfeld, want het klonk wel erg onnozel. Ze maakte zich er steeds meer zorgen over dat ze net zo zou worden als een van die alleenstaande moeders die je wel in de trein zag, die op luide, duidelijke toon tegen hun kind spraken alsof ze smeekten of iemand, het maakt niet uit wie, zich alsjeblieft in het gesprek wilde mengen zodat ze iets anders had om over te praten dan een dinosaurusdansje.

'Wat is winterslapen?' vroeg JP.

'Een winterslaap houden. Dat betekent dat je de hele winter door slaapt.'

'O, dat doe ík. Ik ga naar bed en slaap de hele winter. En soms, mamma, soms bén ik winter. *Je suis l'hiver.*'

'Oui, klein mannetje. Mais oui.'

Toen ze JP die avond eindelijk in bed had, merkte ze dat ze zo moe was dat ze het niet eens meer kon opbrengen om een twaalfuurtje klaar te maken voor de volgende dag. Eigenlijk hoorde ze vrije dagen te krijgen als compensatie voor al die idiote zaterdagen in het geestdodende niemandsland van Essex, maar het hoofd personeel Felicity Hartford had duidelijk te kennen gegeven dat vrije dagen opnemen zoiets was als de gouden standaard: een godsvermogen waard, zolang niemand ooit vroeg hem in praktijk te brengen.

Daarom belde ze George maar die avond, en ze praatten over Kumiko, die Amanda nog steeds niet had ontmoet; het was nu al zo ver gekomen dat het leek alsof George haar opzettelijk geheimhield. En ze praatten over de verbluffende bedragen die Kumiko en hem ineens geboden werden voor de kunstwerken die ze samen maakten, een ontwikkeling die Amanda intuïtief wantrouwde, net alsof je iedereen vertelde dat je de loterij had gewonnen voordat je je lotnummers definitief met de winnende nummers had vergeleken.

'Weet je nog de vogel die je gered hebt?' vroeg ze. 'Wat was het er voor een? Een ooievaar?'

'Een kraanvogel', zei hij. 'Vrijwel zeker een kraanvogel.'

'Is dat echt gebeurd of heb je het alleen maar gedroomd?'

Hij slaakte een zucht en tot haar verbazing klonk er oprechte ergernis in door. Ze praatte snel verder. 'Ik geloof namelijk dat ik hem vandaag gezien heb. In het park met JP. Een groot wit beest die vis aan het vangen was.'

'Echt waar? In dat park vlak bij jouw flat?'

'Ja.'

'Tjonge, dat zou geweldig zijn. Tjonge. Nee, het was geen droom, maar het voelde wel zo. Tjonge.'

Daarna belde ze met haar moeder, voornamelijk over haar vader. 'Nou, dat is wel een heel vreemd verhaal, lieverd', zei haar moeder over Kumiko en de kunstwerken en het geld en de kraanvogel. 'Weet je het zeker?'

'Hij maakt een gelukkige indruk.'

'Hij maakt altijd een gelukkige indruk. Dat betekent nog niet dat hij het ook is.'

'Je gaat me toch niet vertellen dat je je nog steeds zorgen over hem maakt, mam?'

'Als je George eenmaal ontmoet hebt, blijf je je altijd zorgen maken.'

Vlak voordat ze in bed ging liggen doen alsof ze aan het lezen was, pakte Amanda haar mobieltje nog eens en toetste 'recente oproepen' in. Henri was de derde van boven, na haar vader en haar moeder. Ze had het hele weekend niemand anders gesproken. Ze overwoog even Henri te bellen om te vragen of hij veilig thuisgekomen was, maar dat was natuurlijk uitgesloten, om allerlei redenen. En wat zou zij zeggen? En wat zou hij zeggen?

Ze legde de telefoon weer weg en deed het licht uit.

Ze sliep. En droomde over vulkanen.

Op maandagochtend bestond haar werk uit het analyseren van de data die ze in de weekenden had verzameld: de aantallen auto's, hoelang elk daarvan gemiddeld had gewacht, mogelijk alternatieve bewegwijzering, omleidingen of alternatieve routes die zouden kunnen helpen. Ze deed haar best om nooit met anderen over dit deel van haar werk te praten, niet nadat ze had gezien hoe hun gezicht vertrok van afgrijzen bij de gedachte dat ze erover door zou kunnen gaan.

Maar de mensen waren dom en zij vond haar baan interessant. Het reguleren van het verkeer was misschien niet zo bijster dynamisch, maar het oplossen van een probleem kon dat wel zijn. En dit waren problemen die ze kón oplossen, waar ze zelfs een bepaalde flair voor ontwikkelde, misschien wel zodanig dat ze Felicity Hartford van anonieme minachting tot schoorvoetend goedkeurende erkenning had weten te bewegen.

Hoewel Rachel, die immers haar directe leidinggevende was, daarbij echt een groot obstakel begon te worden.

'Ben je al klaar met die analyse?' vroeg Rachel. Ze stond naast Amanda's bureau een rapport te lezen, alsof Amanda's werk te saai was voor oogcontact.

'Het is 9 uur 42', zei Amanda. 'Ik ben hier pas vijfenveertig minuten.'

'Eenendertig minuten', zei Rachel. 'Denk je soms dat het niet opgevallen is dat je te laat was?'

'Ik heb zaterdag de hele dag gewerkt.'

'Verkeerstellingen zouden maar een ochtend in beslag moeten nemen. Dat is toch niet de hele dag?'

Zo ging het al sinds de picknick. Er was niets veranderd waar ze de vinger op kon leggen, geen grote gebaren of een verklaring van eeuwige vijandschap, alleen het geleidelijke achterwege blijven van uitnodigingen voor de lunch, een toegenomen bitsheid in de zakelijke omgang, een algehele verkilling van de sfeer. Maar weigeren haar aan te kijken was weer nieuw. Ze moesten een andere fase zijn ingegaan, dacht Amanda. Vooruit dan maar.

'Hoe gaat het met de broer van Jake Gyllenhaal?' vroeg ze terwijl ze zich omdraaide naar haar beeldscherm. Vanuit haar ooghoeken zag ze dat Rachel in elk geval opkeek.

'Wie?'

'Die man uit het park', zei Amanda, gemaakt onschuldig. 'Die olijfolie over je morste.'

'Met Wally gaat het prima', zei Rachel, maar heel even werd haar volkomen gave gezicht ontsierd door een kleine frons (plus, tot Amanda's blijdschap, een fronsrimpeltje). 'Heet hij Wálly?' vroeg Amanda, misschien al wel voor de derde of vierde keer. 'Wie heet er tegenwoordig nou nog Wally?'

'Het is een volkomen normale naam', zei Rachel. 'In tegenstelling tot sommige andere namen die ik zou kunnen noemen. Ik bedoel maar: Kumiko, voor iemand die niet eens Japans is.'

Amanda knipperde met haar ogen. 'Wat raar om zoiets te onthouden. En hoe weet je dat ze niet Japans is?'

'Zo gek is het niet', zei Rachel. 'Want je praat er aan één stuk door over. Alsof je zelf geen leven hebt en dus via je vader leeft. Dat is pas sneu, of niet soms?'

'Soms, Rachel, heb ik geen idee hoe jij denkt.'

'Het rapport, Amanda?' zei Rachel met flitsende groene ogen.

Amanda gaf het op. 'Voor de lunch', zei ze en toen glimlachte ze breeduit en vals. 'En wie weet kunnen we samen even een hapje gaan eten en het doornemen? Wat vind je ervan?'

Rachel liet een gespeeld teleurgesteld geluid horen. 'Dat zou hartstikke leuk zijn. Maar ik heb al plannen. Leg het gewoon voor één uur maar op mijn bureau.'

Ze liep weg zonder Amanda's antwoord af te wachten. We hadden vriendinnen kunnen zijn, dacht Amanda.

'Maar kennelijk toch niet', zei ze tegen zichzelf.

'Aan de kant met je dikke reet!'

Door de elleboog van de fietser vloog Amanda's koffie in de richting van het trottoir waar werknemers uit de City in drommen op weg waren naar hun lunchgelegenheid, onder wie een zakenvrouw die de verkeerde dag had uitgekozen om roomwit te dragen. De koffiebeker belandde op de grond bij de voeten van de vrouw en er spetterde een golf koffie op die tot halverwege haar bovenbenen kwam. De vrouw staarde Amanda met open mond aan. Amanda voelde zich verscheurd tussen schaamte omdat zo veel mensen dat 'dikke reet' hadden gehoord en schaamte omdat ze min of meer koffie had gegooid naar een onschuldige voorbijgangster, en ze probeerde het initiatief aan haar kant te krijgen.

'Die achterlijke fietsers', zei ze, en dat meende ze ook echt, maar ze hoopte ook dat de vrouw zou meegaan in het beschuldigen van iemand anders dan haarzelf.

'Je staat op de fietsstrook', zei de vrouw. 'Wat had je dan verwacht dat hij zou doen?'

'Ik verwachtte dat hij voorrang zou verlenen aan een voetganger!'

'Misschien is je reet wel zo dik dat hij er niet omheen kon.'

'Lazer toch op', zei Amanda en ze liep weg. 'En wie draagt er nou roomwit in januari?'

'Je krijgt hier echt de rekening voor!' zei de vrouw, die achter haar aan kwam.

Amanda probeerde zich langs alle pakken en mantelpakjes te wringen die de pas hadden vertraagd om de ruzie gade te slaan. 'Wat wou je doen?' zei ze. 'Wil je me laten arresteren voor de stomerijkosten?'

Een aantrekkelijke Indiase zakenman ging met een ernstig gezicht voor Amanda staan. 'Ik vind dat u echt moet aanbieden om de stomerijkosten voor die mevrouw te betalen', zei hij met een zwaar Liverpools accent. 'Dat is gewoon fatsoenlijk om te doen.'

'Ja', zei een tweede aantrekkelijke man. 'Het was toch jouw schuld?'

'Het was de schuld van die fietser', zei Amanda. 'Die botste tegen mij op en die is in geen velden of wegen meer te bekennen en zwelgt nu waarschijnlijk in zijn zelfingenomen gelijk.'

De in het roomwit geklede vrouw haalde haar in en pakte haar bij de schouder. 'Moet je nou eens kijken!' zei ze. 'Dit ga je betalen.'

'Dat komt goed', zei de Indiase man uit Liverpool. 'Dat gaat ze heus wel doen.'

Amanda opende haar mond om de strijd aan te gaan. Tot haar verrassing ontdekte ze dat ze zelfs bereid was om de vrouw op de een of andere manier fysiek te bedreigen, misschien zelfs bereid om haar echt een klap te geven (zelfs een flinke stomp) als de vrouw verdomme haar hand niet van haar schouder haalde. Amanda was lang genoeg en stevig genoeg om niet met zich te laten sollen en jezus! mensen moesten gewoon leren dat ...

Maar toen ze haar mond opende om van leer te trekken, merkte ze dat ze alweer in tranen was.

Iedereen keek naar haar, met boze gezichten omdat zij hen met onrecht had geconfronteerd, en ze wachtten vastberaden tot dat was rechtgezet. Ze probeerde opnieuw iets te zeggen, probeerde in niet mis te verstane termen uit te leggen wat die vrouw met haar roomwitte broek kon doen, maar het enige wat eruit kwam was een verstikte snik.

'Niet te geloven,' mompelde ze voor zich heen, 'wat mankeert me toch?'

Een paar tellen later, hoewel het uren leken, had Amanda visitekaartjes uitgewisseld met de vrouw onder de misprijzende, triomfantelijke ogen van de twee aantrekkelijke mannen. Ze liet hen over aan de grootkapitale ménage à trois die misschien tussen hen zou ontstaan en nam de rest van haar lunch mee naar het lapje groen naast het kantoor, en pas toen ze was gaan zitten op de enige vrije bankhelft die er nog was, drong het tot haar door dat ze geen koffie meer had. Het zijn tranen van boosheid, hield ze zich voor terwijl ze zat te huilen boven haar sandwich met tuinkers zonder mayonaise die ze vanochtend haastig had klaargemaakt omdat ze aan de late kant was voor de crèche van JP. Het zijn tranen van boosheid.

Maar Henri had gelijk. Daar zat niet zo veel verschil tussen.

'Gaat het wel?' vroeg een stem.

Het was de vrouw die op de andere helft van het bankje zat, een vrouw die Amanda amper had opgemerkt toen ze was gaan zitten, een vrouw die, het was verbijsterend, ook al roomwit droeg. Godallemachtig, mensen, het was januari.

Maar dit keer was het in elk geval een roomwitte outfit met daarboven een vriendelijk gezicht, en tegelijkertijd een gezicht dat de wereld had gezien (dacht Amanda tot haar eigen verrassing), en misschien was teruggekomen zonder al te veel kennis over de wereld, maar wel met meer zelfkennis dan Amanda in een heel leven kon vergaren.

'Het was een lange dag', wist Amanda verward uit te brengen. Ze richtte haar aandacht weer op haar sandwich.

'Ah', zei de vrouw. 'Volgens de mythen werd de wereld in één dag geschapen, en daar doen we smalend over en we noemen ze metaforen en allegorieën, maar op een dag als vandaag lijkt het alsof we ons de hele ochtend kunnen afbeulen om een heel universum te scheppen, als we maar op tijd zijn voor de middagvergadering.'

Amanda glimlachte beleefd terug, maar werd bekropen door de eerste angstsignalen dat ze naast een gestoorde vrouw was gaan zitten. Maar nee, toch niet. Deze merkwaardige kleine vrouw leek het op de een of andere manier te hebben begrepen en deelde dat alleen maar mee. Weliswaar op een merkwaardige manier, maar ook op een manier die merkwaardig troostrijk was.

Ik blijf maar 'merkwaardig' denken, ging het door Amanda heen. De vrouw had ook een merkwaardig accent (daar gaan we weer) dat ze niet goed kon thuisbrengen, goed verstaanbaar, maar vreemd omdat het accent niet aan een bepaald land deed denken, maar haar iets heel ouderwets gaf. Amanda schudde het hoofd. Nee, dacht ze, ze komt waarschijnlijk uit het Midden-Oosten. Of zoiets.

'Neem me niet kwalijk', zei de vrouw, vier woorden, niet de gebruikelijke gedachteloze beleefdheidsfrase, maar als uitdrukking met een diepere betekenis.

Amanda keek haar weer aan.

'Het is nauwelijks voorstelbaar,' zei de vrouw, 'maar is het mogelijk dat je Amanda Duncan bent?'

Kauwend op haar sandwich verstijfde Amanda.

'Neem me niet kwalijk', zei de vrouw nog eens, en dit keer betekende het gewoon 'sorry'. 'Dit is echt wel een verbluffend toeval, vind je niet?' zei ze. 'We hebben elkaar nog niet eerder ontmoet, maar ik heb het gevoel dat we elkaar al kennen.'

Amanda ging verbaasd rechtop zitten. 'Kumiko?'

Er racete een fietser voorbij – en wat Amanda betrof had hij dezelfde kunnen zijn als eerder; ze zagen er allemaal hetzelfde uit met zo'n broek die strak in het kruis zat en met hun houding van ethische zelfingenomenheid – gevaarlijk dicht langs het bankje, zodat ze allebei achteruitdeinsden. Amanda's sandwich met tuinkers viel op de grond en lag erbij als het slachtoffer van een moordenaar.

'Godvergeten klótefietsers!' schreeuwde ze hem achterna. 'Die denken dat de hele wereld van hen is! Dat ze maar kunnen doen wat ze willen! Die zelfs mopperen dat je een obstakel bent als je godverdómme op een bankje in het park zit!'

Amanda liet zich tegen de rugleuning van het bankje vallen, zonder lunch, zonder koffie, woedend dat de tranen weer kwamen opzetten, woedend dat het leek of de hele wereld in elkaar stortte, en nog wel zonder goede reden, dat er niets was veranderd, behalve een kleinigheid, iets waar ze de vinger niet op kon leggen, iets wat alles waaruit haar leven bestond oppakte en net iets hoger op een berghelling legde, zodat ze ernaartoe moest klauteren, en als ze daar dan weer kwam, was er alleen maar nog meer berg, en zolang ze leefde, zou er alleen maar nóg meer berg zijn, en als dat zo was, wat had het dan voor zin? Wat had het dan allemaal voor zin?

Voorzichtig werden haar een paar papieren zakdoekjes aangereikt. Van haar stuk gebracht door waar haar gedachtegang vandaan was gekomen en hoe snel die zijn schrikwekkende bestemming had bereikt, nam Amanda de zakdoekjes aan van de vrouw die op een onbegrijpelijke manier Kumiko bleek te zijn, en ze veegde haar tranen weg.

'Ik weet het', zei Kumiko. 'Ik heb ook de pest aan ze.'

Het duurde even voordat tot Amanda doordrong wat Kumiko bedoelde. Toen ze het begreep, keek ze verbaasd op en barstte opnieuw in tranen uit.

Die in elk geval niet van boosheid waren.

'Drukkerij Duncan?'

'Met de beroemde kunstenaar George Duncan?'

'…'

'Daar spreek ik mee, hè?'

'…'

'Kom op, George. Je hoeft niet zo bescheiden te doen! Ik heb je op het internet gezien.'

'Het is afgelopen. Ik dacht dat we …'

'Nee, het is helemaal niet afgelopen. Ik heb gezien wat je te koop hebt. Hier, voor mijn neus, op het computerscherm. Het is helemaal niet afgelopen, hè George?'

'Ik bedoel dat dít afgelopen is. En dat weet je. Jij wilde het zo. En deze ene keer was ik het met je eens.'

'Maar dat was voordat je beroemd werd, zeker?'

'Van beroemd zijn is geen sprake. Hoor eens, ik …'

'En die prijzen, George. Zijn die zacht uitgedrukt niet wat aan de hoge kant?'

'Dat zijn niet onze websites. En dat zijn niet onze prijzen. We weten niet eens hoe dat allemaal zo gekomen is. Het is min of meer geëxplodeerd …'

'"We weten niet eens"? Jij en die Kumiko? Zo heet ze toch? Kumiko?'

'Ik ga nu ophangen, Rachel, en ik wil niet dat je …'

'Een stelletje dat samenwerkt? Is dat niet schattig?'

'Rachel, nu moet je echt ophouden. Je verlaagt jezelf.'

'…'

'Sorry. Ik wilde je niet …'

'Sodemieter toch op, George. Ik probeer alleen maar aardig te doen. Ik probeer alleen maar vriendelijk te zijn. Ik bedoel, jij hebt mijn hart gebroken …'

'Dat is absoluut niet waar. Stiekeme ontmoetingen. Je hebt me geheimhouding opgelegd. Je maakte niet eens de indruk

136

dat je het naar je zin had.'

'Dat is niet eerlijk. Die geheimhouding gold voor ons allebei. Ik bedoel: ik zou met alle plezier Amanda over ons vertellen als dat is wat je graag wilt ...'

'Moet dat een dreigement voorstellen?'

'...'

'Ik ga nu ophangen. Ik meen het.'

'Wacht. Wacht. Het spijt me. Ik weet hoe fel ik kan zijn. Echt. Maar ...'

'Maar wat?'

'Ik kan er niet tegen dat je zo gemeen doet, George. Dat past helemaal niet bij je.'

'Het spijt me, ik ...'

'Want dat krijg ik maar niet uit mijn hoofd. Dat je niet gemeen bent. Want dat komt zo vaak voor tegenwoordig, niet te geloven. Alle mannen met wie ik uitga, gaan een soort concurrentiestrijd met me aan. Wie is het gemeenst? Wie is het onbeschoftst? Alsof we vanaf het eerste hallo de strijd aanbinden om te bewijzen hoe agressief we wel niet zijn. En de afspraakjes zijn dan als een, als een, als een, hoe noem je zoiets?'

'Een steekspel?'

'Ja! Als een steekspel! En je mag de ander alleen maar laten zien hoe agressief je bent en hoe hard je bent en dat je moet lachen om hun zwakheden. Zo gaat het eraan toe. Je lácht om ze. Je lacht om hoe dom ze zijn. En je doet je uiterste best om ervoor te zorgen dat ze nooit zullen lachen over jouw domheid. En wat seks betreft: laat ik het daar maar helemaal niet over hebben.'

'Nee, dat lijkt me een goed idee.'

'Want bij seks gaat het er alleen maar om dat je doet alsof het maar zozo is, ongeacht hoe fijn het is. Ongeacht hoe ze hun best doen en hoe goed ze in bed zijn, het is niet meer dan zozo. Je laat merken dat je het beter gewend bent. Dat het niet slecht was, maar dat ze niet naast hun schoenen moeten gaan lopen.'

'Rachel, ik weet niet wat je van me ...'

'Het is vreselijk, George. Ik heb er een hekel aan. En ik ben uit geweest met die jongen, met Wally.'

'Wally?'

'En dan verloopt elke minuut zo! Elke minuut! Alsof het een aflevering is van *Gladiators*. Het is doodvermoeiend. Ik ben het zo zat. Ik ben het zo verschrikkelijk zat. En jij was niet zo.'

' ... '

' ... '

' ... '

'George?'

'Ik ben nu met Kumiko.'

'Ik weet het. Ik weet het. Echt. Je dochter praat over niets anders. Dus ik weet het. Maar ik was gewoon aan het denken. Ik was aan het denken dat ik je zo mis.'

' ... '

' ... '

'Ik weet niet wat ik moet zeggen ...'

'Je hoeft niets te zeggen. Ik wil alleen ...'

'Ik ben nu met Kumiko ...'

'Zeggen dat ik iemand mis die ...'

'En ik ben echt ...'

'Gewoon áárdig is ...'

'Verliefd op haar geworden.'

'Je was zo aardig voor me, George. Dat is vrijwel niemand.'

'Nou, je was ook niet bepaald aardig tegen jezelf.'

'Ik weet dat ik niet zo aardig tegen je was ...'

'Nee, niet aardig tegen jezélf. Je was niet lief voor jezelf.'

'Jij was de eerste die opperde dat dat een mogelijkheid kon zijn, George. En ik ben uit geweest met die Wally, die echt heel leuk is, maar ...'

'Rachel, ik moet ...'

'Maar ik blijf maar denken: hij is niet zo aardig als George.'

'Het was een bevlieging, Rachel, en volgens mij weten we allebei wat een vergissing het was. Ik ben te oud voor je. Ik ben te saai voor je. Dat heb je zelf gezegd. Ik ben niet eens erg aantrekkelijk ...'

'Misschien is dat allemaal wel waar. Maar soms heb je behoefte aan meer dan dat.'

'En dit heeft niets te maken met het feit dat ik nu iemand anders heb? Dat ik nu een beetje in het nieuws ben?'

'Je doet weer gemeen, George. En dat past niet bij je.'

'Ik moet nu echt ophangen. Ik wens je het allerbeste ...'

'Zie je nou? Je bent aardig.'

'Maar ik moet nu echt ophangen.'

'Ik wil je graag weer zien.'

'Rachel ...'

'Uit sentimentele overwegingen.'

'Nee, ik geloof niet ...'

'Ik zou je een leuke nacht kunnen bezorgen.'

'...'

'Je weet dat ik daar goed in ben, George.'

'Het spijt me echt, Rachel.'

'Reken maar dat je er spijt van krijgt als je me niet ...'

'Ik vind het akelig dat je je zo eenzaam voelt.'

'George ...'

'Ik wens je alle geluk toe. Ik luister naar je en ik hoor verdriet en de wens om ...'

'Wacht even ...'

'... een band met iemand te hebben, een echte band.'

'O, is dat zo? Ik ...'

'En het spijt me dat ik diegene niet kan zijn. Maar dat gaat niet. Echt niet.'

'George ...'

'En ik wens je het allerbeste …'
'George …'
'Maar nu moet ik ophangen.'
'Ik ben zwanger.'
'…'
'…'
'…'
'…'
'Maar niet heus.'
'George …'
'Dag, Rachel, en het spijt me.'
'George, ik wil alleen maar …'

De vrouw vliegt een leven lang, en nog langer, strijkt neer wanneer de groeiende aarde haar roept en vliegt wanneer dat niet gebeurt. Beide situaties zijn vreugdevol, en in weerwil van haar tranen is vreugde iets waar ze aanleg voor schijnt te hebben. Ze verleent absolutie waar ze neerstrijkt, doorboort harten met haar vergiffenis, want als we al vergiffenis vragen, betreft het toch meestal onze vergrijpen tegen de vreugde?

De wereld gaat haar adolescentie in, het land rijgt zich aaneen tot een herkenbaar geheel, zij het niet zonder pijn en erupties. Ze vermijdt de vulkanen niet wanneer die tot uitbarsting komen en herkent in hen dezelfde boosheid als die ze bij het water heeft gezien, van een naar buiten gerichte inspanning, in het niets.

'Het duurt niet lang meer', zegt ze tegen de vulkanen. 'Het duurt niet lang meer voordat jullie greep zijn lange spieren zal inbedden in de aarde en die stevig zal samenbinden tot een wereld. De ene arm grijpt de andere vast, die weer een andere vastgrijpt en de last van het leven op jullie gezamenlijke schouders torst. Het duurt niet lang meer.'

En de vulkanen geloven haar, brengen hun boze stromen tot bedaren en leiden die in rechte banen om de wereld bij elkaar te trekken.

9 van 32

Alle vulkanen, op een na.

'Ik geloof u niet, mevrouw', zegt de vulkaan, en zijn groene ogen flitsen van een boosaardig vermaak dat haar verbaast.

'Woede is waar het bij een vulkaan om draait', zegt hij. 'Een rustige vulkaan is immers niet meer dan een berg? Een vulkaan tot bedaren brengen staat gelijk aan hem doden.'

Lava, hitte en vernietiging slaan in golven van hem af en de bewoners van deze jonge aarde vluchten voor zijn verzengende lach. Vol weerzin vliegt ze weg, maar cirkelt nog eens rond om haar weerzin te bevestigen. En cirkelt dan nog eens rond.

'Het doel van een vulkaan is dood te gaan', zegt ze. 'Is dat niet waar u naar streeft?'

'Het doel van een vulkaan is dood te gaan, mevrouw,' zegt de vulkaan, 'maar dan wel zo boos mogelijk.'

'U lijkt me niet boos', zegt ze. 'U glimlacht. U drijft er de spot mee. U spreekt uit verlangen, u wilt uitdagen. Dat heb ik over de hele wereld gezien.'

'Ik spreek uit vreugde, mevrouw. Uit boze vreugde.'

'Is zoiets mogelijk?'

'Dat is wat ons tot leven wekt. Dat is wat het magma van de wereld doet laaien. Dat is wat de vulkaan in een lied doet uitbarsten.'

'Is dat de naam die u aan uw vernietiging geeft? Een lied?'

'Ja, mevrouw. En een lied kan niet liegen.'

'Maar u wel', zegt ze en ze vliegt weg.

De vulkaan werpt haar verdwijnende gestalte een golf van lava na. Die bereikt haar niet. Dat is ook niet de bedoeling. 'U komt nog terug, mevrouw', zegt hij. 'U komt nog terug.'

10 van 32

Ze komt terug. Ze is ouder en wijzer. Ook de wereld is ouder, zij het verrassend genoeg niet zo veel wijzer.

'U barst nog steeds uit', zegt ze terwijl ze in een wijde boog om de vulkaan heen vliegt.

'En u schenkt nog steeds vergiffenis', zegt de vulkaan op

zijn door paarden voortgetrokken triomfwagen, 'waar vergiffenis niet op zijn plaats is.'

'U bent een oorlogsinstrument geworden', zegt ze, maar ze blijft buiten zijn bereik, want in de voorafgaande tijd is ze meer over vulkanen aan de weet gekomen, heeft geleerd, zoals wij allemaal, om buiten hun invloedssfeer te blijven.

'Ik ben nu generaal', zegt de vulkaan. Voor hem verspreidt zich een leger dat uitzwermt over de wereld en dat bossen en steden, woestijnen en vlakten verwoest.

'In tegenstelling tot de anderen bent u niet doodgegaan en u bent geen berg geworden.'

'Dat klopt, mevrouw. Daar zat geen toekomst in.'

Hij heft zijn zweep, een lange ketting van witgloeiende hitte en laat hem neerkomen op zijn grote, angstaanjagende paarden. Ze hinniken van pijn en vertrappen boerderijen, bruggen en beschavingen onder hun hoeven. Zijn talloze, roofzuchtige manschappen stromen er als brandende rivieren achteraan.

Ze vliegt een poos met hem mee en kijkt in stilte toe hoe hij dit deel van de wereld vermorzelt. Ze zegt niets tegen hem. Hij zegt op zijn beurt ook niets, maar werpt slechts nu en dan een blik in haar richting. De groene ogen, die haar baan volgen.

'Ik zal u vergiffenis schenken,' zegt ze, 'mocht u het vragen.'

'Ik ga het niet vragen, mevrouw', zegt de vulkaan.

'En waarom niet?'

'Ik heb niemands vergiffenis nodig en ik erken al evenmin uw recht om me die te schenken.'

'Het recht om die te schenken wordt verleend door degene die erom vraagt.'

Hij glimlacht naar haar; zijn ogen zijn pienter. 'Dat is niet in tegenspraak met wat ik zei, mevrouw.'

Geleid door een gevoel dat ze niet wil onderzoeken, maakt ze een lage duikvlucht over het oprukkende leger van de vulkaan. Dat is op een ander leger gestuit en van dichtbij is het onmogelijk te zeggen wie aan welke kant staat. De veldslag is niet meer dan een kolkende, spetterende ketel die overloopt van dood en verderf, die in zichzelf gekeerd staat te koken en aan te branden.

Ze stijgt op, keert terug en cirkelt een laatste keer om de vulkaan.

'Voordat u weggaat, mevrouw,' zegt de vulkaan, 'vroeg ik me af of u me uw naam wilt vertellen.' Hij glimlacht nog eens en weerspiegeld in zijn ogen gaat de wereld brandend en vol verschrikkingen ten onder. 'Zodat ik u die kan toeroepen als u me terugziet.'

'Ik zal u niet terugzien.'

'Zoals u wilt, mevrouw,' zegt de vulkaan en hij buigt het hoofd voor haar. 'Maar ik zal u wel mijn naam vertellen.' Wanneer hij zijn mond opent, stijgt er een gebrul van pijn en ellende uit op. Alleen al bij het horen ervan krullen de bladeren van bomen in de buurt, vogels vallen uit de lucht en zwarte sprinkhanen kringelen op uit scheuren in de grond.

'Maar u, mevrouw,' zegt de vulkaan, 'noemt u me maar ...'

'Ik spreek u bij geen enkele naam aan', zegt ze, klaar om weg te vliegen, maar ze vertrekt niet, nog niet. Voor de tweede keer zegt ze: 'Ik zal u niet terugzien.'

De vulkaan zegt, ook voor de tweede keer: 'Zoals u wilt, mevrouw.'

Hij heft zijn zweep, maar ze is verdwenen voordat hij neerkomt.

'Vader?' zegt ze terwijl ze door de wolken vliegt. Ze weet dat hij niet zal reageren. Dat heeft hij nooit gedaan, op geen enkel moment tijdens het ouder worden van de wereld. Ze weet niet of hij ergens is en naar haar luistert, en ze gelooft daar eigenlijk ook niet in, want in de loop van een dag, om maar te zwijgen van de bestaansduur van een wereld, beweegt een wolk zich voort, pakt zich samen en regent vele malen uit, en zelfs de dochter van een wolk kan de ene wolk niet van de andere onderscheiden.

Ze zouden haar vader kunnen zijn. Ze kunnen ook gewoon wolken zijn. Ze zijn haar vader niet. Ze zijn wolken.

Maar toch zegt ze: 'Vader?'

Daar laat ze het bij, omdat ze niet goed weet hoe haar vraag zou kunnen luiden. Haar hoofd is vervuld van de vulkaan, van ruzies die ze nooit hebben gehad, van nederlagen die ze hem nooit heeft toegebracht, van de definitieve, zoete vergiffenis die ze kan schenken als ze zijn laatste wens vervult om de bevrijding te ervaren waar hij niet om heeft gevraagd.

Ze vliegt door de wolken en laat de druppels haar voorhoofd verfrissen, haar kleding bevochtigen, weldadige verlichting bieden en de pijn wegnemen uit de spieren die ze bij het vliegen gebruikt.

Al die tijd wordt ze gadegeslagen door haar vader, die haar naam pas fluistert wanneer ze eindelijk de wolken heeft verlaten en te ver weg is om het te kunnen horen.

George begon rare dingen te dromen.

Kumiko wilde hem nog steeds haar werk niet laten zien en wilde hem amper binnenlaten in de kleine flat waar ze woonde – wat niet zo belangrijk was omdat ze nu vrijwel altijd bij George was – maar hij begon te dromen over afgesloten deuren terwijl hij wist dat zij daarachter was en ook wist dat de sloten er alleen op haar verzoek waren en dat hij dat verzoek zou respecteren. Hij kon kijken wanneer hij maar wilde. Maar in zijn dromen bleef hij achter de deur. In vertwijfeling.

Of hij droomde dat hij haar aantrof in een geheime witte kamer zonder sloten, waar ze veren voor zichzelf vergaarde voor de gedaante van een vrouw, dat ze lange witte vleugels drapeerde en bijsneed tot armen en vingers, dat ze een snavel verborg achter haar neus, dat ze lichtbruine contactlenzen droeg om haar diepgouden ogen te verbergen. Wanneer ze zag dat hij naar haar keek, huilde ze om hem, om alles wat ze weldra zouden verliezen.

Of hij droomde over vuur dat oprees vanuit de aarde en over lavastromen die hem volgden terwijl zij erachteraan rende, maar in de droom wist hij nooit zeker of zij ook wegrende voor het vuur of dat ze het naar hem toe leidde, zodat het hem kon overmeesteren en verteren.

Wanneer hij wakker werd, vergat hij alle bijzonderheden van de droom, maar er bleef een restant van onbehagen achter.

En dat stapelde zich op.

De eerste aankoop die hij deed met het geld van de collages was een reusachtige nieuwe drukpers voor de zaak.

'En geen loonsverhoging voor mij?' vroeg Mehmet verontwaardigd, met over elkaar geslagen armen.

'En loonsverhoging voor jou', zei George, die toekeek hoe de bezorgers de drukpers op zijn plaats zetten.

'Hoeveel?'

'Een pond per uur.'

'Is dat alles?'

George draaide zich naar hem om. 'Een pond vijftig?'

Even leek het of Mehmet wilde protesteren, maar toen verscheen er een ongelovige lach op zijn gezicht. 'Hoe heb je het zo ver weten te schoppen in het leven, George? Hoe kan het dat de wereld je niet levend heeft verslonden?'

'Ik red me prima', zei George en zijn blik ging terug naar de drukpers.

Hij glom niet; zijn onderdelen waren van kunststof en zijn rollers zagen eruit als wat ze waren, radertjes in een enorm industrieel apparaat. Maar tjonge, wat glom hij. Voor zijn geestesoog glom hij. Hij was sneller dan de oude drukpers die George had, maar dat was maar een technisch aspect. De kleuren waren veel levendiger. De glanslagen en de complexe structuurcombinaties die hij aankon waren van een bijna lachwekkende luxe. De programmering kon zichzelf in een oogwenk bijstellen, nog sneller dan in een oogwenk, kon vooruitlopen op je wensen en doen wat je wilde zonder dat je het zelfs maar hoefde te vragen.

De machine verenigde alles in zich wat George ooit voor zijn bedrijf had gewild.

En betaald met het soort kunstwerk dat erboven hing. Kunst die grotendeels door Kumiko was gemaakt, hoewel ze bleef volhouden dat zijn bijdrage eraan van essentieel belang was en daarom stond ze de helft van de opbrengst aan hem af.

En dat bleek de helft van heel wat te zijn. Nadat ze de tweede collage hadden verkocht – van de gesloten hand naast het profiel van het gezicht – aan de vrouw die was meegekomen met de eerste koper, hadden ze binnen een week een derde en een vierde verkocht aan vrienden van de eerste twee kopers. Hoewel het overduidelijk was dat deze mensen goed in de slappe was zaten en ze soms op een intimiderende manier afstandelijk waren, leek geen van de nieuwe kopers de collages te willen omdat ze op de een of andere manier trendy waren – hoe zou dat ook kunnen, daarvoor waren ze veel te nieuw – maar ze legden eenzelfde soort wanhopig verlangen aan de dag als de eerste kopers. Een van hen, een ontwerper bij een reclamebureau, die een dure zwarte stropdas droeg bij een duur zwart overhemd onder een dure zwarte blazer, had vrijwel niets gezegd, behalve een gefluisterd 'ja' toen hij de nieuwste collage bekeek van Kumiko's gevederde paarden die een heuvel af stormden naar een rivier van Georges woorden, voordat hij een dikke stapel bankbiljetten overhandigde aan een gechoqueerde Mehmet.

Vervolgens had iemand, vermoedelijk een van de kopers, een tip gegeven aan een klein, maar invloedrijk onlinekunsttijdschrift, dat een kort interview met George had opgenomen – maar niet met Kumiko, die had gevraagd of hij naar buiten wilde treden als de publieke figuur die de collages misschien nodig hadden – als een 'potentiële ster in opkomst', en voor het einde van die week hadden ze niet alleen een aantal verzoeken gekregen om de tot dan toe onvoltooide vijfde collage te mogen kopen, maar ook aanbiedingen voor een oriënterend gesprek met en zelfs vertegenwoordiging door verschillende kunsthandelaren.

George had die allemaal afgeslagen, voornamelijk omdat Kumiko er huiverig voor scheen te zijn om er anderen bij te betrekken, maar dat was toen nauwelijks meer van belang. Het nieuws verspreidde zich zonder dat George daar schijnbaar iets voor hoefde te doen.

'Je hebt een buzz', zei Mehmet op een geïrriteerde toon toen ze de vijfde collage had verstuurd naar een koper in Schotland, die hem niet eens met eigen ogen had gezien. 'God mag weten waarom.'

'Als God het weet,' zei George, 'dan heeft hij het mij niet verteld.'

Kumiko hield zich daar intussen buiten en liet de verkoopkant aan George over, terwijl zij ijverig doorwerkte en alle creaties aannam die George haar gaf en ze op de een of andere manier omtoverde tot adembenemende composities die, naar het leek, niet pas gemaakt waren, maar altijd al hadden bestaan en alleen hadden gewacht totdat ze zouden worden samengevoegd om hun aloude, voltooide vorm te onthullen. Ze werkte aan andere collages voor de verkoop, maar had de papiercreaties van George ook toegevoegd aan haar privécollectie van tweeëndertig die zelfs hij niet allemaal had gezien. Die bleven geheim en buiten de verkoop, maar voor de overige was er een toenemende belangstelling van mensen die de zesde en de zevende collage binnen enkele uren na voltooiing gretig kochten en er steeds krankzinniger bedragen voor neertelden.

Krankzinnig genoeg, bijvoorbeeld, voor een substantiële aanbetaling voor deze supermoderne drukpers die alleen echte uitgeverijen zich konden permitteren.

Hij was fantastisch. Hij was van hem. Het was bijna onwerkelijk.

'Het lijkt wel ...' Hij draaide zich om naar Mehmet. 'Heb ik iets gemist? Hoe is dit zo gekomen?'

'Ik weet het niet, George,' zei Mehmet, 'ik geloof dat geen mens dat weet.'

'Vind jij het niet raar?' vroeg hij toen Kumiko zijn haar inzeepte.

'Leun eens achterover', zei ze om zijn hoofd boven de gootsteen te houden.

'Het témpo waarin', zei hij. 'De gretigheid waarmee. Het lijkt wel ...'

Hij maakte de zin niet af. Hij wist eigenlijk niet wat het leek.

'Het verbaast mij ook', zei Kumiko terwijl ze met een maatbeker de shampoo wegspoelde. Ze kneep het overtollige water uit zijn haar en vroeg of hij rechtop wilde gaan zitten. Ze had een korte, scherpe schaar in haar hand en begon zijn natte lokken te kammen.

'Ik ben gewoon overdonderd', zei hij.

Hij voelde haar hand even aarzelen, zo licht dat het vrijwel onmerkbaar was, voordat ze een haarlok pakte en het eind recht afknipte.

'Overdonderd in positieve of negatieve zin?' vroeg ze.

'Ik weet niet of het positief of negatief is. Het is gewoon ... overdonderend. Er was niets. Alleen die onnozele hobby van me die niets voorstelde. En toen kwam jij.' Hij keek haar aan. Zachtjes duwde ze hem weer terug om zijn haar te kunnen knippen. 'En dan nog dit allemaal', zei hij. 'En ...'

'En?' Ze knipte nog een stukje van zijn haar en deed dat nu met het zelfvertrouwen van een professional.

'En niets, denk ik', zei hij. 'Alleen dat er zoiets buitengewoons is gebeurd. Gebeurt.'

'En dat brengt je van je stuk?'

'Ja, ik geloof het wel.'

'Mooi', zei ze. 'Het brengt mij ook van mijn stuk. Ik kijk niet zo raar op van de gretigheid waar je het over had. De wereld is altijd gretig geweest, hoewel vaak zonder te weten waar die gretigheid zich op richt. Maar het tempo waarin, ja. Dat is echt opmerkelijk.'

Ze kamde zijn haar nog eens door en wilde doorgaan met knippen. Dat zij zijn haar knipte was bij toeval gekomen. Hij had gezegd dat hij naar de buurtkapper ging, twee Braziliaanse broers, verrassend jong, ongelofelijk mooi en onbegrijpelijk dom, maar zij had gezegd: 'Laat mij het maar doen.'

'Waar had je dit ook alweer geleerd?' vroeg hij.

'Tijdens mijn reizen', zei ze. 'Bovendien verschilt het niet zo veel van wat ik in mijn werk doe. Die bezigheden vullen elkaar goed aan.'

'Ik zou het nooit aandurven om jouw haar te knippen.'

Hij kon haar bijna vóélen glimlachen, de warmte ervan voelen in de kleine keuken waar hij op zijn stoel zat met een oud laken om zijn nek geslagen en met kranten op de grond om het afgeknipte haar op te vangen. Hij sloot zijn ogen. Ja, hij kon haar voelen. Haar tegen zich aan voelen. Haar adem langs zijn nek voelen strijken toen ze zich vooroverboog.

'Ik hou van je', fluisterde hij.

'Ik weet het', fluisterde ze terug, maar het voelde niet als een berisping. Dat ze het wist, voelde als een verrukking, en hij wist dat dat genoeg was.

Maar het ging vergezeld van het gevoel dat het niet genoeg was. Hou je van me? wilde hij vragen, en daar schaamde hij zich voor. Zelfs wanneer ze die woorden wel tegen hem zei – wat ze ook deed, zij het niet zo vaak – moest hij zich er altijd van weerhouden om bevestiging te vragen.

Hij wist zo ontzettend weinig van haar. Nog steeds.

Maar het was ook niet zo dat hij haar alles had verteld. Om te beginnen was Rachel onbesproken gebleven, hoewel dat meer vanwege zijn dochter was die er, wist hij vrijwel zeker, kapot van zou zijn als ze het hoorde. Er waren natuurlijk ook massa's slechte gewoonten die geheim werden gehouden in het begin van elke relatie: het ritueel van nagels knippen in bed, de lakse houding ten opzichte van het bijhouden van zijn snor, het gedoe van het zich afdeppen met een stukje wc-papier na het plassen, maar ook dat in aanmerking genomen had Kumiko vrijwel niets prijsgegeven. Het was onredelijk, het was …

Met moeite zette hij het van zich af.

'Ik heb een keer een poging gedaan om Amanda's haar te knippen', zei hij, 'toen ze klein was.'

Hij hoorde Kumiko grinniken. 'En hoe ging dat?'

'Niet slecht, vond ik.'

'En toch bleef het bij die ene keer?'

'Tja, kleine meisjes, hè?' Er verscheen een frons op zijn voorhoofd en zijn borst zwol enigszins van liefde voor zijn moeilijke dochter. 'Hoewel Amanda nooit een doorsneemeisje is geweest. Grappig, altijd grappig, en Clare en ik dachten dat dat betekende dat het goed met haar ging.'

'Ik mag haar enorm graag', zei Kumiko. 'Ik begrijp hoe ze in elkaar zit.'

'Ik kan nog steeds niet geloven hoe jullie elkaar hebben ontmoet.'

'Het enige onnatuurlijke zou zijn als er geen toeval bestond, George. Ik had bijvoorbeeld elke willekeurige drukkerij kunnen binnen lopen. Maar ik liep de jouwe binnen en moet je eens zien wat dat niet allemaal teweeg heeft gebracht.'

Hij keek om. 'Dus jij ervaart dat ook zo?'

Ze knikte en zorgde ervoor dat hij zich weer omdraaide. 'Ik heb niet zo veel tijd als ik zou willen voor mijn eigen verhaal.'

'Dat is zo', zei hij en hij dacht weer aan de tweeëndertig collages, aan wat hij ervan had gezien – de vrouw en de vulkaan, de wereld die ze creëerden – en aan alle andere die hij nog te zien zou krijgen. Ze had hem niet eens verteld hoe het verhaal zou aflopen. 'Vind je dat geen probleem?'

'Voorlopig niet', zei ze. 'Maar je weet zelf hoe het is. Een verhaal wil verteld worden. Een verhaal móét verteld worden. Hoe kunnen we anders in zo'n ongerijmde wereld leven?'

'Hoe kunnen we anders met het buitengewone leven?' mompelde George.

'Ja', zei Kumiko ernstig. 'Precies. Het buitengewone doet zich voortdurend voor. Zo vaak dat we het niet aankunnen. Het leven en geluk en verdriet en liefde. Als we daar geen verhaal van konden maken …'

'En het verklaren …'

'Nee!' zei ze ineens fel. 'Niet verklaren. Verhalen verklaren niets. Dat lijkt zo, maar het enige wat ze geven is een uitgangspunt. Een verhaal eindigt nooit bij het eind. Er is altijd nog wat daarna komt. En zelfs binnen het verhaal, zelfs door te zeggen dat deze versie de juiste is, wordt gesuggereerd dat er andere versies bestaan, versies die parallel eraan bestaan. Nee, een verhaal is een net, een net waar de waarheid doorheen stroomt. In het net blijft iets van de waarheid achter, maar niet alles, nooit alles, alleen voldoende, zodat we met het buitengewone kunnen leven zonder dat we eraan ten prooi vallen.' Haar stem zakte een beetje weg, alsof ze uitgeput was door het verhaal dat ze had afgestoken. 'En dat zou zonder enige twijfel gebeuren, zonder enige twijfel.'

Na een paar seconden vroeg George: 'Is jou iets buitengewoons overkomen?'

'Mij', zei ze, 'en iedereen. Jou vast ook, George.'

'Ja', zei hij, want hij voelde aan dat het de waarheid was.

'Vertel eens', zei ze met een glimlach, een glimlach die zo vriendelijk was dat hij het gevoel kreeg er de rest van zijn leven in te kunnen wonen.

Hij opende zijn mond om haar te vertellen over de kraanvogel in zijn achtertuin, een verhaal waar hij tot nu toe terughoudend over was geweest, zeker gezien Amanda's sceptische reactie erop, maar misschien was dit het moment om haar te vertellen over de vreemde vogel die hij misschien wel het leven had gered, waarvan hij nooit zou weten waar hij vandaan was gekomen en waarvan de verschijning het begin had gemarkeerd van deze onmogelijke levensfase, een fase waarbij hem voortdurend de schrik om het hart sloeg omdat hij bang was dat ze zou eindigen.

Maar in plaats daarvan verraste hij zichzelf door te zeggen: 'Toen ik acht was, werd ik aangereden door een auto. Maar dat is maar één versie ervan.'

En terwijl zij zijn haar knipte, vertelde hij haar erover.

'Er was eens een vrouw', zei George, die hand in hand met JP om de vijver liep, 'die werd geboren in een wolk.'

'Ja, dat kán gebeuren', zei JP.

'Het kan. Ze werd geboren in een wolk. Zoals deze.' Hij blies warme, dampende adem in de koude lucht.

De ogen van JP lichtten op en hij deed hetzelfde, blies lange stromen wolk uit, toen een reeks kleinere. 'Zijn wolken gemaakt van adem?'

'Ik wou dat het waar was, jochie, maar het heeft iets te maken met verdamping boven de oceaan.'

'Maar ik adem wolken uit. Ik maak wolken.'

'Misschien wel.'

'Grand-père?'

'Ja?'

'Krijg je ook wolken als je een wind laat?'

George keek naar hem. Het gezicht van JP was volkomen onbevangen.

'Mamma zegt dat een wind gewoon stinkende lucht is', zei JP, 'en dat iedereen windjes laat, ook de koningin, maar ze zegt soms ook dat mijn adem stinkt, dus dat is ook stinkende lucht.'

'Tot dusver logica waar niets op aan te merken valt.'

'Dus, en als, dus als mijn adem wolken maakt …' JP zweeg even en liet de conclusie opkomen in zijn hoofd. Met een ondeugende lach keek hij op. 'Als ik een wind liet, zou dat ook een wolk worden.'

'Een stinkende wolk.'

'Een stinkende wolk waar die vrouw in werd geboren.'

'Een wolk waar ze heel snel uit vandaan zou willen.'

'Hebt u brood meegenomen?'

'Wat?'

JP wees. 'Voor de eendjes.'

Een paar huiverende ganzen die eigenlijk voor de winter ergens naartoe hadden moeten vliegen keken nu hoopvol naar hen op.

'Verdomme', zei George.

'Is dat een lelijk woord?'

'Nee, dat betekent dat ik steeds dommer word.'

'Echt waar?' vroeg JP.

'Ja, en sorry, ik heb geen brood bij me.'

'Maar, grand-père, ben ik ook in een wolk geboren?'

'Jazeker. In een stinkwolk.'

'*Je suis une nouille*', zong JP.

'Ben je een noedel?'

'Een wolk!'

'O', zei George. '*Nuage.*'

'Dat zei ik toch!' zei JP. 'Je suis une wolk!' Hij rende een poos rondjes met zijn armen wijd en bleef het maar roepen totdat hij ineens bleef staan. 'Grand-père!' zei hij als door de bliksem getroffen. 'U sprak Frans!'

'Niet echt. Ik herinner me een beetje van high school.'

'Wat is dat?'

'De middelbare school. Zo noemen ze die in Amerika.'

De ogen van JP werden wat glazig en je kon zijn hersens horen kraken. 'Was u Amerikaan?'

'Nog steeds.'

'Wow.'

'Zo reageren de meeste mensen. Nu heb ik je hulp nodig, weet je nog?'

'Voor de grote vogel!' zei JP en hij keek gespannen uit over de vijver en ging op zijn tenen staan om over de koppen van de ganzen te kunnen kijken die dachten dat het rondjes rennen een soort voorbode was van voederen. 'Ik ben geen gans, grand-père!' schreeuwde JP.

'Als je zo hard schreeuwt, jaag je de grote vogel misschien weg.'

'Ik ben geen gans', fluisterde JP, erg luid.

'Dat geloof ik best.'

'Soms ben ik een eend.'

155

'Dat geloof ik ook.'

'Ik zie de vogel niet, George.'

Hij keek neer op zijn kleinzoon. 'Hóé noemde je me?' vroeg hij op iets te scherpe toon.

JP keek beduusd en zijn mond vertrok zich over zijn kleine kaak. 'Zo noemt mamma u', zei hij en er liepen twee traantjes over zijn wangen.

'Nee, nee, nee', zei George, en hij ging op zijn hurken zitten. 'Ik ben niet boos, JP. Ik ben alleen verbaasd.'

'Ze noemt u zo omdat ze van u houdt. Dat is wat ze zegt.'

'Dat is ook zo, kleintje', zei George en hij nam JP in zijn armen en tilde hem op. 'Maar jij? De diepste liefde die ik voor je voel is wanneer je me grand-père noemt, en weet je waarom?'

'Waarom?' snifte JP.

'Omdat jij, Jean-Pierre Laurent, de enige op heel de wijde wereld bent die me zo mag noemen.'

'De enige?'

'De enige.'

'Ik ben de enige', zei JP zacht, om aan de gedachte te wennen.

'Heb je trek in een appel?'

JP lachte breeduit. 'Ik ben dol op appels! Pink Ladies zijn de lekkerste! Soms bén ik een Pink Lady!'

'Ja, wie niet?' zei George en hij zette hem op de grond en gaf hem een hand. Ze liepen over het pas langs de vijver, maar alles wat ze zagen waren de steeds teleurgesteldere ganzen, een stel slapende eenden en de altijd weer geschrokken duiven.

Geen kraanvogel, helemaal niets ongewoons.

'Wat is er gebeurd met die vrouw in de wolk?' vroeg JP.

'Ze kwam een vulkaan tegen', zei George, een beetje afgeleid omdat hij nog steeds uitkeek over de verlaten vijver. 'Er waren complicaties.'

Hij droomde weer. Dat hij vloog.

De wereld bestond uit eilanden die door de lucht zweefden, verbonden door gammele bruggen of touwverbindingen. De kraanvogel vloog naast hem, de poten ver naar achteren gestrekt. 'Wat kenmerkend is voor een kraanvogel', vertelde de kraanvogel hem. Brokstukken van de wereld tolden onder hen rond en ze vlogen langs vlakke stenen schotels met rivieren die in een kring rondliepen, langs balvormige stenen waar JP en Henri, allebei gekleed als de Kleine Prins blijmoedig in een kring rondliepen en naar hem zwaaiden toen hij langsvloog.

'Mensen dromen dit soort dingen niet', zei George en hij ging zitten op een rots in de vorm van een voetbalveld.

'Je bedoelt een grasmat', zei de kraanvogel die naast hem neerstreek.

George fronste zijn wenkbrauwen. 'Nee, dat bedoelde ik niet.'

De kraanvogel maakte een onverschillig gebaar en keek weg toen George hem aandachtiger opnam.

'Je ogen kloppen niet', zei George.

'Ogen zijn ogen', zei de kraanvogel die hem nog steeds niet goed aankeek. 'Zeker in een droom.'

'Zeker níét in een droom, zou ik gedacht hebben.' George liep iets dichter naar de kraanvogel toe. Die klapwiekte en vloog een paar passen achteruit.

'Waar zijn je manieren?' zei hij.

'Je ogen zijn groen', zei George. 'Terwijl ze goudkleurig horen te zijn.'

De kraanvogel keek hem nu recht aan. Zijn ogen waren inderdaad groen, een brandend, vlammend, zwavelachtig groen. 'En wat weet jij nou van goud?' vroeg hij, met een andere, foute stem.

'Wie ben je?' vroeg George boos, hoewel de angst opwelde in zijn borst.

'Een vraag die niet gesteld hoeft te worden', zei de kraan-vogel. Er spoot lava uit zijn ogen die in een grote vloed op George af stroomde.

Die ging rennen. Of probeerde in elk geval te rennen. De rotsachtige grond suisde met grote snelheid onder hem door en voerde hem in ijltempo weg van de vloedgolven van ge-smolten lava, hoewel hij zich in werkelijkheid niet leek te kunnen bewegen, geen andere beweging leek te kunnen ma-ken dan een onhandige poging tot rennen.

'Oké, dit voelt als een droom', zei hij.

'Nee', zei de vulkaan, die onder hem oprees, een vurige vuist om Georges nek sloeg en hem de lucht in tilde. 'Je had het de eerste keer bij het juiste eind.'

'Niet doen!' probeerde George te zeggen. 'Stop, alsjeblieft!'

Maar de vulkaan weigerde te luisteren en tilde hem steeds hoger op terwijl zijn gezicht de sterren met rook en vlammen aan het zicht onttrok. 'Ik stop niet', bulderde de vulkaan. 'Ik zal nooit stoppen!'

Hij boog zich naar achteren en smeet George met een niet te bevatten snelheid door de lucht, zodat hij langs de smel-tende wereld vloog, langs kokendhete wolken die meren en oceanen waren geweest, langs de kreten van de verdoemden in hun brandende steden. George vloog zo snel als een ko-meet, totdat hij zijn doel kon zien, de witte zijdeachtigheid kon zien, de reusachtige spierbeweging kon zien van zijn vleugels die zich introkken en ontvouwden boven de niet te bevatten uitgestrektheid.

Hij raakte zijn doel en doorboorde het.

En hij werd erdoor vernietigd.

Hij werd wakker. Niet met een kreet of door plotseling met bonkend hart recht overeind in bed te zitten. Niets drama-tisch. Hij deed alleen zijn ogen open.

Die waren nat van de tranen.

'Kumiko?' vroeg hij aan de eenzame duisternis in zijn kamer, hoewel hij wist dat ze die nacht in haar eigen huis was, dat dit een nacht was dat hij alleen sliep.

Toch vroeg hij het nog eens. 'Kumiko?'

Maar een antwoord bleef uit.

'Ik verlang naar je', zei hij. 'O, wat verlang ik naar je.'

En omdat hij George was, schaamde hij zich voor zijn gretigheid.

III

A manda nam hem mee naar haar werk. Niet elke dag, maar wel vaak. Wat absoluut ongepast was gezien het geld dat bepaalde mensen er steeds vaker voor wilden neertellen, maar ook omdat hij haar dierbaar was om diepere redenen, redenen die ze voor zichzelf niet eens goed onder woorden kon brengen, laat staan zou kunnen uitleggen als iemand ernaar zou vragen. En dat was het risico als ze hem meenam naar haar werk. Als iemand hem zag, zou dat vast vragen oproepen.

Daarom had ze vanochtend, toen ze van huis ging, het ferme besluit genomen om hem niet mee te nemen. En meteen daarna was ze, net als een aantal keren daarvoor, van gedachten veranderd.

Hij was gemaakt op de gebruikelijke zwarte achtergrond, net als de collage die ze bij haar vader in de drukkerij had zien hangen, en daarop waren stukjes witte veer aangebracht, afgesneden, bijgewerkt en zo gearrangeerd dat ze een horizon en een lucht suggereerden, en in die lucht, tegen een bed van glanzende donsveertjes, een vogel. Een witte vogel tegen een witte lucht, maar duidelijk afgebakend, zonder twijfel op grote hoogte vliegend, maar ook op de een of andere manier verstild. In rust.

Onder de vogel een van haar vaders creaties van de bladzijden van een boek, die zij (en, eerlijk is eerlijk, vaak ook hijzelf) altijd had afgedaan als 'nutteloos geklungel', maar die hier een nieuwe kracht, een nieuwe context hadden gekregen. Deze woorden – en woorden waren het, sterke, aardse, soms letterlijk, een *fungus* hier, een *aubergine* daar, en helemaal onderaan, weggestopt zodat je het bijna niet kon zien, een klaaglijke kleine *kont*, die haar op de een of andere manier steeds weer ontroerde – deze woorden vormden een berg, even tastbaar en aanwezig als de eeuwige aarde, die de collage verankerde en de verstilling van de vogel consolideerde. Er heerste hier vrede, met de suggestie dat die niet helemaal ongeschonden was en dat er misschien flink voor gestreden was, maar niettemin vrede.

Ze had hem weggeborgen in de bovenste lade van haar bureau, maar nu ze de lade optrok om ernaar te kijken, kreeg ze hetzelfde gevoel als de eerste keer dat ze hem had gezien, namelijk dat ze aan de rand van een afgrond stond en elk moment naar beneden kon vallen, maar dat er mogelijk ook een bevrijding school in het vallen, ook al was het duizelingwekkend en beangstigend.

Ernaar kijken benam haar letterlijk de adem.

Want het voelde ook als ...

Tja, het was toch een stom woord? Erger nog, een stom begrip, een begrip dat duidelijk niet beoogd was, maar vriendelijkheid duidelijk wel, maar ze kon het nooit hardop zeggen en er nooit te lang bij stilstaan, zelfs niet in de beslotenheid van haar eigen hoofd.

Want het voelde ook als ...

Hè verdomme, het voelde als liefde. Als vergiffenis op de een of andere manier, maar misschien waren die twee dingen soms wel hetzelfde.

En op dat punt aangeland hield ze zich altijd voor dat het verdorie maar een collage was. Ze was absoluut niet, maar dan ook werkelijk absoluut niet het type mens dat Ontroerd raakte door Kunst. (Dat was bijna beschamend waar. Ze had een keer in een uur het hele Louvre gedaan, een prestatie waar Henri, ondanks zijn afgrijzen, van onder de indruk was geweest. 'We hebben de *Mona Lisa* gezien, de gevleugelde *Nikè* van Samothrake, en nu wil ik alleen nog een crêpe.' En toen waren ze om redenen die ze zich niet meer kon herinneren naar België gegaan, waar alles zo veel slechter was dan in Frankrijk, niet in de laatste plaats omdat de crêpeverkopers hadden plaatsgemaakt voor kraampjes waar je wafels

kon krijgen. Het was alsof je lucht wilde en een briket kreeg.)
Maar hier, in haar kleine kantoorkamer begreep ze waarom
het nieuws over de collages zich zo snel verspreidde en waarom de mensen die ze zagen er zo heftig op reageerden. Ze
kon het nauwelijks laten om die van haar aan te raken, er
met haar vingers overheen te strijken, hem dichtbij te houden
en ...

'Wat is dát?'

En nog voordat ze opkeek, kon ze zich wel voor het hoofd
slaan dat ze zo stom was geweest hem uitgerekend mee te nemen naar een plek waar Ráchel hem zou kunnen zien.

De collage was een cadeau geweest, ongevraagd en onverwacht. Nadat ze op die onwaarschijnlijke ochtend op dat
bankje in het park de eerste schrik te boven was gekomen
– dat Kumiko hier zat, op een verloren, nauwelijks groen te
noemen lapje gras met armetierige struiken en het verplich-
te standbeeld van een vergeten man op een vergeten paard
– hadden ze gepraat. En hóé. Over hun gedeelde afkeer van
fietsers. ('Al die zelfingenomenheid,' had Kumiko gezegd, met
een frons die haar gezicht nog mooier maakte, 'en dan doen
ze nog alsof het jouw schuld is als zij door rood rijden en
je bijna van de sokken fietsen.' 'Bovendien stinken ze', had
Amanda gezegd. 'Dat je je verkleedt op het werk betekent
nog niet dat je gedoucht hebt.' 'En dan die vouwfietsen', had
Kumiko tot Amanda's steeds grotere verrukking en verbazing gezegd, 'die in de trein in de weg staan. En ze lijken te
verwachten dat je die respectvol behandelt, alsof het om een
bejaard familielid gaat.' 'Ja, precies!'); dat ze zich daarentegen
allebei op een rare manier beschermend voelden ten opzichte
van fondsenwervers voor goede doelen met een clipboard,
die het maken van oogcontact in de High Street tot zo'n risico hadden gemaakt ('Ze proberen alleen maar hun werk
te doen', zei Kumiko. 'En allemaal zo jóng', zei Amanda, 'en

waarschijnlijk zijn het allemaal werkloze acteurs. 'Het is in elk geval beter dan noodgedwongen moeten kijken hoe ze actéren.'), en Amanda had het zelfs aangedurfd haar mening te geven over het gedenkteken voor Dieren in oorlogstijd. Gek genoeg had Kumiko daar nooit van gehoord, en daarom legde Amanda het haar uit.

'Nou, dat klinkt als een ongelofelijke geldverspilling', zei Kumiko.

Amanda had in tranen kunnen uitbarsten.

En toen, veel te snel, was de lunchpauze bijna om. Het was tijd voor een uitgehongerde, maar op de een of andere manier ook voldane Amanda om weer naar kantoor te gaan, en dat was het moment waarop Kumiko zei: 'Ik wil je graag iets geven.'

'Is het eetbaar?' vroeg Amanda, omdat ze het zowel zonder haar koffie als haar sandwich had moeten stellen. Ze had Kumiko's aanbod om haar rijst en vis te delen afgewezen, maar inmiddels had ze daar behoorlijk veel spijt van.

Kumiko glimlachte. 'Je zóú het kunnen eten', zei ze en ze opende een klein koffertje dat ze bij zich had in plaats van een handtas. 'Maar dan zul je daarna wel heel lang moeten flossen.'

En gaf Amanda de collage.

'Dit kan ik echt niet aannemen', zei Amanda verbouwereerd. 'Ik meen het, ik kan hem echt niet aannemen.'

'Vind je hem mooi?' vroeg Kumiko verlegen. Amanda was stomverbaasd toen ze merkte dat de vraag oprecht gemeend was. Ze bekeek de collage, de onwaarschijnlijke schoonheid ervan, voelde de verrassende opbeuring die ervan uitging, en dat het leek alsof ze er niet naar keek, maar er al in verbleef. Ze moest hem wel afslaan als een veel te kostbaar geschenk, maar haar hart, o, haar hart wilde hem zo graag hebben, hebben, hebben ...

'Of ik hem mooi vind?' fluisterde Amanda zonder dat ze

haar ogen ervan af kon houden. 'Of ik hem móói vind?'

Ze bleef er maar naar kijken. En keek er opnieuw naar. En opnieuw.

'Het voelt als …' fluisterde ze. 'Het voelt als …'

Ze keek op om 'liefde' of 'vergiffenis' te zeggen, zonder dat ze goed wist welk woord uit haar mond zou komen en was verbaasd te zien dat Kumiko was weggegaan. Op de bank lag een klein stoffen zakje, kennelijk bedoeld om de collage in mee te nemen.

En ergens, misschien wel meegevoerd door de wind, was er de toestemming om hem te houden.

Het was daarna gek genoeg moeilijk gebleken om Kumiko nog eens te ontmoeten.

'Ze zat daar gewoon ineens, pap', had Amanda verteld in een telefoontje naar George terwijl ze opstond van het bankje (nadat ze snel maar voorzichtig de collage in het zakje had gedaan; hij trok al de aandacht van andere mensen die er op bankjes zaten). 'Ik bedoel: hoe is dat in hemelsnaam mogelijk?'

'Ik weet het niet, lieverd.' Zijn woorden werden in de hoorn gefluisterd en op de achtergrond was een bijzonder ontevreden klant te horen. 'Maar vond je haar leuk?'

'Of ik haar leuk vond? Ik wil met haar trouwen!'

George gaf blijk van een opluchting die zo jongensachtig klonk dat Amanda heel even de aanvechting kreeg om haar vader door de telefoon heen te willen omhelzen. 'Wat is er aan de hand? Heeft Mehmet weer opzettelijk iemands naam verkeerd gespeld?'

'Het is gewoon iemand die al een aanbetaling had gedaan voor de volgende collage', zei hij enigszins gespannen. Hij zweeg toen de winkeldeur zo hard werd dichtgeslagen dat Amanda het door de telefoon kon horen. 'We zouden vandaag een nieuwe klaar hebben, maar op het laatste moment besloot Kumiko dat ze er geen afstand van kon doen. Dat viel bij de klant niet zo goed, zoals je je misschien wel kunt voorstellen.'

'Doet ze dat wel vaker?' vroeg Amanda voorzichtig terwijl ze het zakje voor zich hield om hem onbeschadigd over te brengen toen ze zigzaggend over het drukke trottoir terugging naar haar werk. 'Besluiten om niet te verkopen?'

'Eigenlijk niet', zei George. 'Nee, nooit eigenlijk ...'

'Vond ze dat er iets aan mankeerde?'

George zweeg verbaasd. 'Ik weet het niet', zei hij. 'Ik heb hem eerlijk gezegd niet gezien. Ze belde gewoon op en zei dat ze vond dat hij niet voor de verkoop was, klaar uit. En ik vertrouw altijd op haar oordeel als het hier om gaat. Ze heeft er tegen jou zeker niets over gezegd?'

'Nee, nee', mompelde Amanda. Met haar blik op het zakje gericht luisterde ze toen George verder praatte en ze gaf eenlettergrepige, maar positieve reacties op zijn vragen over Kumiko terwijl ze zichzelf er al die tijd toe probeerde te zetten om hem te vertellen over de collage die ze had gekregen.

'Het is allemaal heel vreemd', zei ze ten slotte en toen hing ze op.

De volgende keer, dacht ze. Ik vertel het hem de volgende keer.

Maar dat had ze bij het verkeerde eind.

In de daaropvolgende weken was het Amanda niet gelukt om een volgende ontmoeting met Kumiko te hebben, en ook haar vader leek drukbezet, zo drukbezet zelfs dat hij niet op JP kon passen. Hij was eerst voor een korte vakantie met Kumiko naar de Schotse Hooglanden (waarom uitgerekend daarheen?) en daarna werkte hij aan zijn papiercreaties of was bezig nieuwe apparatuur voor de drukkerij te kopen. Uiteindelijk prikte hij een datum voor het feest waarop hij Kumiko fatsoenlijk aan iedereen kon voorstellen, onder meer aan een aantal kunstkenners – die er kennelijk op hadden aangedrongen kennis met haar te maken – en dat was gelukkig al snel, maar Amanda betrapte zich erop dat ze naar meer verlangde, maar meer van wát precies was haar niet helemaal duidelijk.

'Hij zegt dat hij bijna genoeg verdiend heeft om het laatste deel van zijn hypotheek af te betalen', vertelde ze op een avond toen ze belde met haar moeder, die persoonlijk beledigd leek door dat nieuws.

'Hoe is dat in vredesnaam mogelijk? Zijn ze zó goed?'

'Ja', zei ze en ze keek nog eens naar haar collage. 'Ja, ze zijn echt heel goed.'

'Is het slecht van me om van streek te raken dat George eindelijk meer verdient dan ik nu we gescheiden zijn?'

'Dat is al negen jaar geleden, mam.'

Clare slaakte een zucht. 'Het lijkt zo veel korter.'

'Hoe is het met Hank?'

'Ach, kom nou toch. Ik ben niet jaloers en ik wil hem niet ineens terug nu hij rijk is. George is aardig, maar hij is zo dóór en dóór aardig. Ik heb iemand nodig die tegengas geeft, anders word ik een kreng, en wie zit daar nou op te wachten? Ik ben gewoon verbaasd, meer niet. Verbaasd, maar blij voor hem. Ja, blij voor hem.'

'Weet je het zeker?'

'Lieverd, zou jij niet degene willen zijn die ervoor zorgde dat het iemand zo goed ging? Dat zou toch een heerlijk gevoel zijn?'

'Hank bulkt toch ook van het geld.'

'Hij bulkte al van het geld toen ik hem leerde kennen. Daar heb ik niets aan bijgedragen.'

'Maar je bent niet jaloers.'

'Hou op met dat geplaag. Jij zegt dat die Kumiko een lieverd is, en ik geloof je. Ik ben blij voor hem. Voor hen allebei. Ze mag haar handen dichtknijpen.'

'En hij mag ook zijn handen dichtknijpen', zei Amanda overtuigd.

En heel even vroeg ze zich af wat ze precies bedoelde.

Wanneer ze thuis was, hing ze de collage boven de televisie, om geen andere reden dan dat daar al een haakje zat voor een oude Franse filmposter die er al zo lang hing dat ze hem bijna letterlijk niet meer zag. Ze haalde hem eraf en hing er de collage voor in de plaats.

'Wat ís het?' vroeg JP de eerste keer met grote ogen.

Ze wilde antwoord geven, maar alles leek ineens te ingewikkeld om uit te leggen in termen van dierenkarakters, en daarom zei ze maar: 'Kunst.'

'Oké', zei JP ernstig en accepterend en hij barstte niet eens los in de vloed van vragen waar ze zich al voor schrap had gezet. Hij keek er alleen even stil naar en vroeg toen: 'Mag ik naar Wiggles in het Jazztijdperk kijken?'

'Amanda keek hem even niet-begrijpend aan. 'Het Sténen Tijdperk, bedoel je.'

'Dat zei ik toch.'

'Ja hoor, je weet hoe het apparaat werkt.'

Toen JP de serie afstandsbedieningen pakte die nodig waren om de gedownloade Wiggles op de tv te krijgen, keek Amanda naar de collage met de vogel en de berg en het ging door haar heen dat ze misschien Kumiko en haar vader voorstelden, maar misschien ook niet. En hoewel hij nauwelijks groter was dan een etensbord, vond ze ook dat hij op de een of andere manier groter was dan de kamer, groter dan haar hele leven, en hoe langer ze keek, hoe meer hij dreigde over te vloeien van zijn wereld in die van haar.

En na verloop van tijd merkte ze dat het er niet van kwam om haar ouders over de collage te vertellen. Uit wat George had gezegd, bleek dat Kumiko hem er kennelijk niets over had verteld. En JP zei er ook niets over tegen hem, en hoewel ze haar zoontje heus niet zou vragen om erover te liegen, kwam het onderwerp zonder dat ze daar moeite voor deed gewoon niet ter sprake. Het werd een geheim dat ze allemaal stilzwijgend zouden bewaren.

En daarom kon ze haar ogen er niet van afhouden.

In diezelfde weken, nog voordat ze een glimp van de collage had opgevangen, ging Rachel gek genoeg steeds vriendelijker doen.

'Heb je zin om mee te gaan lunchen?' vroeg ze op een dag, met Mei in haar kielzog.

Mei keek verbaasd op. 'Meen je dat?'

'Meen je dat?' echode Amanda.

'Zoals meiden op kantoor onder elkaar doen', zei Rachel. 'Als ze elkaar steunen en al dat stomme gedoe niet in de weg te laten staan?'

'Meen je dat?' vroeg Mei nog eens.

'Ja, ik meen het', snauwde Rachel. 'We zijn toch allemaal volwassen?'

'Dank je,' zei Amanda, 'maar ik heb al plannen.'

'Dat kan gebeuren', zei Rachel en ze liep weg met Mei.

Maar daar was het niet bij gebleven.

'Wat dacht je ervan om morgen naar de bioscoop te gaan?' vroeg Rachel op een vrijdagochtend. 'De draak steken met het accent van Anne Hathaway? En dan een paar cocktails achteroverslaan?'

Amanda had haar achterdochtig opgenomen. 'Is dat een uitnodiging?'

Rachels gezicht kreeg een boze, smalende uitdrukking, maar ze herstelde zich snel. 'Hoor eens,' zei ze, 'hoe vaak moet ik nog zeggen dat het me spijt?'

Amanda opende haar mond, sloot hem en opende hem weer. 'Eén keer?'

'Dus? We gaan?'

'Ik zit met JP …'

'Oké.' En daar ging ze weer.

Het voelde raar, en in zekere zin erger dan toen ze vriendinnen waren die de pest aan elkaar hadden. Rachel was op werkgebied even onredelijk veeleisend, maar de uitnodigingen bleven komen, totdat ze uiteindelijk was gezwicht en was mee gaan lunchen in de nieuwste gourmethamburgerketen.

'Denk je dat dit echte emmentaler is?' vroeg Amanda en ze hield het broodje omhoog.

'Ik kan me niet voorstellen dat ze zulke chique kaas gebruiken voor een hamburger', zei Mei.

'Chic?' zei Rachel spottend. 'Wie noemt die kaas nou "chic"?'

Mei keek wat verward. 'Dat deed ik net.'

'Hoe gaat het met Wally?' vroeg Amanda en ze nam een hap van haar hamburger.

'Wally is een enorme lul', zei Rachel, die haar eigen veggieburger doormidden sneed.

'Ís een enorme lul of hééft een enorme lul?' vroeg Amanda.

Rachel smeet haar mes en vork neer, zodat iedereen schrok, zelfs mensen aan omringende tafeltjes. 'Weet je?' schreeuwde ze bijna. 'Ik ben een goed mens!'

Er viel een stilte in hun deel van het restaurant. Mei keek Amanda aan en toen weer naar Rachel. 'Nou ja', zei Mei. 'Ik bedoel, je bent oké …'

'Wie zegt dat je geen goed mens bent?' vroeg Amanda, werkelijk geïnteresseerd, maar nu ook weer niet zo geïnteresseerd dat ze haar hamburger ervoor liet staan.

'Ik weet dat ik lastig kan zijn. Oké? Maar volgens mij móét je dat wel zijn. Als vrouw in de zakenwereld. En om het te maken in het leven en geen eh … geen …'

'Loser te zijn?' opperde Mei en ze nam een slok van haar pistachemilkshake.

172

'Ja, om geen loser te zijn! Ik dacht dat het daar allemaal om draaide.'

'Waar hebben we het over?' vroeg Amanda.

Rachel slaakte een diepe zucht en plotseling leek ze zelfs tranen in haar ogen te krijgen. 'Ben je het nooit eens zat om maar de pest aan iedereen te hebben?'

'Ik héb niet de pest aan iedereen', zei Amanda.

'O jawel!' zei Rachel. 'Je moppert over alles en iedereen! Aan de lopende band.'

'Nou ...' Amanda leunde achterover. 'Niet over iedereen.'

'Wie vind jij dan leuk? Vertel het maar.'

Rachel drong aan met zo'n onverholen gretigheid dat Amanda antwoordde, bijna als om zich te verdedigen. 'Ik hou zo veel van mijn zoontje dat ik hem soms mis terwijl hij er gewoon is.'

'O, ik ook', zei Mei meelevend. 'Mijn dochter ...'

'Een kind', zei Rachel kortaf. 'Dat telt niet.'

'Ik hou van mijn vader.'

'Van George.' Rachel knikte.

'Ik hield van Henri.'

'Echt waar?' vroeg Mei, die grote ogen opzette.

Amanda staarde ineens een stuk minder hongerig naar haar hamburger en dacht terug aan de avond dat hij was langsgekomen, de avond waar hij bij een van zijn volgende bezoekjes aan JP niet meer op was teruggekomen. 'Ja.' Ze keek weer op. 'Ja, meer dan ik kan zeggen.'

'Dan bof je dus', zei Rachel. 'Jij hebt in elk geval iemand gehad. Ik ben het zo zat om de pest aan iedereen te hebben, en aan mezelf en aan jullie ...'

'Hé!' zei Mei.

'Ach, kom nou toch', verzuchtte Rachel. 'Ik weet niet eens waarom ik hier ben. Jullie wel? Ik weet niet eens waarom ik probeer ...'

Ze zweeg en haar gezicht was in een grimas vertrokken

173

van het huilen, wat haar heel erg onaantrekkelijk maakte. Ineens ging ze staan, zo abrupt dat haar stoel achteroverviel. Ze wierp er één blik op en vluchtte weg uit het restaurant. Ja, dacht Amanda, vluchten was het juiste woord.

'Tjonge!' zei Mei en ze draaide zich om naar Amanda. 'Vind je niet dat je achter haar aan moet gaan?'

'Ik niet', zei ze hoofdschuddend. 'Jij.'

Mei gaf toe dat daar iets in zat, pakte haar handtas en vertrok zonder gedag te zeggen. En zonder iemands deel van de rekening te betalen.

Amanda bleef zitten, dacht na over het gesprek en at haar hamburger. En, wat kon het ook schelen, ze nam ook een paar happen van die van Mei.

Terug op het werk deed Rachel alsof haar uitbarsting nooit had plaatsgevonden, wat geen verrassing was, maar haar bijna-vriendschappelijke campagne zette ze door, wat wel een verrassing was. En dat had ook een waarschuwing moeten zijn; Amanda had langer moeten nadenken voordat ze het riskeerde om de collage mee te nemen naar haar werk, want nu vond hier, er was geen ontkomen aan, het moment plaats dat ze graag had willen vermijden: Rachel stond met haar laserachtige blik te kijken naar de inmiddels haastig gesloten lade.

'Dat was ...' begon Rachel.

'Iets wat verdomme niet voor jouw ogen bestemd was', zei Amanda op scherpe toon.

'Ik heb er nog nooit een met eigen ogen gezien.'

Amanda keek haar net zo lang aan tot ze haar ogen neersloeg. 'Ik weet niet waar je het over hebt.'

'Amanda ...'

'Kan ik iets voor je doen, Rachel?'

En toen was er weer een vreemd moment. Rachels ogen schoten heen en weer en ze aarzelde. Toen keek ze terneergeslagen naar de papieren in haar hand en begon weg te lopen. Wie bén je? dacht Amanda. En wat heb je met Rachel gedaan?

Maar terwijl ze keek hoe Rachels ongelofelijk welgevormde achterste verslagen wegliep, ging er een emotie door Amanda heen die haar zo wezensvreemd was dat het even duurde voordat ze hem had thuisgebracht. Het was medelijden. Erger nog, het was herkenning. Ze keek naar Rachel en zag ineens een medereizigster in het verbluffende, vijandige landschap dat ze maar al te goed kende, het landschap waar een hele serie regels gold die bedoeld leken om nooit goed te doorgronden, zodat je je altijd buitengesloten voelde, ook al deed je nog zo je best om niet te laten merken dat je het vreselijk vond.

Voor Rachel was het wellicht nog erger geweest, omdat ze de regels al zo lang kende, zich er geweldig bij had gevoeld en er nu misschien achter was gekomen dat ze niets inhielden – als je mocht afgaan op haar al even ongekende uitbarsting tijdens de lunch. Wat gebeurde er dan met een mens? Als ze zo haar best deed om weer bevriend te raken met Amanda, uitgerekend Amanda, en dat zo ongelofelijk onhandig aanpakte, wat betekende dat dan? Amanda besefte dat ze het wist. Hoewel ze Rachel nog steeds niet bepaald sympathiek vond – want dat leek verscheidene bruggen en een hele oceaan te ver – voelde ze een schokkend glimpje begrip voor haar.

Rachel was eenzaam. En terwijl Amanda dat gevoel haar hele leven gekend had, leek het nu pas tot Rachel te zijn doorgedrongen dat ze misschien altijd al eenzaam was geweest.

'Rach?' hoorde ze zichzelf zeggen.

Rachel draaide zich om, met tranen in haar groene ogen, maar ook met een uitdagende blik.

Amanda's hand zweefde even voor haar bureaulade voordat ze besloot dat ze dat niet kon doen. Ongeacht hoeveel medelijden ze met Rachel had, het was niet genoeg om dit met haar te delen, nog niet, misschien wel nooit, niet iets wat zo privé was, zo van haar.

Daarom deed ze onverklaarbaar het op een na beste en betreurde dat al voordat de zin hortend over haar lippen was gekomen. 'Mijn vader geeft een feestje om mensen aan Kumiko voor te stellen. Er zullen ook wel collages te zien zijn.' Ze slikte alsof ze zichzelf wilde weerhouden, maar om de een of andere reden bleven de woorden komen. 'Heb je zin om mee te gaan?'

Het lachje waarmee Rachel de uitnodiging aannam, drukte van alles uit. Dankbaarheid, verontrustende opgewektheid, maar vooral triomfantelijkheid, zag Amanda, en de moed zonk haar in de schoenen.

'U bent veranderd', zegt de vrouw.

'Enerzijds wel', zegt de vulkaan. 'En anderzijds niet.'

Ze vliegt zoals gebruikelijk in een behoedzame kring door het luchtruim boven zijn fabrieken. 'U bent een vreedzaam man.'

'Ik ben momenteel geen oorlogszuchtig man, mevrouw. Dat is niet hetzelfde.'

'Maar u creëert, u bouwt, u voegt iets toe aan de wereld.'

'Dat is wat vulkanen doen. Totdat we tot bergen worden getemd.'

'U plaagt me.'

'En u daagt me uit, mevrouw.'

Ze strijkt neer en zet haar voeten op het puntdak van een fabriek. Haar kleding en haar huid worden niet bezoedeld door de opstijgende zwarte rook. Die stroomt om haar heen en laat haar onberoerd.

'Daag ik u uit?' vraagt ze. 'Hoe kan dat?'

'Mijn gedachten zijn van u vervuld', zegt hij. 'U verschijnt in mijn dromen, maar u blijft op veilige afstand.'

'U verschijnt ook in mijn dromen,' zegt ze zelfverzekerd, 'maar u blijft niet op veilige afstand.'

De vulkaan glimlacht en opnieuw ziet ze boosaardig vermaak in zijn flitsende ogen. 'Droomt mevrouw over mij?'

Ze vliegt weer weg.

14 van 32

'Wacht, mevrouw!' roept hij haar na. 'Een geschenk!'

Achter hem, hoog in de lucht, beschrijft ze een bocht over

de uitgestrekte landschappen met fabrieken en mijnen die de plaats hebben ingenomen van de landen waartegen hij vroeger ten strijde trok. 'Welk geschenk zou ik van u aannemen?' vraagt ze. 'U bent een vulkaan. U vernietigt.'

'En creëert.'

'En vernietigt weer.'

'En creëert weer, mevrouw. U weet dat dat waar is.'

'Wat is uw geschenk?'

'Strijk nog één keer neer, zodat ik het u kan geven.'

'U vormt een bedreiging voor me.'

'U vormt net zo'n bedreiging voor mij, mevrouw. Als ik u kwaad doe, zult u me in een berg veranderen. We nemen allebei een risico. We blijven allebei in leven of we gaan allebei ten onder. En ik wil leven.'

Ze overweegt het. Even later strijkt ze neer.

'Wat is uw geschenk?' vraagt ze.

'Een onverwachte waarheid, mevrouw.'

Reikend over de lengte van een continent houdt hij haar zijn hand voor en nodigt haar uit er op te stappen.

Dat doet ze, een fractie van een seconde sneller dat ze had gewild.

15 van 32

De vulkaan komt tot uitbarsting en laat de wereld in tweeën barsten. Fabrieken, dorpen, steden en landen vallen in kloven in de aarde. De lucht raakt vervuld van as en vuur. Rivieren van lava brengen de zeeën aan het koken. Het is een en al duisternis, vlammen en vernietiging.

'Maar u, mevrouw,' zegt hij terwijl ze op zijn handpalm staat, 'bent ongedeerd. Ik kan u niet deren, kijk maar.'

Hij laat een golf van lava over haar neerdalen, maar die wijkt uiteen, zodat ze ongedeerd blijft. Hij zwaait met zijn hand en laat een zuil van vuur om haar heen wervelen, maar opnieuw blijft haar huid onberoerd. Hij laat een brandende vuist neerkomen om haar in zijn handpalm te vermorzelen, maar die stopt voordat haar een veer op het hoofd wordt gekrenkt.

'Ik wil u vernietigen, mevrouw,' zegt hij, 'zodat ik u opnieuw kan creëren. Maar dat kan ik niet, in weerwil van wat we allebei dachten.' Hij houdt haar hoog in de lucht, boven de verwoeste wereld, bij zijn intens groene ogen. 'Begrijpt u wat dat betekent?'

'Ik begrijp het', zegt ze. 'En mijn antwoord is ja, ik wil met u trouwen.'

Onder haar voeten, op de handpalm van de vulkaan, begint gras te groeien.

16 van 32

Ze beginnen de wereld opnieuw te creëren. Ze noemen haar hun kind, een grapje waar ze zich geen van beiden erg prettig bij voelen, zeker niet wanneer het spreken erover het bevestigt. Hij laat lava opwellen om nieuwe vlakten te maken. Zij voert seizoenen aan om ze te overwinnen, te beplanten en te vullen met groen.

Regelmatig paren ze, heftig, maar onbevredigend. Zijn handen willen haar branden, haar tot stoom verzengen, en haar handen willen hem in steen veranderen en rotspartijen ter aarde laten storten. Maar ze kunnen elkaar niet deren. Hij is genoodzaakt voortdurend destructief te zieden, zij is genoodzaakt voortdurend krachtig te vergeven, maar de vruchten van hun inspanningen lijken van generlei waarde.

Toch werkt het. Een tijd lang.

Allebei blijven ze wat ze voordien waren.

Zij vermoedt dat hij achter de oorlogen zit die het gezicht van hun kind bezoedelen, en wanneer hij terugkomt na een afwezigheid zweten zijn paarden vuur en bloed, alsof ze naar het eind der tijden en terug zijn gegaloppeerd.

Op zijn beurt vermoedt hij dat zij tijdens haar afwezigheid vergiffenis schenkt aan anderen, en wanneer ze terugkomt na een periode te zijn weggeweest straalt ze tevredenheid uit en heeft ze een voldoening in haar starende ogen die niet snel verdwijnt.

Hij heeft altijd gedacht dat hij te groot, te almachtig was voor jaloezie. Zij heeft altijd gedacht dat ze te vrij, te kalm ver-zekerd was van haar plaats in de wereld om jaloezie zelfs maar een kans te geven.

Ze hebben het allebei bij het verkeerde eind.

Ze begint hem te volgen bij zijn reizen over hun kind en houdt daarbij afstand en blijft uit het zicht, maar ze ziet hem legers op de been brengen die uitzwermen over het land, ziet hem fabrieken bouwen die zwarte rook uitbraken in de lucht en ziet hem een soort band scheppen onder alle wezens die daar wonen, zodat ze zich uit vrije keus makkelijker laten domine-ren.

Intussen houdt hij zich schuil in hete bronnen en geisers, reist via neerdalende as en aardbevingen, danst over de span-ning in tektonische platen en over verschuivende continenten om haar te volgen en te zien omgaan met de bevolking van hun kind; hij ziet hoe ze haar van hem proberen af te pakken, ziet hoe ze hen vergeeft met haar aanraking en hen bevrijdt van hun last in een uitwisseling die intiemer is dan hun eigen verbintenis ooit zou kunnen zijn.

Zoals elk kind voelt hun kind hun onrust. Het piekert en woelt en bevuilt zich onder hun steeds onoplettender oog. Soms worden ze zo in verlegenheid gebracht dat ze toegeven aan zijn behoeften en belonen ze het kind met liefkozingen en seizoenen vol vrede en mooi weer, met nachten vol eindeloze maneschijn en dagen vol heldere zonneschijn.

Het duurt echter nooit lang voordat hun ogen zich weer op elkaar richten, en wanneer dat gebeurt, weet de wereld dat ze zich klein moet maken en vroeg naar bed moet gaan.

'Zijn we er klaar voor?' vroeg George.

'Zou het wat uitmaken als dat niet zo was?' zei Kumiko terug en ze strekte haar handen uit om zijn das recht te trekken, die niet recht getrokken hoefde te worden, waardoor het gebaar bijna iets ironisch kreeg, als een bespotting van een oneindig aantal tv-huisvrouwen in zwart-wit die een oneindig aantal stropdassen in zwart-wit recht trokken bij een oneindig aantal geduldige, liefhebbende, op een reclamebureau werkende echtgenoten in zwart-wit.

Maar het was ook een lief gebaar. Já, dacht George om zichzelf te overtuigen.

'Ze zullen verrast zijn', zei hij.

'Voor een goed feest zijn een paar verrassingen nodig. Dat is toch wat mensen zeggen?'

'Dat heb ik nog nooit gehoord.'

'Dan is het denkbaar dat je naar de verkeerde feestjes bent geweest.'

Hij wilde haar net kussen toen er aan de voordeur werd geklopt. 'Nu al', verzuchtte hij.

'Tja, ze moeten nu eenmaal een keer komen. Jouw vrienden.'

'Maar niet de jouwe.'

Er verscheen een lichte rimpel op haar voorhoofd. 'Ik wou dat je niet ...'

Er werd nog eens aangeklopt. Hij liet haar los en liep naar de hal, maar de spanning die van Kumiko uitging bleef hij hem, als een bel die was geluid. Bij de voordeur bleef hij even staan en haalde diep adem.

Hij deed open.

'Ha, lieve schat!' zei hij ter begroeting van zijn dochter. Hij bukte zich om zijn kleinzoon op te tillen en terwijl JP losbarstte in een ademloze analyse van een wereldschokkende wijziging in de rolbezetting van Land of Wiggle, kon George zijn ogen niet geloven toen hij zag wie er achter Amanda stond, kennelijk meegekomen als gast, met als cadeautje een fles champagne in de hand.

'Je kent Rachel toch nog wel?' zei Amanda, zo onschuldig als een lam.

En het feest was begonnen.

'Wie zijn al die mensen in vredesnaam?' vroeg Clare, die samen met Hank was gekomen en Amanda had opgezocht in de steeds grotere drukte van Georges woonkamer. De meubels waren tegen de wand geschoven, en hoewel het pas tien over half acht was, stonden de gasten al op elkaar als haringen in een ton.

'Geen idee', antwoordde Amanda, en ze omhelsde haar moeder en kuste Hank op beide wangen.

'Hoe gaat het met je?' vroeg hij, zijn stem zo diep en vriendelijk als een pratend bos. 'Waar is je kleine mannetje?'

'Hij helpt met de jassen. Wat betekent dat hij doet alsof het zeehonden zijn en hij een pinguïn is.'

'Ik ga hem wel zoeken', zei Clare en ze deed haar jasje uit en hielp Hank uit zijn colbert.

Amanda bleef alleen achter met haar stiefvader, wat prima was, want hij was een schat – aardig voor haar moeder, hartelijk tegen JP, evenwichtig – maar ze was zich er scherp van bewust, zoals maar al te vaak met Hank, dat ze in gesprek was met de enige zwarte in de kamer. En er was het bijkomende probleem dat ze er de rest van de avond over in zou zitten of ze zich namens Engeland voor dat feit moest verontschuldigen.

'Vertel eens', zei hij. 'Waar kan een Texaan hier iets te drinken krijgen?'

'Mehmet is er', flapte Amanda eruit.

Hank staarde haar aan. 'Is het heus?'

'Ik geloof dat hij in de keuken is.'

'Help me even. Waar ken ik Mehmet van?'

'Hij werkt voor George. Hij is Turks.'

Hank begreep het en legde zijn handen op haar schouders. 'Ik ga hem beslist opzoeken om de multiculturele samenleving te vieren. Kan ik een nieuw glas voor je meebrengen?'

Ze slaakte een zucht, maar ontspande zich. 'Een glas witte wijn? Misschien twee?'

'Nee, niet voor mij.'

'Nee', zei ze terwijl ze met haar trouwring tegen haar glas tikte, en eigenlijk besefte ze nu pas dat ze haar trouwring nog steeds droeg. 'Er hangt hier een raar sfeertje. Ik bedoel: kijk die mensen nou.' Ze boog zich naar voren en fluisterde: 'Denk je dat George ze kent? Of zijn het gewoon, je weet wel, mensen uit de kunstwereld?'

'Waarom zou je vreemden uitnodigen om bij je thuis te komen?'

Amanda wist dat de vraag van Hank eigenlijk was: waarom zou je vreemden uitnodigen in een huis als dit? Ze vond het leuk dat hij nogal een snob was – dat was altijd zo onverwacht bij een Amerikaan – maar ze begreep wat hij bedoelde. Het huis was te klein, te armoedig en, waar het echt om ging, het lag veel te veel kilometers buiten het centrum voor de manier waarop sommige mensen hier gekleed waren, en een paar mensen bekeken nu vol verbazing de tv van George, die beslist geen flatscreen was.

Hank ging op weg naar de keuken, en Amanda zag een als door de bliksem getroffen Clare de trap af komen, met JP achter zich aan. 'Ze is bij hem ingetrokken', zei Clare.

Heel even begreep Amanda niet waar dat op sloeg. 'Wie?'

Clare fluisterde: 'Kúmiko.'

'O ja?'

'Wist je dat niet?'

'Nee. Hoe ben jij dat aan de weet gekomen?'

Clare trok een frons en keek schuldig. 'Ik heb in zijn klerenkast gekeken.'

'Mam!'

'Die hing halfvol met vrouwenkleding. Dus of ze is bij hem ingetrokken of George heeft ons iets heel interessants te vertellen.' Clare keek de kleine, drukke kamer rond en ze hoorden de stemmen van nog meer arriverende gasten. 'Waar is ze trouwens? Hoe ziet ze er eigenlijk uit?'

'Ze heeft bruin haar ...' begon Amanda, maar ze wist niet goed hoe ze haar verder moest beschrijven.

'Dank je, schat', zei haar moeder. 'Dat beperkt het tot vrijwel iedereen.'

Het feest breidde zich al snel uit naar de keuken en zelfs naar de tuin, ondanks de kou van de avond.

'Welkom', zei George, die wijn schonk in gehuurde glazen. 'Welkom.'

Een vrouw die hij nog nooit had ontmoet fixeerde hem met haar starende blik en een bijna smekende uitdrukking in haar ogen die hij had leren herkennen. 'Kunt u me misschien aanwijzen wie de gastheer is?'

George knipperde even met zijn ogen. 'De gastheer?'

'Die George Duncan', zei ze; toen nam ze een slok wijn waar ze een grimas van op haar gezicht kreeg. 'Ik ben hier helemaal naartoe gekomen om met hem over zijn uitzonderlijke kunst te praten, maar in plaats daarvan sta ik hier in een steenkoude tuin in een buitenwijk', en haar gezicht vertrok opnieuw tot een grimas.

'Nou,' zei George, 'als ik hem zie, zal ik hem beslist naar u toe sturen.'

'Ik bedoel: is dit soms een soort practical joke?' vervolgde de vrouw terwijl ze met haar sigaret gebaarde naar Georges dierbare, uit goedkope steen opgetrokken garage. 'Of denkt u dat dit hele gedoe hier een uitbreiding van zijn kunst is?' Met plotselinge inspiratie sprak ze verder. 'Net als Rachel White-read! Ja, alleen hebben wij het huis zélf in plaats van de lege ruimten van een huis.'

'Nee, volgens mij woont hij hier gewoon.'

De vrouw snoof verachtelijk. Ze wendde zich tot de man naast haar, die George ook nog nooit had ontmoet, en zei: 'Denk jij dat hij hier woont?'

'Doe niet zo idioot', zei de man. 'Wanneer denk je dat ze met de nieuwe collages voor de dag komen?'

George voelde een hand tegen zijn elleboog. Hij draaide zich om. Kumiko.

'Het huis is vol', zei ze.

'Echt waar?' Hij keek op zijn horloge en morste per ongeluk een groot deel van de fles wijn op de patio achter het huis. Mannen en vrouwen van wie hij niet eens wist hoe ze heetten sprongen geschrokken achteruit. 'Het is nog niet eens acht uur.'

'Wie zijn het allemaal?' fluisterde Kumiko.

George wou dat hij het wist. Dit was helemaal niet de bedoeling geweest; er hoorden alleen vrienden en familie te zijn, plus een paar mensen uit die nieuwe wereld waar ze toevallig in verzeild waren geraakt, kunstkenners die steeds maar zeiden hoe verbonden ze zich door de collages met George en Kumiko voelden, een samenkomst van deze mensen in het gezellige ontmoetingspunt van zijn huis. Een eenvoudig feest. Een klein feest.

Niet zoals dit.

'Tja, de man die de eerste collage kocht, vroeg of hij een vriend mocht meebrengen, en dat is kennelijk wat uit de hand gelopen ...'

Kumiko keek om zich heen naar de mensenmenigte, maar zelfs haar schrik was mild. 'Ik denk niet dat we genoeg worstjes hebben.'

'Ze zien er niet echt uit als mensen die worstjes willen ...'

'George?' zei Rachel, die naast zijn schouder opdook als gifgas. Hij was er zo van overtuigd dat Kumiko dat kon zien dat hij verstrakte. Hij was naar buiten gegaan om zo ver mogelijk bij Rachel uit de buurt te zijn zonder de stad daadwerkelijk te verlaten. Het licht dat uit het keukenraam viel weerkaatste in haar ogen, en heel even laaiden die groen op. Als de ogen van de duivel op een foto, dacht George.

'En jij moet wel Kumiko zijn?' zei Rachel.

'Ja', zei Kumiko. 'Dat moet wel.'

George besefte dat hij haar voor het eerst tegen iemand hoorde praten op een manier die niet uitgesproken vriendelijk was. Zijn maag draaide ervan om, niet in de laatste plaats omdat hij het gevoel had dat het alleen maar zijn schuld kon zijn.

Hij schonk zichzelf nog wat wijn bij en nam er haastige slokken van.

'Ze zijn niet eens zo bijzonder goed', zei Mehmet, die articuleerde op de overdreven zorgvuldige manier van mensen die net iets te veel gedronken hebben. 'Snap je wat ik bedoel?'

'Ik heb er alleen maar foto's van gezien', zei Hank, die handig een cocktail klaarmaakte voor Clare. 'Maar ik vind ze erg indrukwekkend.'

'Ja, oké, ik lieg, ze zijn fantastisch. Kun je er voor mij ook zo een maken?'

'Dat kan ik wel, maar ik geloof dat jij vanavond al genoeg gehad hebt.' Hank wachtte naast de deur van de koelkast totdat de man die ervoor stond hem opmerkte, zich verontschuldigde en haastig opzij stapte. Dat was een van de dingen die hem bevielen aan dit land, de overdreven bezorgdheid. Mensen verontschuldigden zich wanneer jij op hún tenen trapte. Hoewel het waarschijnlijk scheelt als je eruitziet zoals ik, dacht hij. Hij pakte een fles witte wijn en bekeek het etiket met opgetrokken wenkbrauw. 'Vooruit maar', zei hij en ging toch maar op zoek naar een kurkentrekker.

'Ik bedoel: ik zou hier niet eens moeten zijn', zei Mehmet. 'Ik heb hier een feestje voor laten schieten.'

Hank wees met de kurkentrekker naar de dicht opeen gedrongen lichamen in de verrassend smalle keuken. 'Dit is wat veel mensen ook een feestje zouden noemen.'

'George zei speciaal dat hij me er vanavond graag bij wilde hebben, omdat ik erbij was toen hij haar voor het eerst ontmoette.' Mehmet keek hem aan met een blik van verstandhouding. 'Ik denk dat er een bijzondere aankondiging te verwachten is.'

'O?' zei Hank zonder veel enthousiasme terwijl hij zich een glas middelmatige pinot grigio inschonk. Hij was niet zo bijster geïnteresseerd. George was best een aardige vent, maar de echte vrienden van George die hij tot dusver had gezien – in tegenstelling tot het schrikwekkende aantal kunstkenners met aanhang die nu Bromley belegerden – leken beperkt tot vrouwen en deze licht aangeschoten homo. George was geen echte mannenman, en hoewel Hank nou ook weer niet zo Texaans was dat hij een cowboyhoed droeg, hij was wel een Texaan. Maar aan de andere kant kon Clare nog steeds goed met George opschieten, en als er roddelpraatjes in omloop waren, bracht hij die met alle plezier aan haar over. Dat zou een lach op haar gezicht toveren, en Hank was zo gek op haar dat zijn hart dan helemaal van slag raakte.

'Ze zijn gaan samenwonen', zei Hank, die de kurk terugdeed op de fles en dezelfde man als daarnet bij de koelkast vandaan joeg. 'Iets in die trant.'

'Maar voel jij het dan niet?' zei Mehmet. 'Er hangt echt iets in de lucht.'

'Voor jou waarschijnlijk een kater.'

'Kom nou. Ik ben nog niet eens toeter.'

'Ik heb eerlijk geen flauw idee wat dat betekent.'

'Er zit iets aan te komen. Iets waar dit …' Mehmet deed

Hanks gebaar met de kurkentrekker na om het feest en alles wat er toe geleid had aan te duiden, '... allemaal toe gaat leiden. Iets groots. Iets geweldigs en, ik weet het niet, iets vreselijks.' Hij leunde tegen het aanrecht. 'Volgens mij dan, hè.'

'Volgens jou dan.' Hank pakte de drankjes op en wilde teruglopen naar de woonkamer.

'Hé, wacht eens', zei Mehmet.

'Ja?'

'Heeft Amanda gezegd dat je een praatje met me moest gaan maken omdat ik Turks ben?'

Hank keek peinzend. 'Dat was de onderliggende boodschap.'

'Dáár ben je', zei Amanda toen ze Georges slaapkamer binnenstapte. Kumiko gebruikte haar vingers bij het eten van rijst uit een grote kom. Amanda hield JP omhoog. 'Mag ik hem hier even een dutje laten doen?'

Kumiko knikte naar de berg jassen die op bed lag. 'Hij zal het in elk geval niet koud hebben.'

'8.43', zei JP terwijl hij keek naar de rode digitale wekker die naast het bed stond.

'Kun je dat ook in het Frans zeggen?' vroeg Amanda.

'Pappa zegt dat tijd niet Frans is. Pappa zegt dat tijd alleen voor de Engelsen is.'

'Dat kan zijn, slimbo, maar het is voor jou de hoogste tijd om naar bed te gaan.' Ze stopte hem in onder een lange trenchcoat en hij trok zelf nog een paar jassen over zich heen totdat alleen zijn neus en zijn kruin er nog bovenuit staken. 'Stik je niet?'

'Ik kijk wel uit!'

Tegen Kumiko zei ze: 'Voor je het weet is hij onder zeil.'

'Het is een lieverd', zei Kumiko.

'Ja. Dank je.'

Kumiko wees op de kom. 'Ik neem even een moment voor mezelf. Ik ontvlucht het feest zodat ik er straks weer fris aan kan deelnemen.'

'Iedereen wil je dolgraag ontmoeten. Al die vreemden met geld.'

'Dat gevoel is misschien niet wederzijds.'

Ze lachten naar elkaar, en Kumiko zei niets meer, maar at nog een hapje. Dit was in feite de eerste keer dat Amanda haar weer zag nadat ze de collage had gekregen, en haar hoofd liep over van de dingen die ze wilde zeggen, van alles wat ze al die tijd had binnengehouden. Het was net als toen ze vroeger uit school kwam en zo vol zat met nieuwe kennis die ze met haar vader en moeder wilde delen, dat het was alsof ze op knappen stond en alles er aan de eettafel uit zou gooien, samen met haar ingewanden en bloed en hersenen. Niet voor het eerst vroeg ze zich af of dat iets was wat je overkwam als je enig kind was, dat broertjes en zusjes dat soort enthousiasme compleet de kop zouden indrukken. Ze streelde JP's al slapende hoofd en vroeg zich af of hij over een jaar zou thuiskomen en zou sterven van verlangen om haar over dinosaurussen of driehoeken te vertellen.

Waar moest ze in godsnaam met Kumiko begínnen? Was ze bijvoorbeeld echt bij haar vader ingetrokken? En wie waren in vredesnaam al die mensen beneden en zouden die voorgoed deel van ieders leven gaan uitmaken? En waar kwamen de beelden van de collage vandaan die Kumiko haar had gegeven en waarom gaven die haar zo'n hulpeloos, pijnlijk, kwellend gevoel van hoop? Waarom raakte ze in tranen wanneer ze eraan dacht? Waarom huilde ze niet meer om alle andere dingen?

En waar was Kumiko geweest? Waar was ze geweest? Waar was ze geweest? Waar was ze geweest? En hoe kon Amanda iemand zo missen terwijl ze haar pas één keer had gezien?

Maar toen ze haar mond opendeed, was het enige dat eruit

kwam, zelfs nog vóór een eenvoudig bedankje voor de collage: 'Wat ben je aan het eten?'

'Een soort zoete rijstpudding', zei Kumiko, maar ze stak haar vinger op toen Amanda begrijpend begon te knikken. 'Niet het soort dat je denkt. Dit is iets uit mijn jeugd.'

'Een recept van je moeder?'

Ze schudde haar hoofd. 'Mijn moeder was niet zo'n geweldige kok. Wil je wat proeven?'

'O nee, dank je', zei Amanda, hoewel ze haar ogen eigenlijk niet van de kom af kon houden. 'Ben je bij mijn vader ingetrokken?'

Er volgde een kleine onderbreking in het rijst eten. 'Een beetje maar. Is dat voor jou geen probleem?'

'Natuurlijk niet', zei Amanda. 'Nou ja, het is wel snel, maar ...'

'Maar wat?'

'Niets. Maar hij is wel als een blok voor je gevallen. Onze George.'

'Dat is precies het tegendeel van wat ik hoop', zei Kumiko en ze pakte nog wat rijst. 'George is als een rots in de branding voor me.'

'En jij bent de golven?'

Bij wijze van antwoord glimlachte Kumiko alleen. Toen verscheen er een frons in haar voorhoofd. 'Die vriendin van je.'

'Die vriendin van me?'

'De vrouw die je vanavond hebt meegebracht.'

Er verscheen een bezorgde blik op Amanda's gezicht. 'Nou, een vriendin zou ik haar niet willen noemen ...'

'Echt niet?'

'Ik ken haar van mijn werk. Volgens mij heeft ze het erg moeilijk op het moment, en daarom had ik medelijden met haar en heb haar uitgenodigd. Ik hoop dat het geen probleem is.'

'Ze heeft het moeilijk.'

'Ja. Alsof ze zo strak is opgewonden dat de veer het dreigt te begeven. Heel raar. Het spijt me, ik had het moeten vragen.'

'Als je het uit vriendelijkheid deed, hoef je er geen spijt van te hebben. Weet je zeker dat je niet een beetje wilt? Je staart zo naar de kom.'

'Dat is wat dikke vrouwen nu eenmaal doen. Naar eten staren.'

Kumiko keek verbaasd en vreemd genoeg boos tegelijk. 'Jij bént niet dik', zei ze. 'Jij zegt zelfs de waarheid als het ten koste gaat van jezelf, dus hoe kun je dat nou niet zien?'

'Ik maakte maar een grapje', zei Amanda snel. 'Ik vind niet echt dat ik ...'

'Dat zal ik wel nooit begrijpen', ging Kumiko gewoon door. 'Het onvermogen van mensen om zichzelf in het juiste licht te zien. Te zien wat ze werkelijk zijn, niet wat ze vrezen te zijn of hoe ze zouden willen zijn, maar wat ze in werkelijkheid zijn. Hoe komt het toch dat jij nooit goed genoeg bent voor jezelf?'

'Voor wie? Voor mezelf? Of voor alle anderen?'

'Kon je de waarheid over jezelf maar zien ...'

'Dan zouden we niet menselijk zijn.'

Kumiko zweeg alsof ze een klap in het gezicht had gekregen en keek toen gek genoeg opgetogen. 'Is dat het? Komt het daardoor?'

'Menselijk zijn staat gelijk aan verlangen, denk ik', zei Amanda. 'Aan iets willen. Aan iets nodig hebben. Wat je het merendeel van de tijd trouwens al hebt. Dat is een gif dat alles bederft.'

'Maar is het een zoet vergif?'

'Soms.'

'Kijk, dat bedoel ik nu', zei Kumiko. 'Je openhartigheid. Dat waardeer ik het meest in je.'

'Nou, dan ben je zo ongeveer de enige.'

Kumiko stak haar de kom weer toe. 'Kom. Ik weet dat je het wilt. Het is een zoeter vergif dan menig ander.'

Amanda wachtte even, toen liep ze om het voeteneind van het bed heen en keek aarzelend in de kom. 'En ik kan gewoon met mijn vingers eten?'

'Kijk, zo.' Kumiko pakte met haar vingers wat rijst en hield die voor Amanda's mond. 'Eet.'

Amanda keek er even naar en voelde hoe vreemd het zou zijn om uit Kumiko's hand te eten, maar misschien was het eigenlijk toch niet zo vreemd, niet vreemder dan al het andere aan Kumiko, eerlijk gezegd. Bovendien merkte ze dat ze het echt heel graag wilde. Ze omvatte Kumiko's vingers met een vederlichte kus en at het hapje pudding ...

... en ineens werd ze meegevoerd, ineens was ze in de lucht, was ze ván lucht, de wind vloog langs haar heen, de aarde ver beneden haar, oud en toch jong, overdekt met vlagen koude stoom, de zoetheid op haar tong als een wens, als een wimper, als het verstoven water van een golf vlak bij haar ...

... en Kumiko vloog naast haar, bood haar iets aan ...

(Of wilde iets aangeboden krijgen ...)

'Amanda?' Clares stem klonk door de slaapkamer en Kumiko's vingers verdwenen uit Amanda's mond (net als het verlangen, het vreemde, melkachtige verlangen, geen wellust, geen vleselijke begeerte, geen verlangen naar liefde, maar naar wat? Naar wat?) en Kumiko vroeg: 'Vind je het lekker?'

Als in een roes slikte Amanda. 'Het is niet wat ik verwachtte.'

'Dat is het nooit.'

'Alles oké hier?' zei Clare, met glinsterende, vragende ogen.

'Prima', zei Kumiko. 'Waarom vraag je dat?'

'Ik ...'

'Ik moet terug naar het feest', zei Kumiko. 'Ook al zijn de meeste mensen vreemden voor me.'

Ze groette hen met een knikje, zette de kom neer, liep toen

langs Clare en ging de trap af naar het feestgedruis beneden. Amanda had het koud, maar voelde zich ook verhit, als na een stevige wandeling naar een bergtop. Ze ademde door haar mond, maar de nasmaak op haar tong was verwarrend en leidde haar gedachten af.

'Dat was ze dus?' zei Clare. 'Waar had ze het in vredesnaam over?'

Maar Amanda kon alleen maar doen alsof ze nog eens keek of JP lekker lag terwijl er vanaf haar hals een raadselachtige blos begon op te kruipen.

'Je ontloopt me', zei Rachel, die hem buiten staande hield toen hij met een blad vuile glazen langsliep.

'Natuurlijk ontloop ik je', zei George. 'Wat zou ik anders moeten doen?'

Ze stonden een stukje bij de rest van de feestgangers vandaan, van wie sommigen het gelukkig voor gezien hielden nu er een paar uur was verstreken en er geen nieuwe kunstwerken waren tentoongesteld of geveild, of wat het ook was dat deze raadselachtige mensen hadden gedacht dat er zou gaan gebeuren. De aankondiging moest nog komen, maar geen van de mensen die vertrok zou daarin geïnteresseerd zijn of zelfs maar weten dat er iets ophanden was. Maar op dit moment zou hij met alle plezier tien van hen voor lief hebben genomen als hij niet met Rachel hoefde te praten.

'Ik ga geen toestand maken, George. Als je dat soms denkt?'

'Dat is inderdaad wat ik denk', zei George, die kalm probeerde te klinken. 'Dat is precies wat ik denk.'

'Nou, maar dat is dus niet zo.'

Hij keek haar eens aan en probeerde haar te zien zoals ze was. Door de rare lichtval uit het keukenraam hadden haar ogen weer een groene glans. 'Rachel ...'

'Hoor nou eens, ik wéét het', zei ze. 'Ik weet dat je iets met

Kumiko hebt en Amanda zegt dat ze bij je is ingetrokken en er loopt hier een erg nichterige Turkse jongen rond die het er steeds maar over heeft dat er een belangrijke aankondiging zal komen ...'

'Ráchel ...'

'Ik zeg alleen maar dat ik het weet, oké? Ik probeer verder niets. Ik zie hoe hecht jullie samen zijn. Dat ze je wel alles moet geven wat ik kennelijk niet kon. Alles wat ik niemand schijn te kunnen geven.' Haar gezicht vertrok tot een grimas en ze keek over Georges hoofd naar het koele maanlicht, en hij zag tot zijn schrik dat ze probeerde niet te huilen. 'Ik ben de laatste tijd gewoon zo in de war, George. Toen wij samen waren, kon ik mezelf niet aan je geven zoals jij jezelf aan mij gaf. Ik kan dat met niemand. En ik ben ervan overtuigd dat je daarom bij me bent weggegaan.'

'Jij bent bij mij weggegaan.'

'En nu is er die exotische nieuwe vrouw en ze is gewoon alles wat ik niet ben. Maar overduidelijk alles wat ik zou willen zijn. Mooi ...'

'Jij bent ook mooi, Rachel, doe nou niet alsof ...'

'En slim en getalenteerd ...'

'Dat ben jij ook allemaal ...'

'En áárdig.'

'...'

'En zij kan zich kennelijk gewoon voor je openstellen.' Rachel keek hem nu strak aan, zonder te knipperen. 'Kan je kennelijk alles teruggeven wat jij haar geeft.'

George voelde dat hij een droge mond had gekregen. Hij mompelde iets.

'Wat zeg je?' vroeg Rachel.

'Ik zei: ze laat niet alles van zichzelf zien.'

'O nee? Maar ik vond dat jullie er zo gelukkig uitzagen.'

'We zijn ook gelukkig.'

'Ik dacht dat je eindelijk iemand had gevonden die paste bij alles wat jou zo geweldig maakt, George.'

'Ik heb ...'

'Maar ze houdt iets achter?'

'Rachel, dat is een gesprek dat ik met jou niet wil voeren ...'

Ze kwam iets dichter bij hem staan. Het schoot hem te laat te binnen dat hij achteruit moest stappen.

'Maar hoezo is zij dan beter dan ik?' vroeg ze.

Ze stapte nog dichterbij, zo dichtbij dat hij haar kon ruiken, en haar parfum wekte allerlei herinneringen op aan het kussen van die nek, een nek die zo jong was dat het idioot was dat een man als hij die kuste. Hij rook ook de wijn in haar adem. Die merkwaardige groene schittering in haar ogen was nog niet verbleekt, ze was nog steeds Rachel, prachtig en meedogenloos.

'Ik probeer te veranderen', fluisterde ze. 'Ik weet niet wat er met me aan de hand is. Ik wil géven. Ik heb nog nooit gegeven, George. Ik heb alleen maar genomen. Maar nu ik wil geven, is er niemand aan wie ik ...'

Ze boog zich snel naar voren en kuste hem.

Hij deinsde terug, maar misschien niet zo snel of zo ver als hij had gekund (dacht hij meteen met een schuldig gevoel), zodat het meer een schampschot werd dan een kus. Het bleef bij die ene poging, maar toen Rachel achteruitstapte, zag hij Kumiko over haar schouder die zich uit de achterdeur boog en rondtuurde of hij in de donkere tuin was.

'George?' riep ze.

Maar in het schemerige licht kon hij niet uitmaken of ze iets gezien had of niet.

'Mogen we even jullie aandacht?' zei George, die met Kumiko naast zich bij de keukendeur was gaan staan zodat iedereen hem kon verstaan.

'Dat werd tijd', hoorde Amanda een man zeggen die zich

alleen als Iv had voorgesteld. ('Als afkorting van Ivan?' had ze gevraagd, waarop hij 'Nee', had geantwoord.) Hij had al de tijd dat hij met haar in gesprek was gepraat over 'interactie van mediale en zelfs communicatieve dynamieken' in de kunst die George en Kumiko maakten terwijl hij compleet doof was voor het spottende onbegrip van Amanda.

'Kumiko en ik willen jullie allemaal graag bedanken voor jullie komst', zei George en hij sloeg een arm om Kumiko's schouder.

'Is dát Kumiko?' fluisterde een vrouw in een mantelpakje die vlakbij stond. 'Ik dacht dat zij de hulp was.'

'We heten onze vrienden en familie van harte welkom', zei George en hij hief het glas naar waar Amanda stond met Clare en Hank, en vlak achter hen Mehmet. 'En ook al onze nieuwe vrienden.' Hij zweeg en kuchte. 'We hebben een kleine aankondiging.'

Het vertrek zinderde van spanning, dacht Amanda, toen alle goedgeklede vreemden zich tegelijkertijd een klein stukje uitrekten.

'Het zal wel over die serie collages gaan', hoorde Amanda iemand anders fluisteren.

'Nee, dat is maar een gerucht', bracht iemand daar meteen tegenin.

'Wélke serie?' fluisterde een derde persoon.

De eerste twee klakten met hun tong van ergernis omdat de derde blijk gaf van zo veel onwetendheid.

'Ik ben me ervan bewust dat het voor sommigen onverwacht zal zijn', zei George, met een gerichte blik op Amanda.

'Dat meent hij niet', zei Clare, achter haar.

'Wat niet?' vroeg Hank.

En net toen het tot Amanda doordrong wat haar moeder bedoelde, zei George de bewuste woorden.

'Het is me een eer te kunnen vertellen dat Kumiko ermee heeft ingestemd mijn vrouw te worden.'

'Waarom heb je het me niet verteld?' vroeg Amanda, die bijna agressief dicht bij hem stond.

'Prettige avond nog', zei George tegen de enigszins ontevreden gezichten die weggingen. Hij ving wat gemopper op, vooral onder al degenen die na de aankondiging naar hem toe waren gekomen en met een aangeslagen blik op hun gezicht hadden gevraagd wanneer de verkoop zou beginnen. Ze hadden het vrijwel unaniem niet kunnen geloven toen hij vertelde dat hij niet van plan was die avond iets te verkopen.

Hoewel hij, achteraf bezien, waarschijnlijk een fortuin had kunnen verdienen.

'George!' hield Amanda aan. 'Je hebt mamma bijna een hartaanval bezorgd.'

'Waarom zou het haar van streek maken?' vroeg hij. 'We zijn al gescheiden sinds …'

'Waarom heb je het mij niet verteld?' zei Amanda nog een keer, en de boze gekwetstheid op haar gezicht was bijna meer dan hij kon verdragen. Ze zag er precies zo uit als toen ze twaalf was geweest, toen Clare en hij het beetje geld dat ze opzij hadden gelegd, gebruikt hadden om een vreselijk oud fornuis te vervangen, zonder zelfs maar te weten dat Amanda erop had gerekend om haar bril eindelijk te kunnen verruilen voor contactlenzen, een wens waar ze allebei niet van op de hoogte waren geweest totdat Amanda achter haar brillenglazen in woedende, maar ook erg verdrietige tranen was uitgebarsten. De maand erna hadden ze geld voor contactlenzen, maar de last van gedeelde ongerustheid over hun moeilijke, verrassende dochter was daarna nooit meer goed hanteerbaar. Hij maakte zich nu nog net zo veel zorgen om haar.

En waarom had hij het haar eigenlijk niet verteld?

'Het kwam gewoon doordat …' zei hij. 'Het was allemaal heel plotseling.'

'Maar ze is bij je ingetrokken, en daar heb je ook niets over gezegd.'

'Ze is niet echt bij me ingetrokken. Ze heeft nog steeds haar eigen flat ...'

'En ik heb haar pas één keer ontmoet. Eén keer pas.'

'En je zei dat je haar graag mocht. Ja, goedenavond! Volgens mij maakte hij een obsceen gebaar naar me, zag je dat?'

'Ik mág haar ook. Ze is ...'

Amanda zweeg en haar ogen leken zich te focussen op een innerlijk beeld met een uitdrukking die hij alleen als verschrikte dromerigheid kon beschrijven. En vervolgens vroeg hij zich af waarom hij het ineens zo warm had? Zijn huid scheidde zweet uit als water uit een bron.

'Het spijt me, lieve schat', zei hij. 'Echt waar. Het is alleen ... Ik weet maar zo weinig van haar, snap je? Een groot deel van haar is volslagen onkenbaar. En elk pietepeuterig stukje dat ik van haar kan krijgen, geeft me een gulzig gevoel.' Hij keek naar het wijnglas dat hij nog steeds in de hand had. 'Ik heb het je niet verteld omdat ik wilde dat het iets was wat alleen ík zou weten. Een deel van haar dat alleen van mij was. Het spijt me als dat akelig klinkt, maar ze is zo ...'

'Ik begrijp het, pappa', zei Amanda, en ze zei het vriendelijk. Ze keek langs hem heen naar Kumiko, die Clare, Hank en een zo te zien aangeschoten Mehmet hun jassen gaf. 'Ik geloof dat ik het echt een beetje begrijp.'

Hij raakte zacht even haar arm aan. 'Ik vind het leuk als je me pappa noemt.'

Ze draaide zich naar hem om, en in een flits zag hij zo'n groot verdriet in haar ogen dat hij haar in zijn armen wilde nemen en haar voorgoed bij hem thuis houden, maar toen verscheen er een waterig lachje op haar gezicht en was het moment voorbij. 'Ik ga JP halen', zei ze.

'Breng je hem morgen weer?'

'Dat doe ik, pappa', zei ze en ze begon de trap op te lopen.

'Amanda', zei hij en hij hield haar tegen.

'Ja?'

'Is je vriendin al weg?'

Dat is een goede vraag, leek Amanda's gezicht uit te drukken. 'Ze zal wel een lift van iemand hebben gekregen of zoiets.' Ze haalde haar schouders op. 'Vreemd. Maar echt iets voor haar.'

Ze liep door naar boven en George ging naar de laatste nog aanwezige gasten, die hij gelukkig allemaal kende en van wie hij, ieder op zijn eigen manier, hield.

'Nou, over stille wateren gesproken', zei Clare. 'Maar eigenlijk ben je helemaal geen stil water, dat heb ik nooit van je gedacht, en daarom vind ik het allemaal een beetje verontrustend.'

'Ben je niet blij voor me?'

'Dolgelukkig, lieverd. Ik heb geen flauw idee hoe je haar zover hebt gekregen dat ze je een blik waardig keurde, maar nu je dat voor elkaar hebt ...'

'Gefeliciteerd', zei Hank; hij gaf George een hand en kneep daar zo hard in dat George vermoedde dat hij dat alleen deed bij de ex-man van zijn vrouw. 'De volgende keer misschien wat minder gasten?'

'Ik snap wat je bedoelt. We stonden er zelf ook nogal van te kijken, en wie dat nou allemaal precies waren ...'

'Kunstjunkies', kwam Mehmet tussenbeide. 'Dat zijn net van die spreeuwenwolken. Ze duiken met miljoenen zomaar uit het niets op en verbluffen je zeven minuten, en dan gaan ze weer op in de vergetelheid.'

Na zijn woorden viel er een stilte. Toen zei George: 'Mehmet, dat was ...'

'Ik zei toch al dat er iets aan zat te komen', zei Mehmet, die niet meer helemaal rechtop kon staan, tegen Hank. 'Iets geweldigs.'

'Je zei dat het ook vreselijk zou zijn', zei Hank.

'Tja,' zei Mehmet met een blik achterom naar George, 'dat zal vast ook nog wel komen.'

'Tjongejonge', zei George, die zich op de bank liet neerploffen nadat de laatste plakkers waren vertrokken.

Kumiko kwam naast hem zitten. 'We hebben het gered.'

Maar – tenzij George het zich verbeeldde, wat heel goed mogelijk was – er was nu een nieuw soort ongemakkelijkheid tussen hen, alsof ze weer vreemden voor elkaar waren nu ze hun voornemen kenbaar hadden gemaakt aan zijn familie en een kamer vol rare types. Hij hoopte van harte dat het niets met Rachel te maken had.

'Is er niet iemand van jouw kant die we het moeten vertellen?' vroeg hij.

Ze glimlachte vermoeid naar hem. 'Dat heb ik je al heel wat keren gezegd. Er is alleen ik. Behalve dan dat er nu jij en ik zijn.'

Hij ademde uit door zijn neus. Hij had het nog steeds onverklaarbaar warm. Zijn zweet was door drie lagen heen gedrongen en nu was ook zijn blazer kletsnat. 'Zijn er echt alleen jij en ik?' vroeg hij.

Het verraste hem dat hij bijna in tranen was. 'Je houdt zo veel voor jezelf. Nog steeds.'

'Word alsjeblieft niet te gulzig, George', zei ze, en hij schrok van het woord 'gulzig', hetzelfde woord dat hij tegenover Amanda had gebruikt. 'Kunnen we niet hebben wat we nu hebben?' vervolgde ze. 'Ook als man en vrouw? Kun je niet van me houden met al mijn gesloten deuren?'

'Kumiko, de kwestie is niet of ik van je hou …'

'Er zijn dingen die ik moeilijk te beantwoorden vind. Het spijt me.' Ze keek ongelukkig, en hij had het gevoel dat hij alles ter wereld zou willen doen om ervoor te zorgen dat ze niet zo keek: moord, vernietiging, verraad, als ze maar weer zonneschijn over hem uitstraalde.

'Je hoeft niet te zeggen dat het je spijt', zei hij. 'Ik ben degene die spijt zou moeten hebben. Ik voel me trouwens niet zo best. Misschien ben ik wel een beetje koortsig …'

Ze viel hem in de rede, bijna zachtzinnig. 'Ik heb een nieuwe collage af.'

Dat verraste hem. 'Goh, nou. Maar dat is gewel…'

'Ik heb hem hier.' Ze liep naar een van zijn boekenkasten, waar hij verstopt stond achter een rij boeken en haalde hem tevoorschijn. 'Ik had hem klaar voor het feest, maar er leek zich geen goede gelegenheid voor te doen.'

Ze gaf hem aan George.

'Die is uit het verhaal', fluisterde George, en de tranen welden weer in volle hevigheid op toen hij naar de flintertjes gearrangeerde veren keek, naar zijn uitgesneden, bijeengebrachte woorden. 'Kumiko, het is …'

Maar hij kon alleen maar kijken.

De vrouw en de vulkaan draaiden behoedzaam om elkaar heen, beide nu gemaakt van een combinatie van veren en woorden, terwijl hun wereld, onder hen, wegdook. En de tederheid waarmee ze elkaar bekeken, de boosheid, het verdriet dat naar buiten dreigde te komen, waren George bijna te veel. Hij moest straks gaan liggen om van deze rare koorts af te komen, maar op dit moment kon hij alleen maar kijken, staren naar de sierlijke, vogelachtige rondingen van de vrouw, naar de gloedvolle groene steentjes die Kumiko de vulkaan als ogen had gegeven.

'Het verhaal', zei hij. 'Is dit het eind?'

'Nog niet', fluisterde Kumiko, en haar stem was als de ademtocht van een wolk. 'Maar het duurt niet lang meer.'

A manda droomde dat ze een heel leger was dat de aarde verslond. Haar handen waren kronkelende stromen strijdmieren en strijdende mannen, die vernietigden, maar ook verdwenen en zich dan omvormden tot vingers om te grijpen en vuisten om mee te slaan; haar lichaam strekte zich uit van horizon tot horizon en maakte alles wat op haar pad kwam met de grond gelijk, en naderde een stad, ja, naderde een stad en er rees een machtige vloedgolf van een hand op om alles weg te vagen ...

Maar nu aarzelde ze en ze weerhield zich van volledige vernietiging ...

En in een oogwenk leerde ze de noodlottigheid van die aarzeling, want ze begon al op te lossen, al in stukjes uiteen te vallen, atoom na pijnlijke atoom ...

Ze werd wakker, niet met een schok, maar door simpelweg haar ogen open te doen (zonder ooit te weten dat dit precies dezelfde manier was waarop haar vader uit nachtmerries ontwaakte). Ze wilde haar hand op de naakte huid van Henri's rug leggen, een gebaar dat haar altijd weer verankerde na een akelige droom, haar terugbracht op aarde, zodat ze rustig verder kon slapen.

Maar Henri was er natuurlijk niet. Al jaren niet meer.

Ze ademde langzaam uit over in de nacht droog geworden lippen en probeerde niet al te wakker te worden. Ze ging iets verliggen in bed en voelde dat de lakens klam waren van het nachtzweet. Ze had al minstens een week last van een lichte koorts, die had geleid tot zo'n fijne, nieuwe koortslip, die nu, terwijl ze gaapte, pijnlijk opensprong bij haar mondhoek, als de straf van een prikkelbare god.

Ondanks haar doezeligheid voelde het als een straf die ze verdiende. De dagen na het feest waren humeurig en stormachtig verlopen, niet in de laatste plaats in haar eigen hoofd. Ze betrapte zich erop dat ze vrijwel onafgebroken aan Kumiko dacht, zich afvroeg wat ze op dat moment aan het doen was, zich afvroeg of ze bij George was, en zich vooral afvroeg wanneer ze haar weer zou zien. Het was bespottelijk. Aan de ene kant voelde het als niets meer of minder dan een verliefdheid, wat verrassend was omdat Amanda zich nooit aangetrokken had gevoeld tot andere vrouwen – mentaal bleef ze er alert op of ze zulke gevoelens had, maar tot dusver niks, nada, wat zowel verwarrend als licht teleurstellend was – maar het verlangen leek niet lichamelijk. Of nee, dat was niet zo, het leek wél lichamelijk, maar niet dát soort lichamelijk. Het was bijna als met het eten waar ze belust op was geweest toen ze zwanger was van JP, en haar lichaam haar met onstuitbare kracht duidelijk maakte dat ze pinda's en ananas moest eten of zou doodgaan. Ja, dat leek het te zijn, Kumiko was als een vitaal element dat Amanda nodig had om in leven te blijven.

En dat sloeg nergens op. Net zomin als de boosheid die ze voelde toen het moeilijk bleek om een nieuwe afspraak met Kumiko te maken. Net zomin als haar toenemende jaloezie op George vanwege de tijd die hij met haar doorbracht. Ze wist dat het allemaal irrationeel was, maar wat had je aan rationaliteit als je iets heel erg graag wilde?

'Wat de collages betreft, we zijn nee gaan verkopen aan mensen', had hij aan de telefoon gezegd. 'Het werd ons te veel en daarom hebben we tegen iedereen gezegd dat ze ons een poos met rust moeten laten. En eerlijk gezegd ben ik blij met een adempauze. Het ging allemaal zo snel.'

'Ja', zei Amanda terug en ze verraste hen allebei met de felheid in haar stem. 'Dat is wat de rest van ons ook gedacht heeft. Dat het allemaal zo snel ging.'

Amanda's gezicht vertrok toen ze hoorde hoe kleinzielig ze klonk. Maar ze verontschuldigde zich niet.

'Geen reden om daar zo emotioneel over te doen', zei George. 'Je hebt het, hoop ik, toch niet over ons huwelijk?'

'Ja, George, ik heb het over jullie huwelijk.'

'Maar Kumiko is …'

'Kumiko is fantastisch. Kumiko is geweldig. Ik heb nog nooit iemand als zij ontmoet.'

'Dat ís ze ook …'

'Maar jullie kennen elkaar pas een paar maanden', hoorde ze zichzelf ongevoelig en zinloos zeggen. 'Hoe goed ken je haar eigenlijk?'

Toen bleef hij even stil, en ze dacht dat ze zijn onbehagen kon horen, zelfs in de stilte. 'Goed genoeg. Denk ik.'

'Dénk ik?'

En toen was hij ineens streng geworden. 'Wat ik echt denk, is dat het je niks aangaat, Amanda. Je denkt al veel te lang dat je het recht hebt om je zomaar met mijn leven te bemoeien en je oude vader te zeggen wat hij moet doen. Nou, dat zie je verkeerd. Ik ben achtenveertig. Ik ben je váder. Ik heb een vrouw ontmoet van wie ik hou en ik ga met haar trouwen en ik heb jouw toestemming of goedkeuring niet nodig, begrepen?'

Bijna als vanzelfsprekend wachtte Amanda tot hij zou zeggen dat het hem speet, zoals hij alle andere keren dat hij tegen haar was uitgevallen had gedaan, waarschijnlijk al haar hele leven.

Maar deze keer deed hij dat niet.

'Wij kenden Henri amper toen je met hem trouwde en ons heb je niet horen mopperen.'

'Nou, mama wel een beetje …'

'En we hoorden pas over de scheiding toen hij al was terugverhuisd naar Frankrijk, dus bij mij hoef je niet aan te komen met "te snel".'

'Dat lag anders. Ik was jong. Jonge mensen doen dat soort dingen als ze op zoek zijn naar zichzelf.'

En toen zei hij het gemeenste wat hij ooit had gezegd, des te pijnlijker omdat het honderd procent waar was.

'Met de tactiek van de verschroeide aarde die jij toepast, Amanda, zul je de rest van je leven op zoek zijn naar jezelf.'

Daar had hij zich wel onmiddellijk voor verontschuldigd, en hij weet zijn opvliegendheid aan een vaag griepje waar hij maar niet vanaf kwam, maar het was te laat. Het voelde alsof hij een pijl op haar had afgeschoten. Erger nog, een pijl die doel trof. Sindsdien hadden ze elkaar niet meer gesproken. Het was allemaal niet zo dramatisch als het leek en ze zou hem ongetwijfeld binnenkort wel weer spreken, daar was ze van overtuigd, en ze wilde beslist niet het contact tussen JP en zijn terecht zo geliefde grand-père in de weg staan.

Nee, wat pijn deed, was het besef van de juistheid van wat ze op het feest tegen Kumiko had gezegd. Amanda liep over van verlangen, zelfs naar de dingen die ze al had. En dat was een gif, en niet eens een zoetsmakend gif.

De krankzinnige dromen hielpen ook niet bepaald. Met de regelmaat van de klok en met een inhoud zo bizar dat het bijna leek alsof haar persoonlijkheid werd ontleed. Na afloop werd ze altijd uitgeput wakker. Misschien kwam het wel alleen door de koorts, maar godallemachtig. Nu lag ze wakker terwijl haar blaas haar er behoorlijk opdringerig aan herinnerde dat ze bepaalde zaken moest afhandelen als ze toch wakker was, nog iets wat ze met haar vader gemeen had, ook al zou ze dat haar leven lang niet weten. De wekker vertoonde een gruwelijk drietal cijfers: 3.47. Over een paar uur moest ze naar haar werk, dus ze moest echt nog wat zien te slapen. Met een zucht stond ze op en hoopte dat ze snel weer kon gaan liggen.

Maar de gedachte aan werk leidde tot gedachten over Rachel, en toen ze door de gang liep, werd ze nog wakkerder, of ze dat nu wilde of niet. Sinds de avond van het feest was Rachel nog vreemder gaan doen, kennelijk opgebeurd door een geluksgevoel dat aan het gestoorde grensde.

'Hij heeft te weinig haar', had Amanda vanochtend nog tegen Mei gezegd toen ze het hadden over een tv-ster uit een realityprogramma, die door kruisbestuiving was terechtgekomen in een andere realityshow die zich in het oerwoud afspeelde. 'Het is alsof je naar een reuze aantrekkelijke tienjarige zit te kijken, en wie wil dat nou?'

Zowel Mei als Amanda was fysiek teruggedeinsd door de lachexplosie van Rachel, die vlakbij zat. Ze hadden allebei niet eens gemerkt dat ze luisterde. 'Misschien Michael Jackson?' had ze gezegd terwijl ze zich met een nogal eng lachje naar hen toe boog.

'Hm, dat is niet geestig', zei Mei bezorgd. 'Hij is dood. En ik vond hem leuk.'

'Jezus mina', zei Rachel terwijl ze Mei verbaasd aankeek. 'Over de doden niets dan goeds zeker?' Toen zei ze tegen Amanda: 'Je hebt trouwens goed werk gedaan in Essex. Ik heb tegen Felicity gezegd dat je op mijn baan uit bent.'

Ze lachte weer hardop en met open mond keek Amanda hoe ze wegliep, voor één keer net zo verbaasd als Mei.

Misschien was Rachel echt aan het doordraaien. Niet dat haar opgewektheid onwelkom was, maar – Amanda kon niet op het juiste woord komen, maar geláden kon ermee door – Rachel had een ongemakkelijk soort geladenheid over zich, alsof ze een granaat was die al langgeleden had moeten exploderen. Het enige wat je kon doen was op veilige afstand blijven en er maar het beste van hopen.

Amanda strompelde haar badkamer binnen, ging op het steenkoude toilet zitten en hapte naar adem door de temperatuur. Ze legde een hand op de radiator om wat warmte door zich heen te voelen stromen. Raar genoeg zat de badkamer in de hoek van de flat. In plaats van daar de woonkamer te plannen zodat je leuk aan twee kanten uitzicht zou hebben, hadden de architecten die plek uitgekozen voor het enige vertrek van de flat waar je regelmatig naakt was of kleren uittrok.

Ze liet het licht uit, hoewel de hoop een zo laag mogelijk niveau van bewustzijn te houden vervloog door de vlucht die haar gedachten namen en door de kou aan haar billen. Het prachtige maanlicht dat door de ramen viel zou de verkoopwaarde van haar flat een paar procent hebben verhoogd als het romantisch over de rugleuning van een bank was gevallen. Het was er bijna licht genoeg om te kunnen lezen.

Toen ze klaar was met plassen, depte ze zich droog, trok door en stond op. Het elastiek van de onderbroek die ze droeg wanneer ze alleen sliep – die ze tegenwoordig veel te vaak aan had – trok ze op tot haar middel.

Toen bleef ze staan.

Wat krijgen we nou? dacht ze en ze draaide zich om en begon over te geven in het nog kolkende water.

Tjonge, nu was ze echt klaarwakker.

Een paar koude tellen knielde ze er en wachtte of er nog meer kwam. Ze had vanavond niets gedronken en niets verdachts gegeten. Ze voelde zich weliswaar nog steeds wat koortsig, maar de rest van de week was ze niet misselijk geweest en ...

Ze verstijfde.

Toen dwong ze zich om haar gedachtegang af te maken.

En ja, Henri had een condoom gebruikt.

(Toch?)

Ja.

(Ja?)

Ze ging zitten. Ja, natuurlijk hadden ze een condoom gebruikt, zoiets zouden ze nooit riskeren, dat ging automatisch. Of niet?

Wanneer was haar laatste menstruatie geweest? Die was altijd nogal onregelmatig, maar ze had vast wel ...

'Ho, je zit jezelf maar op te naaien', fluisterde ze in de maan beschenen duisternis. Zo midden in de nacht kon ze zich haar cyclus niet precies herinneren en natuurlijk, ze hadden een condoom gebruikt. Natuurlijk. Het was gewoon een buikgriepje. Meer niet.

Ze wachtte even om te zien of ze nog vaker moest overgeven, maar toen dat niet gebeurde, stond ze op. Haar koortslip deed pijn omdat ze haar mond plotseling zo wijd had geopend en nadat ze met mondwater had gespoeld om de vieze smaak kwijt te raken, pakte ze de crème voor het blaasje op haar lip.

Toen hoorde ze het geluid, heel onverwacht en van zo korte duur dat het leek alsof ze met ijswater werd overgoten.

Ze verstarde.

Nu heerste er slechts stilte en ze vroeg zich af of ze het zich maar verbeeld had. En toen ergerde ze zich, want wie zou zich in godsnaam zo'n geluid verbeelden? Het was een van de achterlijke dingen die mensen in films zeiden wanneer ze op het punt stonden vermoord te worden door een sadist die een berenval bij zich had.

Nee, ze had iets gehoord, iets luids, buiten de flat.

Maar wat?

De kreet van een dier? Ze keek uit het raam dat de prachtige maan omlijstte, een raam dat jammer genoeg uitkeek op een minder fraaie parkeerplaats en een te drukke straat beneden. Ze woonde op de derde verdieping en zelfs met de stilte van een stad om 3.47 in de ochtend leek het niet aannemelijk dat ze een vos kon hebben gehoord, en bovendien had het niet als een vos geklonken. Vossen waren als acteurs uit de periode van de stomme film die ten onder zou gaan door de introductie van geluid, mooi om te zien, maar met een schor geluid dat een aanfluiting voor het dier was.

Ze bracht haar gezicht zo dicht naar het glas dat de damp

van haar adem zichtbaar werd. Er was niets buiten, alleen de gebruikelijke auto's die graasden op de parkeerplaats, verlicht door één lantaarnpaal die een gelig licht verspreidde. Ook in de straat daarachter was het stil; zelfs de nachtbus die elk uur voorbijkwam reed niet. Het had haar drie maanden gekost om daar doorheen te leren slapen. Ze boog zich over de badkuip om uit het andere raam te kunnen kijken, waardoor je eigenlijk alleen een andere hoek van dezelfde parkeerplaats kon zien en het dak van een gebouw waarin een reeks steeds wisselende, louche bedrijfjes gehuisvest was.

Niets. Het enige wat ze hoorde was haar eigen ademhaling en het tikken van de radiator.

Wat zou het geweest kunnen zijn? Het had ontzettend verdrietig geklonken, als een kreet van rouw of van liefdesverdriet. Of misschien een kreet naar een geliefde die nooit antwoord zou geven ...

'Ach, kom nou toch', zei ze huiverend tegen zichzelf. 'Het was een vos. Geen operette.'

Er gebeurde verder niets, en daarom gaf ze het op. Ze ging de badkamer uit en bleef alleen even staan toen ze haar buik weer voelde rommelen, als het zwakke gepor van een afzonderlijk persoon daar ...

Nee! Niet als van een afzonderlijk persoon. Niets wat daar in de verste verte op leek. Gewoon een lichte misselijkheid. Dat was het, dat was alles, misselijkheid. Afgezien van het feit dat seks met zijn ex hebben terwijl zijn vriendin voor haar moeder zorgde, niet zo in zijn voordeel sprak, was Henri een verantwoordelijke en attente man. Hij zou het niet in zijn hoofd hebben gehaald om zoiets te riskeren. Bovendien had ze gezíén dat hij een condoom gebruikte.

Ja toch?

'Hè, verdomme', fluisterde ze.

Ze probeerde zich voor de geest te halen wat er gebeurd was, die avond dat hij het met haar op de bank had gedaan, en ja, nu zag ze hem voor zich, en zijn hand rolde het condoom uit terwijl zij haar beha losmaakte. Maar het hele voorval had zich zo snel afgespeeld en was zo verwarrend geweest, dat ze betwijfelde of ze het echt gezien had of dat hij zichzelf had gestreeld zoals mannen dwangmatig doen wanneer ze naakt waren en een erectie hadden. En waar zou hij trouwens een condoom vandaan moeten hebben gehaald? Zij had ze niet in huis en waarom zou hij er een bij zich hebben als hij de afgelopen paar jaar alleen met Claudine had gevrijd?

'Hou op', zei ze streng tegen zichzelf. 'Hou in vredesnaam op.'

Vervelend genoeg kon ze hem niet eens bellen om de kwestie op te helderen, omdat ze ook ruzie hadden gemaakt. Over JP uiteraard. Henri wilde dat hij twee hele weken naar Montpellier zou komen zodat hij 'fatsoenlijk kon kennismaken met Frankrijk'.

'Niks daarvan', had Amanda gezegd.

'Je kunt niet gewoon zeggen "niks daarvan", Amanda', zei hij. 'Zo kan dit gesprek niet van start gaan.'

'Hij is víér. Hij krijgt al heimwee als we een middag van huis zijn. Als hij ouder is ...'

'Als hij ouder is, ben ik al een vreemde voor hem. Ik ben nu al een vreemde ...'

'Welnee, dat is niet zo. Hij praat aan één stuk door over je ...'

'Ik hoor het al. Je vindt het vervelend als hij over me praat!'

'Henri!' had ze gefrustreerd gesnauwd. 'Hij is te jong voor een reis van twee weken ...'

'Eén week dan.'

'Hij is te jong voor een reis van een week.'

'Dit gaat over mij. Dat moet je toch op zijn minst toegeven, Amanda. Je bent kwaad op me over wat er gebeurd is ...'

Toen zei ze, nogal ironisch gezien de omstandigheden:

'God, o god, waarom zijn mannen zo ongelofelijk stom als het om seks gaat?'

Vervolgens hadden ze elkaar in het Frans een paar minuten uitgescholden voordat ze ophingen terwijl de kwestie van JP's bezoek wat haar betrof helemaal was afgehandeld en wat hem betrof 'nog verder besproken moest worden'.

Nu bleef ze staan bij de kamer van JP en keek even naar hem. Hij was nog steeds veel te klein voor zijn nieuwe grotejongensbed, en ook al lag hij nu breeduit op zijn Wiggledekbedhoes, hij vulde amper een hoekje van het bed. Ze ging naar binnen en trok het dekbed over hem heen.

'*Ce sont mes sandales*', mompelde hij zonder zijn ogen open te doen. '*Ne pas les prendre.*'

'Dat zal ik niet doen, jochie', zei ze en ze kuste hem op zijn zweterige kleine voorhoofd zonder hem in contact te brengen met haar koortslip. 'Dat beloof ik.'

Hij nestelde zich op zijn Wigglekussen en was binnen de kortste keren diep in slaap. Hij was zo mooi daar in het maanlicht dat Amanda alweer bijna in tranen was.

'Godallemachtig', fluisterde ze.

Een zwangerschap zou in elk geval al dat rare emotionele gedoe van de afgelopen tijd verklaren. De jaloezie op haar vader over Kumiko. Het onverklaarbare, maar vreselijk verontrustende gevoel dat Kumiko op de een of andere manier van haar werd afgepakt. Het zou zelfs de bedwelmende herinnering kunnen verklaren van Kumiko die haar rijstpudding voerde, het gevoel van Kumiko's vingertoppen in haar mond, een volkomen onverwacht contact en – wat Amanda betrof – volkomen taboe en verrassend, maar een contact dat haar tot in het diepst van haar wezen had geraakt, zozeer zelfs dat ze soms haar eigen vingertoppen in haar mond stak om het moment opnieuw te beleven.

Het was kinderachtig en om gek van te worden, maar doordat George met Kumiko ging trouwen had zij op de een of andere manier het gevoel dat ze de mooiste kans van haar leven was misgelopen. Hierna zou alles minder worden. Ze koesterde de verschrikkelijk mooie collage die ze van Kumiko had gekregen (want verschrikkelijk wás het juiste woord ervoor. Ze keek ernaar en voelde zich verschrikkelijk) nog steeds met een aan wanhoop grenzend fanatisme. Ze bewaarde hem nu weggestopt in een sokkenla en nam hem nooit meer mee naar haar werk, en ze sprak met niemand over het bestaan ervan, zelfs niet met George.

Als ze eerlijk tegenover zichzelf was, en dat was niet makkelijk omdat de waarheid zo uitgesproken onaangenaam was, moest ze toegeven dat ze al deze dingen – de collage, de vingertoppen, haar jaloezie – waarschijnlijk zo koesterde vanwege de ijle, flakkerende hoop dat Kumiko op een dag al haar onkenbare geheimen met Amanda zou delen. En dat betekende dat Amanda op een dag misschien háár geheimen zou kunnen delen, iemand eindelijk het gebrek onder het pantser van haar persoonlijkheid kon laten zien, om misschien zelfs wel tot de ontdekking te komen dat het helemaal geen gebrek was …

Wat nu natuurlijk allemaal onmogelijk was omdat George uiteraard degene zou zijn die door Kumiko in vertrouwen werd genomen nu ze gingen trouwen. Hoe hartelijk de vriendschap tussen haar en Kumiko ook zou kunnen worden, Amanda zou nooit degene zijn met wie Kumiko al die onmogelijke dingen besprak. En dat stemde haar zo verdrietig dat ze alweer in tranen raakte. Niets ervan had enige logica, en o god, als een zwangerschap de verklaring was …

'Mamma?' vroeg JP vanuit zijn bed. 'Huil je?'

'Nee, welnee, lieverd', zei ze terwijl ze snel haar tranen wegveegde. 'Dat komt door het maanlicht. Dat is zo prachtig, kijk maar.'

'Soms ben ik de maan. Wanneer ik slaap.'

'Ik weet het', zei ze en ze streek een haarlok van zijn voorhoofd. 'Daarom heb je 's ochtends altijd zo'n trek.'

Hij lachte en sloot zijn ogen. Ze bleef nog even bij hem om er zeker van te zijn dat hij lekker lag – en om er zeker van te zijn dat ze voor die avond klaar was met huilen en overgeven – en ging toen op de tast door de donkere gang terug naar haar eigen slaapkamer terwijl de gedachten door haar hoofd tolden, hoe ze zich er ook tegen verzette.

Want stel dat ze zwanger was? Ach jezus, stel dat het zo wás?

Ze legde haar hand tegen haar buik zonder te weten wat ze er nou precies van vond. Het zou tot in lengte van dagen ongemakkelijk blijven om mensen uit te leggen hoe het kwam dat JP zo veel op zijn broer of zus leek, en het zou vrijwel onmogelijk zijn om het geheim te houden voor Claudine ...

Wie probeerde ze voor de gek te houden? Het zou een ramp zijn. Een debacle.

Maar goed, ze was immers niet zwanger? Klaar. Eén enkele nacht van betreurenswaardige seks die uitliep op een zwangerschap was ook iets wat alleen in films gebeurde.

Alleen zouden er natuurlijk ook goede kanten aan zitten. Ze hield zo uitzinnig veel van JP, meer dan ze ooit voor mogelijk had gehouden, en een tweede zoontje of dochtertje ...

Ze slaakte een zucht. Het was bijna een schoolvoorbeeld van het begrip 'een geluk bij een ongeluk'.

'Maar je bent niet zwanger', fluisterde ze tegen zichzelf, en ze stapte in bed en zocht een koel plekje tussen de lakens. 'Echt niet, echt niet, echt niet.'

En toen hoorde ze het geluid weer.

Deze keer was het veel duidelijker, zo diep en sonoor en bovenaards dat ze min of meer haar bed uit sprong om naar buiten te kijken.

Ze zag niets, alleen weer stilstaande auto's. Er was geen beweging, ook niet in de schaduwen, hoewel er meer dan genoeg plekjes waren waar zich iets schuil kon houden.

Maar haar hart bonkte nog steeds, omdat het onbekende geluid niet van drie verdiepingen lager leek te zijn gekomen. Het had geklonken alsof het van vlak voor haar raam kwam. Daar was uiteraard niets, zelfs geen fatsoenlijke vensterbank waar iets had kunnen staan, maar het geluid, die roep, die weeklacht ...

Waar was dát woord nou ineens vandaan gekomen? Maar het leek het juiste. Het was een weeklacht geweest. Oud, meer dan oud, oeroud, maar niet oeroud zoals Egypte, maar oeroud als een oud bos waar je alleen maar slaap vermoedde. Iets had vlak voor haar raam een weeklacht laten horen, en ze wist niet waarom of voor wie, maar het trof haar zo zuiver in het hart dat ze haar poging om haar tranen binnen te houden helemaal liet varen, ook toen ze haar hoofd op het kussen liet rusten, en het voelde goed deze keer, als het juiste om te doen, het juiste verdriet om te koesteren.

Want wat was triester dan de wereld en haar behoeften?

Ze droomde opnieuw over een vulkaan, maar deze keer wás ze beurtelings de vulkaan en werd ze erdoor in extase gebracht – een uitdrukking die ze al in haar droom bedacht, in extáse gebracht, ja – zijn handen die omhooggingen over haar naakte bovenlichaam, zijn duimen die de ronding van haar uitdijende buik betastten en bij haar borsten kwamen, die nu op de een of andere manier onder haar eigen handen waren terwijl ze haar hoofd achteroverboog tegen de heuvels en steden van haar nek, en het gevoel kreeg dat het belangrijk was dat de vulkaan zijn ogen zou openen, zou openen zodat ze konden zien, maar ondanks haar smeekbeden weigerde hij dat en hield ze zelfs dicht toen hij bij haar binnendrong, en voordat ze bezwaar kon maken, voordat ze het nog eens kon vragen, deed hij wat alle vulkanen onvermijdelijk moeten doen, spuiten, spuiten, spuiten, en de absurditeit daarvan maakte haar aan het lachen, diep en schor, zelfs in de droom, zelfs terwijl het gebeurde ...

Deze keer werd ze niet wakker.

Hoofdzakelijk omdat ze niet wakker wilde worden.

En dan breekt de laatste dag aan.

Ze is hem gevolgd naar de zoveelste oorlog. De aarde scheurt en splijt uiteen, spuugt vuur en lava en stoom en jaagt de slaafse volgelingen van de vulkaan na die door de smalle straten van een stad hollen, de mannen vermoorden, de vrouwen verkrachten en de baby's tegen de grond smijten.

Ze vliegt door het bloedbad, het plunderen, het roven en strijkt met haar vingers door poelen van bloed. Ze laat tranen om de wereld die hun kind is, maar nooit hun kind is geweest, ze laat tranen om haar liefde en vraagt zich af of die verloren is gegaan. Ze vraagt zich niet af of die echt is geweest. Die was echt, voor allebei, zoveel is wel duidelijk.

Maar is het genoeg?

De vulkaan is overal en nergens in de oorlog, in alle opzichten van het grootse belang en daardoor, op een zwaarwegende manier, afwezig door alomtegenwoordigheid. Maar ze treft de kleine generaal van dit leger aan, die denkt dat hij zijn troepen aanvoert terwijl hij ze natuurlijk net zomin aanvoert als de hoorns een op de vlucht geslagen stier. Zijn kin zit onder het bloed omdat hij zich te goed heeft gedaan aan een vijand.

Wanneer de kleine generaal haar ziet, laat hij zijn vijand vallen en buigt respectvol voor haar. 'Mevrouw', zegt hij.

'Weet u wie ik ben?'

'Iedereen weet wie u bent, mevrouw.'

'U strijdt in dienst van mijn man.'

'Dat klopt, mevrouw. Hij wijst op zijn vijand van wie hij de buik heeft opengereten en die nu zijn ingewanden vasthoudt en weer in zijn lichaam probeert te stoppen. 'Maar hij ook. We vechten allemaal in dienst van uw man, mevrouw.'

'Bent u niet moe?' vraagt ze terwijl ze langzaam in een kring om hem heen loopt.

Hij kijkt verrast op. Met een stem vol vermoeidheid en teleurstelling zegt hij: 'Ja, mevrouw.'

'U bent niet op oorlog uit', zegt ze, achter hem staand.

'Nee, mevrouw.'

'U wilt vergiffenis.'

Het antwoord laat even op zich wachten, maar als ze weer voor hem staat, richt hij zich in zijn volle lengte op en kijkt haar trots aan. 'Zoals u zegt, mevrouw.'

'Zal ik u vergiffenis schenken?' vraagt ze onzeker terwijl er aarzeling om haar heen ontstaat.

De kleine generaal knoopt zijn uniformjasje open en ontbloot de huid boven zijn hart. 'Zoals mevrouw wenst.'

Ze gaat naar hem toe. Zijn ogen verraden niets. Ze voelt zich nog steeds onzeker en aarzelt.

'Dat kan niet wanneer er boosheid in het spel is', zegt ze. 'Het kan alleen uit liefde worden gedaan.'

'Zou het mevrouw helpen als ik huilde?'

'Ja, enorm.'

De kleine generaal begint te huilen.

'Dank u', zegt ze en ze steekt twee vingers in zijn ontblote borst, doorboort zijn hart en brengt het tot stilstand.

21 van 32

Hij gaat niet dood. Hij bedankt haar niet eens.

'Nu ga ik uw ogen uitbijten', zegt ze, maar de onzekerheid blijft aanhouden.

'Toe, mevrouw, zo snel als u kunt, om een eind te maken

aan mijn lijden', zegt hij, en zijn woorden klinken oprecht.

Ze suggereren echter een ander soort lijden dan alleen de stervenspijn.

In verwarring gebracht wil ze hem de ogen uitbijten, maar op het laatste moment ziet ze het.

Heel in de verte, ver voorbij wie de generaal is, ver voorbij zijn jeugd en geboorte, achter de geschiedenis van de wereld die hun kind is en die de generaal naar deze plek heeft geleid, in deze stad/abattoir, op dit slagveld, ver daarachter ...

Flitst er groen.

22 van 32

'We zijn eender, mevrouw', zegt de vulkaan, die uit de ogen van de generaal kijkt.

'We zijn verschillend', zegt ze.

'We zijn eender en we zijn verschillend.'

Ze opent haar mond om hem tegen te spreken, maar merkt dat het haar niet lukt.

'U hebt me verraden met deze kleine generaal', zegt ze.

'En u hebt me ook met hem verraden.' Hij stapt achter de ogen van de generaal vandaan – het vlees explodeert en spat tegen de betonnen muren. Zij wordt niet bespat. 'En ziet u, mevrouw, ik kan u nog steeds niet deren.'

'Ik u al evenmin.'

'We moeten hier een eind aan maken', zegt hij. 'We kunnen niet samen zijn. We passen niet bij elkaar. Ons doel is uitsluitend vernietiging. Dat is zoals het moet zijn, dat is zoals het altijd moet zijn geweest.'

'Ik kan het niet.'

'U kunt het wel, mevrouw.'

Hij knielt voor haar neer, zijn groene ogen brandend van zwavel en potassium, heter dan het binnenste van de aarde, het binnenste van de zon.

En uit zijn ogen vloeien tranen. Er vloeit genoeg lava uit om een oceaan te kunnen vullen. De hen omringende stad is gereduceerd tot as en kolkend gesteente.

'Ik heb u verraden, mevrouw', zegt hij. 'Vanaf de dag dat we elkaar hebben ontmoet tot aan de seconden die verstrijken terwijl ik deze zin uitspreek, pleeg ik verraad. Dat is wat een vulkaan doet, mevrouw, maar even zeker als ik niet kan veranderen, kan ik u niet deren.'

De lucht wordt zwart. Onder hen siddert de aarde.

'En dus, mevrouw,' zegt hij, 'is de dag gekomen. Onze laatste dag. Zoals voorbestemd op het moment dat we elkaar voor het eerst zagen.'

Hij trekt de huid weg van de linkerkant van zijn borst en de aarde wordt bedolven onder een aardverschuiving en lava. Hij ontbloot zijn kloppende hart voor haar, pompend van woede, bloedend van vuur.

'U moet me vergiffenis schenken, mevrouw', zegt hij.

'Ik ...'

Maar ze stokt.

'U moet wel, mevrouw, anders zoek ik een manier om u te vernietigen. U weet dat dat waar is. We zijn niet voor elkaar bestemd.'

'We zijn uitsluitend voor elkaar bestemd.'

'Dat is ook waar. We zijn eender en we zijn verschillend en elk verstrijkend moment waarop ik u niet kan verzengen, doen smelten en volkomen kan vernietigen met mijn liefde voor u is een kwelling die zijn weerga niet kent. En omdat het een kwelling is die zijn weerga niet kent, zal ik het blijven afreageren op ons kind, deze wereld.' Hij buigt zich naar voren en zijn ontblote hart klopt nu nog sneller.

'Dat kan ik niet.'

'U weet dat wat ik zeg de waarheid is, mevrouw.'

'Ja.'

'U moet handelen. Doorboor mijn hart. Bijt mijn ogen uit.'

'Dat kan ik niet.'

Zijn ogen branden. 'Dan houdt u niet van me.'

24 van 32

Ze haalt diep adem. Ze heft haar hand om die in zijn hart te steken.

'Doe het, mevrouw', zegt hij en hij sluit zijn ogen. 'Ik smeek u me vergiffenis te schenken.'

Haar hand is geheven, klaar om neer te komen, klaar om een eind te maken aan zijn kwelling die, dat geeft ze toe, al is het maar aan zichzelf, even erg is voor haar als die ooit voor hem is geweest. Ze houdt van hem en dat is onmogelijk. Ze haat hem en dat is ook onmogelijk. Ze kan niet met hem zijn. Ze kan niet zonder hem zijn. En allebei zijn ze allesverterend, gelijktijdig waar, op een manier die het cliché vermorzelt.

Maar wat ze niet kan, wat ze niet kan, iets wat geen tegenstelling heeft die ook waar is, wat ze nooit, nooit of te nimmer kan ...

Is hem vergeven.

Dat hij van haar houdt. Dat hij haar verteert. Dat hij haar begeert. Dat hij haar louter en alleen door te bestaan tot dezelfde dingen drijft.

Dat kan ze hem nooit vergeven.

Ze gaat geen eind maken aan zijn kwelling. Ze gaat geen eind maken aan haar kwelling.

Haar hand valt en ze laat hem leven.

'Je kunt maar beter gaan.'
'…'
'…'
'Meen je dat?'
'Ik meen het.'
'Het is drie … Nee, het is bijna vier uur in de ochtend …'
'Ik wil dat je gaat.'
'…'
'…'
'Je klinkt benauwd, George. Voel je je wel goed?'
'Toe, ik vraag of je wilt …'
'Wat maakt het nou uit? Wat maakt het in vredesnaam nou uit of ik nu wegga of over twee uur?'
'Rachel …'
'Je zei dat ze hier vanavond niet naartoe kwam, dat ze aan het werk was in haar flat. Een flat waarvan je verbazingwekkend genoeg zegt dat je hem nog steeds niet van binnen hebt gezien.'
'Dat is ook zo.'
'Wat ben je toch een rare combinatie van kracht en volslagen zwakheid, George.'
'Je praat anders. Is je dat opgevallen?'
'Mensen veranderen. Mensen wórden.'
'Mensen … wát?'
'Weet je waarom ik hier ben? Weet je waarom jij me hier vanavond hebt laten komen?'
'Om je te kunnen bezitten.'
'Zodat je me kon … Ja, nou ja, je was me te snel af. Dat was wel raar. Maar nee, in feite was het meer dat ik je toestemming gaf om bezit van me te nemen. Een groot verschil. En snap je dan niet dat ik jou daardoor ook bezat? En dat is waar je bang voor bent. Dat je háár niet bezit.'

'Dat gaat jou helemaal niet ...'

'En als je haar niet bezit, hoe kan zij jou dan bezitten? En wil ze dat wel? Dat is toch wat je denkt? En aan de ene kant denk je dat ze overduidelijk het allerbeste is wat je ooit zal overkomen in jouw trieste leventje, maar verdomme, aan de andere kant de pot op met haar en haar ongrijpbaarheid en haar mysterieuze gedoe. De pot op met haar. En je was kwaad en je belde mij, weet je nog, niet andersom ...'

'Rachel, ik zou echt graag willen dat je nu ging.'

'Maar er is een diepere vraag. Als zij niet wil dat je haar bezit, hoe kan ze jou dan ooit willen bezitten? En dat is wat we allemaal willen, toch, George?'

'Haal je hand daar alsjeblieft weg. Ik vroeg of je wilt gaan.'

'De kwestie is ...'

'Ga van me af ...'

'Dwing me maar. Ik weet namelijk precies hoe je je voelt. Ik weet precies hoe dit allemaal voelt.'

'Rachel, ik zei ...'

'Een laatste keer, George, omdat we allebei weten dat het er niet meer van zal komen. Ik ben aan de pil, dus er zal geen ongelukje van komen, maak je geen zorgen. Ja, kijk, dat is de reactie waar ik op hoopte, nog een laatste keer, dan ga ik.'

'...'

'...'

'...'

'Maar voordat ik ga ...'

'Ráchel ...'

'Wil ik je dit nog zeggen. Al die jaren heb ik het bezitten afgedaan als een spelletje, snap je dat? Iets wat je iemand alleen maar onthoudt. Maar weet je wel hoe eenzaam dat is, George?'

'Ik ...'

'Nee. Dat weet je echt niet. Je denkt dat je weet wat eenzaamheid is, maar dat weet je niet. Want jij staat toe dat iemand je bezit. En dat is wat iedereen zo leuk aan je vindt. Oké, nadat ze je hebben bezeten, hebben ze er soms genoeg van en gaan verder met hun leven, maar dat is niet wat ik bedoel. Ik bedoel dat jij jezelf aanbiedt, de eerste keer dat ze je ontmoeten, George. Dat is wat je doet. Je spreidt je armen wijd en zegt: dit ben ik, neem me, neem bezit van me.'

'Huil je, Rachel?'

'Jij niet?'

'Dit licht. Het maanlicht. Je ogen weerkaatsen het zo vreemd ...'

'En door je te laten bezitten, bezit je ook, want zo gaat dat in de liefde. En wat ben je nu van plan met Kumiko? Iets sneller nu, George, we zijn er bijna.'

'Rachel ...'

'Je huilt wél. Mooi. Zo hoort het ook. Dat is wat ik niet van je begreep, George. Ik dacht dat ik je bezat, net als ik al die andere idioten bezat met wie ik naar bed ging. Zonder er iets voor terug te geven. Maar jij. Jij, George. Ik bezat jou, en jij bezat mij. En daarom kan ik het je niet vergeven.'

'Rachel ...'

'Daarom kan ik ook geen afscheid van je nemen.'

'Toe ...'

'Daarom ben ik hier vanavond. Daarom. Gebeurt. Dit. Meer. Ik zei: méér.'

'Kumiko.'

'Ja, ik weet het. Zeg haar naam maar. Ik zal hem ook zeggen. Kumiko.'

'Kumiko.'

'Kumiko.'

'Kúmiko.'

'...'

'...'

'...'

'...'

'Het geeft niet, George. Huil maar. Je hebt je grote liefde bedrogen, dus huilen is niet meer dan gepast. Ik ga nu. Echt.'

'Je ogen.'

'Wat bedoel je?'

'Je ógen.'

'Het zijn mijn tranen maar, George. En ik zal nog lang huilen.'

'…'

'…'

'Hóórde je dat?'

'Nee.'

'Het klonk alsof het vlak voor het raam was …'

'Ik heb niets gehoord, George. En jij ook niet.'

IV

Hij was zijn laatste creatie aan het maken.

Hij keek op van zijn bureau. Láátste. Wat een rare woordkeus. Natuurlijk niet echt de laatste, alleen de laatste creatie voor de laatste collage uit Kumiko's serie, die het verhaal compleet zou maken. Ze wilde die afmaken voordat ze gingen trouwen, maar daarna zouden er ongetwijfeld nog andere volgen.

Dus niet de laatste creatie. Niet de allerlaatste. Nee.

Hij wiste een zweetdruppel van zijn voorhoofd en werkte verder. Nog afgezien van hoe extra helder alles leek door die aanhoudende koorts, werd hij de afgelopen tijd omgeven door een gonzende, vibrerende spanning: de plotselinge opwinding omdat hij verloofd was met Kumiko, het nog altijd ongrijpbare aspect van haar nu ze zich volledig op het voltooien van de collages stortte, de ruzies die hij met Amanda had gehad, met wie hij de laatste tijd geen gesprek meer kon voeren zonder dat het uit de hand liep.

Maar vooral: hij was naar bed geweest met Rachel. Hij kon vrijwel letterlijk niet geloven dat het echt was gebeurd en niet gewoon maar iets was wat hij gedroomd had. Het had wel droomachtig geleken toen hij haar had gebeld, het was droomachtig geweest toen ze naar zijn tijdelijk Kumikoloze huis was gekomen, droomachtig toen ze de nacht in zijn bed hadden doorgebracht. De seks was vreugdeloos en dwangmatig geweest, zoals drugsverslaafden zich moesten voelen als hun roes voorbij was, maar Rachel had gelijk gehad. Hij kon haar bezitten (en zij hem) in een korte, maar allesomvattende manier zoals met Kumiko nooit gebeurd was, wat voelde alsof het nooit kón gebeuren. Kumiko was onkenbaar, hoe vaak moest hij dat nog bewezen zien? Ze was als een personage uit de geschiedenis of als een godin, en hij was angstig en boos geweest en ...

'Een stommiteit', fluisterde hij tegen zichzelf. Hij versneed de pagina waar hij aan werkte en gooide hem weg.

Hij was met Rachel naar bed geweest. Hij was met Rachel naar bed geweest. Hij was met Ráchel naar bed geweest. Kumiko wist er niet van, het was uitgesloten dat ze het zou weten, en hij was er gek genoeg van overtuigd dat ook Rachel niets zou zeggen. Maar wat deed het ertoe? Het kwaad was al geschied.

'Je ziet er niet zo goed uit, George', zei Mehmet vanaf de balie voor in de zaak, waar hij bezig hoorde te zijn met een serie naambordjes voor een conferentie, maar in plaats daarvan prutste aan een flyer voor een kleine theaterproductie waar hij op de een of andere manier een bijrol in de wacht had gesleept. Voor zover George het had begrepen bestond het stuk grotendeels uit een confrontatie met het publiek en onverholen mannelijk naakt. Het zou worden uitgevoerd boven een snackbar.

'Ik voel me prima', loog George, 'en wat jij doet, ziet er niet uit als werk.'

Mehmet negeerde zijn opmerking. 'Weet je, we wachten allemaal nog op een datum.'

'Een datum voor wat?'

Mehmet zuchtte diep. 'Een datum voor jullie trouwdag. Ik neem aan dat de zaak dan dichtgaat?'

'Ja, dat denk ik wel.'

'Vind je het niet spannend?'

'Mehmet, ik ben aan het werk en jij hoort ook aan het werk te zijn.'

Mehmet draaide zich weer om naar zijn computer. 'Geen idee waarom ik überhaupt de moeite neem.'

George keek op. 'Waarom néém je eigenlijk de moeite?'

'Wat?'

'Er is ander werk dat je kunt krijgen. En zelfs als het geen acteerwerk is, kun je misschien iets vinden wat meer in de buurt komt dan werken in een drukkerij. Aan de kassa bij een theater, misschien. Of als gids bij een rondleiding …'

'Als gids bij een róndleiding?' Mehmet spuugde bijna vuur.

'Je snapt best wat ik bedoel.'

'Maar wat zou jij nou zonder mij moeten beginnen, George?'

'Ik zou even goed af zijn als nu. Ik zou alleen minder vaak afgeleid worden.'

Mehmet draaide heen en weer op zijn kruk en keek George even aan. 'Je ziet het echt niet, hè?'

'Hoe de mensen om je heen zijn. Hoe ze doen.'

'Waar héb je het in godsnaam over …'

'Ze zijn loyaal, George. Dat roep je bij ze op. Je bent goed bevriend met je dochter. Je bent goed bevriend met je ex-vrouw …'

'Nou, goed is wat veel gezegd …'

'En Kumiko, die aantrekkelijk en getalenteerd is en mysterieus genoeg om waarschijnlijk elke man ter wereld te kunnen krijgen, koos jou. Vraag je je nooit eens af waaróm?'

George voelde dat hij rood werd, wat vast niet van de koorts was. 'Niet omdat ík loyaal ben.'

'Het is omdat je loyaliteit oproept. Niemand wil je teleurstellen. En eerlijk gezegd voelen ze daardoor een groot deel van de tijd een zekere irritatie ten opzichte van je – ik in elk geval wel – maar ze blijven, omdat ze zeker willen weten dat het goed met je gaat.' Mehmet haalde zijn schouders op. 'Je bent sympathiek. En als jij die mensen aardig vindt, betekent dat dat ze echt de moeite waard zijn, ja toch?'

Dit was verreweg het aardigste wat Mehmet ooit tegen hem had gezegd, en ondanks alles wat er op het moment mis was, voelde George een plotselinge, duizelingwekkende opwelling van liefde en genegenheid.

'Je bent ontslagen, Mehmet.'

'Wát?'

'Ik ben niet boos. Ik ben niet eens ontevreden over je werk. Niet erg ontevreden. Maar als je hier blijft, zul je de zaak uiteindelijk overnemen, en een triester lot kan ik niet voor je bedenken. Je verdient beter.'

'Géórge ...'

'Ik heb verdomme een smak geld op de bank staan van die collages. Ik geef je een mooie gouden handdruk mee. Maar je moet de sprong wagen, Mehmet. Echt waar.'

Mehmet wilde ertegenin gaan, maar hij beheerste zich. 'Hoe groot wordt die gouden handdruk?'

George moest lachen, wat voelde als een zeldzaamheid. 'Het is me een genoegen geweest, Mehmet.'

'Wat? Wil je dat ik nu meteen opstap?'

'Nee, natuurlijk niet. Je moet eerst die naamplaatjes nog afmaken.'

George ging verder met snijden en zijn tijdelijke luchthartigheid verdween snel. Hij keek naar de eerste collage die hij en Kumiko samen hadden gemaakt, die nog steeds aan de muur boven hem hing. De draak en de kraanvogel, gevaar en vredigheid, die starend op hem neerkeken. Dat wonder van hun eerste creatie. Hoe had hij het toen voor elkaar gekregen?

En hoe moest hij het nu in vredesnaam voor elkaar krijgen?

De dag na het feest had Kumiko stilletjes alle collages van het verhaal dat ze hem aan het vertellen was een voor een uitgestald op de boekenplanken die langs de wanden van zijn woonkamer liepen, zodat het verhaal zichzelf door de kamer heen vertelde. De mandala van zijn ziel die haar collages omvatte. Hij telde ze. Het waren er eenendertig.

Ik moet er nog één afmaken', had ze gezegd.

'Het eind van het verhaal', had hij gezegd. 'Loopt het goed af?'

Ze glimlachte naar hem en zijn hart veerde op. 'Dat hangt ervan af wat je een goede afloop vindt.'

George liet zijn blik langs de collages gaan. 'Het enige is dat het allemaal nogal onbestendig lijkt, vind je niet? Alsof iedereen het geluk elk moment kan worden ontnomen.'

Ze had hem aangekeken. 'Denk je dat jou het geluk ook kan worden ontnomen, George?'

'Wie niet?'

Daar dacht ze even over na terwijl ze de een na laatste collage bekeek. 'Nog één te gaan,' zei ze, 'dan is dit verhaal af.'

Nog één te gaan, dacht hij en hij keek nog eens naar het snijwerk dat hij had gedaan en hij vroeg zich af wat de afzonderlijke stukjes moesten gaan voorstellen, welke kant hij ermee uit moest. Wat hij nu ging maken, zou voor die laatste collage zijn, maar zoals altijd had Kumiko geweigerd te vertellen wat ze hebben wilde. Nou, geweigerd was waarschijnlijk nogal sterk uitgedrukt, ze had de vraag eerder ontweken toen hij ernaar had gevraagd, maar gaandeweg was hij steeds benauwder geworden. Het voelde steeds meer als een test waarvoor hij zou zakken.

'Je bent een kunstenaar, George', had ze gezegd. 'Dat moet je leren accepteren. En als je kunstenaar bent, dan zul je de vorm herkennen wanneer die onder je handen verschijnt.'

'Maar wat voor collage ben jij aan het maken? Dan weet ik tenminste ...'

'Het is beter als je het niet weet.'

En toen had George zichzelf horen zeggen: 'Nou, dat is niets nieuws.'

Niet dat ze daarna nou ruzie hadden gekregen, maar er was wel een sfeer van kille beleefdheid ontstaan. Het leek echt alsof dit het juiste moment voor een fikse ruzie had moeten zijn, dat ze op zijn minst één grote ruzie moesten hebben waardoor ze ofwel onherroepelijk van elkaar verwijderd zouden raken of – en George was er echt van overtuigd dat dit waarschijnlijker was en niet alleen omdat hij daarnaar snakte – hen dichter bij elkaar zou brengen. Maar in plaats daarvan had zij er (beleefd) op gestaan om terug te gaan naar haar eigen flat, onder het mom dat ze het belangrijk vond om haar werk daar af te maken voordat ze de definitieve stap zette en helemaal bij hem introk.

Hij had gedacht dat ze gewoon een dag bedoelde, maar er waren al een paar dagen verstreken, en toen nog een paar, tot er uiteindelijk een hele week om was en Kumiko nog steeds aan het werk was en de definitieve verhuizing voor zich uit schoof. Het was ook een week geweest waarin hij werd afgemat door deze koorts, afgemat door de ene na de andere mislukking in zijn eigen werk, en toen op een akelige avond, een vreselijke avond, toen hij haar de hele dag niet had kunnen bereiken, had die ene, dodelijke gedachte de kop opgestoken: dat ze niet echt van hem hield.

En dat bleek een te benauwende gedachte om in zijn eentje te kunnen verdragen.

Er was maar één moment voor nodig, één enkel, onverklaarbaar moment, maar tot zijn eigen verbazing pakte hij zijn mobieltje en toetste een nummer in dat van Rachel bleek te zijn.

'George', had ze gezegd, alsof ze al wist wat hij wilde.

Ze was meteen naar hem toe gekomen, ondanks het late uur, en ze had, zacht uitgedrukt, een wat aangeschoten indruk gemaakt.

Maar dat had hem er niet van weerhouden.

'Is deze voor het grote project?' vroeg Mehmet, die ineens over zijn schouder keek, zodat hij schrok.

'Jezus, Mehmet, ik snij mijn duim er bijna af', zei George. Toen draaide hij zich om en keek hem aan. 'Welk groot project?'

'Ik heb gewoon geruchten gehoord.'

'Wat voor geruchten? We hebben alleen een kleine pauze ingelast, meer niet.'

'Er wordt melding van gemaakt op alle websites die ertoe doen, George, websites die jij niet eens zou weten te vinden. Nieuwtjes laten zich niet zomaar ineens tegenhouden omdat jij dat wilt.'

'Waar heb je het toch over?'

Mehmet slaakte een zucht, alsof hij tegen een trage leerling sprak. 'De collages deden het al goed. Toen maakten jullie ze ineens niet meer ...'

'We zijn er niet mee gestopt, we hebben alleen ...'

'Ach, kom nou toch. Hoe reageren mensen als ze iets niet kunnen krijgen? Het verandert ze in kleuters. Hebben, hebben, hebben. Als je de vraag wilde verminderen, dan had je met een miljoen collages moeten komen, niet met nul.'

George richtte zijn aandacht weer op zijn papiercreatie. 'Dat heb ik allemaal niet in de hand. Er is geen groot project. Niet voor hen in elk geval.'

Mehmet haalde de schouders op. 'Dat doet er niet toe. Alleen al door erover te praten, kunnen ze het tot waarheid máken. Zo gaat dat toch met kunst?'

George zuchtte eens en wreef over zijn slapen. Hij voelde zich echt brak. Misschien moest hij het vandaag maar voor gezien houden. Hij was uitsneden aan het maken van een met schimmelvlekken overdekt exemplaar van *The Golden Bowl*, dat hij uit de uitverkoopbak bij een kringloopwinkel had opgedoken. Hij vermoedde dat het een boek was dat misschien hoogst metaforisch voor zijn situatie was, als hij of iemand die hij kende het daadwerkelijk zou hebben gelezen. Het enige wat hij nu van de plot wist, was wat hij op de achterflap had gelezen. Een schaal cadeau doen moest de liefde symboliseren waar een barst in was verschenen. Iets dergelijks. Hij had de omslag er afgescheurd, weggegooid en was begonnen met snijden terwijl hij probeerde te bedenken wat Kumiko nodig had voor de laatste collage.

Maar er was bladzij na bladzij na bladzij door zijn handen

gegaan en er was niets uit voortgekomen. Zonder precies te beseffen wat hij deed, hadden zijn eerste pogingen bestaan uit de silhouetten van vrouwen, hun gezicht, hun lichaam, gekleed en ongekleed, zelfs een keer de ronding en de tepel van een borst, wat hij zo denigrerend had gevonden dat hij hem onmiddellijk had verfrommeld en met een beschaamd en triest gevoel was gaan lunchen. Wat mankéérde hem?

Daarna probeerde hij dieren. Het was immers een kraanvogel die hen had samengebracht, en als het woord 'laatste' toch in de lucht bleef hangen, dan zou een dier misschien een mooie afronding zijn. Maar al zijn vogels werden pinguïns, al zijn pinguïns werden otters. Zijn tijgers werden schapen, zijn draken nachtvlinders, zijn paarden nauwelijks meer dan geometrische vormen met weinig overtuigende benen.

'Hè, verdomme', foeterde hij en hij gooide weg wat wel de honderdste herhaling leek. Nog één. Nog één poging, dan hield hij het voor gezien. Misschien wel helemaal.

Hij scheurde een laatste (daar had je het woord weer) bladzijde met compact jamesiaans proza en probeerde die te lezen om te zien of hij er inspiratie uit kon putten.

Ze zag hem in werkelijkheid als minder makkelijk te bekoren, zag hem in de gesloten, schemerige vertrekken van plek naar plek lopen en anders lange perioden op zijn rug liggen op diepe sofa's en voor zich uit staren door de rook van de ene sigaret na de andere.

Ja, dat scheen aardig te passen bij het weinige wat George van Henry James dacht te weten. Hij was ervan overtuigd dat het briljant moest zijn, maar het las niet zozeer als een kunstzinnige vorm van schrijven, maar eerder als schrijven om het schrijven. Een schilderij van een bladzijde. Een collage zonder elementen.

En toen, omdat hij nu eenmaal George was, voelde hij zich even schuldig omdat hij in zijn denken zo veel op zijn dochter leek en zo zuur deed over een reeds lang overleden schrijver die bewonderd werd door duizenden, of op zijn minst honderden mensen, en wiens gouden schaal ongetwijfeld voor iets heel diepzinnigs stond dat vrijwel zeker zijn eigen 'gesloten, schemerige vertrekken' kon verlichten ...

Hij sloot zijn ogen even. Henry James was vermoedelijk de laatste schrijver die je moest lezen als je koortsig was. Hij ademde diep in, opende zijn ogen en sloeg de bladzij om. Met zijn mes trok hij een snede.

Waaróm had hij Rachel gebeld? Wat had hem in godsnaam bezield?

Hij maakte nog een lijn zodat er twee zijden van een open, ruwe driehoek ontstonden.

Het was alsof hij opzettelijk had besloten om álles op te offeren louter uit wrok jegens Kumiko, een wrok waar ze, zo hoopte hij, zich nooit van bewust zou worden, zodat het alleen maar zijn eigen hart pijn zou doen, zoals wrok altijd deed.

Hij trok nog twee snelle lijnen, pakte een vorm uit de bladzijde en legde die apart.

Hij was niet eens boos op haar geweest, niet echt. Hij had zich gewoon ... verloren gevoeld. Alleen. Op zichzelf teruggeworpen, zelfs wanneer ze gewoon bij hem was.

Hij maakte nog wat sneden in dezelfde bladzijde, boven de plek waar hij de driehoek had uitgesneden. Nog een snede, een kleinere vorm van de bladzijde daar.

En het was uitsluitend zijn schuld. Hij had Kumiko er nooit rechtstreeks op aangesproken, had niet meer van haar gevraagd dan wat ze hem gaf, en daardoor had ze alle recht om te denken, te geloven, erop te vertrouwen dat George gelukkig was met wat hij van haar kreeg.

Een snede. Scheuren. Nog een snede. Nog wat scheuren.

En daarom had hij – stom, krankzinnig – zich tot Rachel gewend, die wél had gegeven, en hij had op zijn beurt gegeven, alleen om tot de ontdekking te komen ...

Een laatste snede.

... dat alles krijgen te veel was. Dat íéts meer dan genoeg was. Of in elk geval genoeg. Dat zijn wereld, de wereld van de man van vijfenzestig procent tot aan de rand gevuld was met gedeeltelijk en overliep van alles.

Hij wilde Kumiko. Niets anders was de moeite van het begeren waard, niets anders was het verlangen waard.

En dat ze het hem alsjeblieft, alsjeblieft, alsjeblieft mocht vergeven zonder te weten waarom. Dat is alles wat hij nu van haar wilde, vergiffenis.

Vergeef het me alsjeblieft ...

'Wow, die is niet slecht', zei Mehmet, die nog steeds, vergeten, achter hem stond.

'Ik zweer bij God, Mehmet,' viel George uit, opnieuw geschrokken, 'dat het me ineens een prima idee lijkt om af te zien van een opzegtermijn.'

'Nee, maar serieus', zei Mehmet. 'Mooi.'

George keek naar wat hij gemaakt had, uitgelegd op zijn snijmat, de verschillende vormen versmolten tot een grotere vorm. Het duurde een seconde voordat zijn ogen het zagen, maar daar was het, nu onmogelijk over het hoofd te zien.

Hij had een vulkaan gesneden. Een uitbarstende vulkaan.

Een vulkaan bedolven onder woorden, gemaakt van een boek. Een vulkaan die vuur en zwavel en as en dood uitstootte. Een vulkaan die de vernietiging van de wereld aankondigde.

Maar ook, zoals altijd, de geboorte van een andere wereld.

En voilà. Dit was het. Hij had het gevonden.

De laatste collage.

Het verhaal kon worden afgerond.

Hij reed rechtstreeks van de zaak naar haar flat, met zijn nieuwste creatie veilig opgeborgen in een doorzichtige plastic map. Hij was totaal niet nerveus over wat zij ervan zou zeggen, omdat hij wist dat zijn creatie klopte. Hij was anders dan de vulkanen die hij tot nu toe had gemaakt – onverstoorbare, vreedzame, stomme dingen die hij haar nooit had zien gebruiken – en heel anders dan de vulkanen die ze zelf maakte. Het was meer dan alleen het verschil tussen veren en papier; dit was een vulkaan die ineens, onbewust onder zijn handen was ontstaan, een vulkaan van George, en zet gerust een paar bloemen in die lekkende schaal van Henry James, allemaal leuk en aardig, want een vulkaan was op dit moment de enige metafoor die hij nodig had, en niet alleen omdat de koorts uit hem sloeg als lava.

De avond viel al toen hij met de auto aankwam bij het flatgebouw waar ze woonde. Bij haar flat was hij nooit verder gekomen dan de voordeur, wanneer hij haar kwam ophalen. Wat tot nu toe helemaal niet zo raar had geleken, gewoon een ander aspect van Kumiko's geheimzinnigheid, dat ze niet wilde dat hij haar werkruimte zag, dat ze hem daar zelfs in haar herinnering niet aanwezig wilde voelen, zei ze, anders zou het werk niet vlotten. Hij had dat moeiteloos geloofd, ook al scheen ze er geen enkel probleem mee te hebben om naar de drukkerij te komen, naar zíjn werkruimte.

Hij had niet van tevoren gebeld, want ze nam de telefoon toch vrijwel nooit op, maar dat hinderde niet, misschien was het tijd dat hij eens iets onverwachts deed, op een goede manier. Nadat hij de auto had geparkeerd, pakte hij de vulkaan en bekeek hem nog een keer. Hij voelde zo goed en was op de een of andere manier heel ópen; hij brandde in zijn hand, vormde een bekentenis en een verontschuldiging tegelijk en was zo'n pleidooi voor hoezeer hij haar nodig had dat hij dacht dat ze zijn creatie als vanzelfsprekend zou begrijpen als ze hem zag en zou samenvoegen met haar laatste collage, om hun verhaal te voltooien en hen voor altijd samen te brengen. Met een vlaag van hoop draaide hij zich om en wilde het portier openen.

Maar toen kwam de wereld tot een eind.

Rachel kwam het flatgebouw uit lopen.

Ráchel.

Die hier niet eens in de buurt woonde.

Hij zag haar de voordeur uit komen en op de stoep stappen, beschenen door het licht van de hal en een paar lantaarnpalen die aanfloepten. Hij zag haar in haar handtas naar haar sleutels zoeken, haar gezicht strak en vreemd verward.

Toen keek ze op, alsof ze iets gehoord had, en zag hem.

Het licht ving haar ogen weer en deed ze groen opflitsen terwijl ze hem een korte blik toewierp. Toen deed ze meteen alsof ze hem niet had gezien, hoewel dat onmogelijk het geval kon zijn. Ze keek weer in haar handtas, zocht verder naar haar sleutels en begon weg te lopen.

Maar voordat ze verdween in de nacht, ving hij een laatste blik op van haar gezicht, en dat stond nog steeds merkwaardig verbouwereerd, teleurgesteld zelfs.

Langs de pui van het flatgebouw keek George omhoog naar het raam van Kumiko. Zijn maag draaide zich om en leek door zijn lichaam weg te zakken in een bodemloze put. Hoe was dit zo gekomen? Hoe had Rachel geweten waar Kumiko woonde, terwijl die zelfs George niet zomaar had verteld waar ze woonde? Hadden ze elkaar al eerder ontmoet? Hadden ze elkaar al die tijd al gekend? En wat hadden ze tegen elkaar gezegd?

Het was voorbij. Het kon niet anders dan voorbij zijn. En het was voorbij door zijn eigen toedoen, door zijn egoïsme en door zijn begeerte, ja, begéérte, niet naar het geld dat hun kunstwerken zo verrassend opleverden, maar naar Kumiko zelf. Het was begeerte die hij voor haar voelde. Hij wilde meer dan ze gaf, en hoewel die begeerte tegen zijn beste karaktertrekken indruiste, tegen al die dingen waarom mensen hem graag mochten, was dat toch wat hij voelde. Hij hongerde naar haar, en zij wilde hem niet voeden.

En nu was Rachel hier, bij Kumiko's flatgebouw, en ze was

vermoedelijk zelfs in haar flat geweest. Waar George zelf nog niet eens binnen was geweest.

En George begon kwaad te worden, hoe onredelijk, ongegrond en idioot het ook was. Hij omklemde het stuur met beide vuisten, hij kreeg een verbeten trek om zijn mond en de koorts leek te gloeien en zette hem in lichterlaaie. Het leek zo oneerlijk dat iedereen zich maar met zijn leven bemoeide, ook nu weer, alsof hij zo stoïcijns was dat het onmogelijk iets kon uitmaken. Maar het maakte wel degelijk iets uit. Het deed er nu verdomme echt toe.

Hij moest haar zien. Dit moest tot een ontknoping voeren. Linksom of rechtsom, er moest een einde aan iets komen.

Hij pakte zijn papieren vulkaan, stapte uit en sloeg het portier zo hard dicht dat de hele auto ervan schudde. Hij liep met grote stappen naar de ingang en hoefde niet aan te bellen, omdat hij de deur openhield voor een jonge moeder die met haar twee kinderen naar buiten kwam. Ze keek hem achterdochtig aan totdat ze de collage zag die hij onder zijn arm had en ze zei vragend: 'Kumiko?'

Hij antwoordde slechts met een afgemeten 'Ja', voor hij zich langs haar heen wrong.

Hij drukte drieëndertig keer op de liftknop voordat de deuren open gingen. Hij wipte nijdig op en neer toen de lift omhoogging, en ook op dat moment besefte hij hoe onrechtvaardig zijn boosheid was. Hij was degene die Kumiko bedroog. Zij had niets misdaan.

Maar dat was toch juist wat ze had misdaan? Dat ze niets had gedaan.

Maar ook dat was een onrechtvaardige gedachte, want het wás natuurlijk niet zo dat ze niets had gedaan. Ze had hem de hele wereld gegeven. Alleen niet genoeg van zichzelf daarin.

De woede kolkte door hem heen, klaar om over te koken, klaar om tot uitbarsting te komen.

De liftdeuren gingen open en hij stormde de gang in, liep

regelrecht op haar deur af en bonkte erop.

'Kumiko!' schreeuwde hij. 'Kúmiko!'

De deur zwaaide onder zijn vuist open.

Hij werd stil toen de deur langzaam helemaal openzwaaide en zacht tegen de muur sloeg. Het was stil in de flat. Het licht was aan, maar er was binnen geen geluid, geen activiteit.

'Kumiko?' zei hij.

In drie stappen was hij verder in haar flat dan hij ooit was geweest, wat een absurd idee was; hij kon zich niet voorstellen dat hij dat zo lang had getolereerd. Geen wonder dat vrouwen hem niet serieus namen. Geen wonder dat zijn eigen dochter hem uitlachte en tegen hem praatte alsof ...

Hij bleef staan en bracht langzaam een vuist naar zijn voorhoofd alsof hij een hoofdpijn wilde wegmasseren. Waar kwam dit allemaal vandaan? Deze woede, deze uitbarsting? Wie wás hij op dit moment?

Wat was er met George gebeurd?

'Kumiko?' vroeg hij nog eens, alsof zij misschien het antwoord zou hebben.

Hij liep langs een meedogenloos schone keuken, die er bijna uitzag alsof er nooit in gekookt was, zo onpersoonlijk dat het er wel een hotelkeuken leek.

Woonde ze hier? Hij draaide langzaam in het rond. Er was nergens een spoor van haar te bekennen. Geen kunstwerken van haar aan de muur – want die foto's van Amerikaanse *pueblo's* uit het zuidwesten waren ongetwijfeld alleen bedoeld voor mensen die kunstwerken als meubilair beschouwden – maar zelfs geen plant of een rondslingerend kledingstuk.

Het was bijna alsof hier helemaal niemand woonde.

Er waren nog twee andere deuren in de woonkamer, waarvan er één op een kier stond, zodat er een klein stukje smetteloos toilet zichtbaar was, en de andere, die stevig gesloten was, kon alleen maar haar slaapkamer zijn, die tevens als werkkamer moest fungeren, want meer ruimten waren er niet in deze kleine flat. Tussen de twee deuren hing een kleine spiegel, en George zag even zijn bezwete gezicht, en hij herkende nauwelijks de woedende uitdrukking die erop lag of de felheid van zijn blik. Zelfs zijn ogen leken er anders uit te zien, en hij boog zich naar voren om te kijken. Ze leken bijna ...

Achter de gesloten deur was een zucht hoorbaar.

Hij liep ernaartoe en luisterde, maar verder hoorde hij niets. Hij stond op het punt om haar naam nog eens te roepen, maar inmiddels zou ze hem toch ongetwijfeld hebben gehoord? Hij draaide zich om en wierp nog eens een blik in de korte gang. Waarom was de voordeur al open geweest?

Plotseling werd hij door angst overvallen. Zou er iets gebeurd zijn? Was Rachel zo gestoord dat ze ...?

Hij pakte de deurknop beet en stormde de slaapkamer binnen. Doordat hij zich zo snel voortbewoog, steeg het bloed pijnlijk naar zijn hoofd, en wat hij voor zich zag ...

Daar is ze.

Ze staat vlak bij een ezel waar de laatste collage op rust. Daar ziet hij de veren bijeenliggen, al in vorm gesneden en losjes gearrangeerd op het zwarte vierkant. De collage is nog niet klaar, zelfs bij uiterst vluchtige beschouwing kan hij zien dat er nog ruimtes moeten worden gevuld, ruimtes die de vorm compleet zullen maken en samenhang zullen geven.

De kamer waarin hij zich bevindt, neemt hij nauwelijks in zich op en hij registreert slechts vaag een lege witte ruimte, die niets bevat, behalve haar en de ezel en de collage, hoewel dat amper mogelijk is, nee toch?

Maar wat hij wel van haar ziet, houdt hij ook nauwelijks voor mogelijk.

Ze heeft een dunne, zijden ochtendjas aan die van een lichtroze kleur is, met inkt aan de randen en wijde mouwen. De ochtendjas is open en ze heeft hem laten afzakken tot aan haar ellebogen, zodat de stof in plooien laag over haar naakte rug valt. Daaronder is ze naakt en terwijl ze zich omdraait naar George, houdt ze haar vingers tussen haar borsten gedrukt.

Waar ze een veer uit haar huid trekt.

Want ze is Kumiko helemaal niet, ze is een grote witte vogel die een veer uittrekt voor bij de andere die ze al heeft uitgetrokken voor de collage op de ezel. De veer laat los, alsof ze nauwelijks kan stoppen met de handeling nu ze die eenmaal is begonnen.

Hij ziet dat haar gevederde huid vertrekt van de pijn als de veer loslaat, ziet dat ze hem in de lucht houdt tussen haar lange, slanke vingers – tussen de randen van haar lange, smalle snavel – tussen haar lange, slanke vingers.

Aan de pen van de veer trilde één enkele druppel rood bloed, vol potentieel, vol leven en dood.

George keek in Kumiko's bruine ogen – haar goudkleurige ogen – haar bruine ogen. Daarin ziet hij de verrassing en het afgrijzen, ziet haar in duizelingwekkende vaart alle consequenties van zijn aanwezigheid doornemen.

Maar bovenal ziet hij er een verdriet in dat zo diep en zo oud is dat zijn benen hem bijna niet meer kunnen dragen.

In een fractie van een seconde beseft hij dat dit niet voor zijn ogen bestemd was.

In een fractie van een seconde beseft hij dat alles goed zou zijn gekomen, dat het met de toekomst in orde zou zijn gekomen als hij hier niet was verschenen.

In een fractie van een seconde beseft hij dat het nu alleen een kwestie is van wachten op het einde.

Hij werd wakker op de kleine, anonieme bank in Kumiko's kleine, anonieme woonkamer. Ze stond voor hem, haar ochtendjas weer om zich heen geslagen en dichtgeknoopt, hoewel hij haar decolleté kon zien toen ze zich over hem heen boog.

Glad natuurlijk. En zonder veren.

'George?' zei ze. 'Gaat het wel goed met je?'

Hij keek op naar haar gezicht en daaruit sprak hetzelfde begrip, dezelfde geheimzinnigheid die de vraag liet oprijzen of zijn hart ergens heen kon waar het in alle rust en vrede gewoon naar haar kon kijken. 'Wat is er gebeurd?'

'Je hebt koorts.' Ze legde haar hand tegen zijn voorhoofd. 'Flinke koorts. Je kwam mijn slaapkamer binnenstormen en je zag er vreselijk uit, George. Ik maak me zorgen. Ik wilde net een dokter gaan bellen. Drink dit eens op.'

Hij nam het glas water van haar aan, maar dronk er niet van. 'Wat heb ik gezien?'

Ze keek verward. 'Ik weet niet wat je hebt gezien.' Ze trok de ochtendjas dichter om zich heen. 'Het leek je erg van streek te maken.'

'Wat deed Rachel hier?'

'Wíé?'

'Ik zag haar net de voordeur uit komen. Ik zag ...' Plotseling onzeker stierf zijn stem weg.

Ze keek hem met een frons op het voorhoofd aan. 'Het is een groot flatgebouw, George. Er komen en gaan allerlei mensen. Ik heb vanmiddag wel een oude vriendin op bezoek gehad, maar ik kan je verzekeren dat het niet die vrouw was, echt niet.'

'Die vrouw' kwam er zo veelbetekenend uit dat zijn keel dichtkneep van schuldgevoel, zozeer dat zelfs 'een oude vriendin' iets onrealistisch leek om nu over door te vragen, zodat hij uiteindelijk alleen maar zei: 'Het spijt me.'

'Wat spijt je?' vroeg ze.

Hij slikte, voelde hoe droog zijn keel was en dronk het water in één grote teug op. Misschien had ze gelijk, misschien had hij wel zo'n fikse koorts. Hij kón uiteraard niet hebben gezien wat hij meende te hebben gezien in die slaapkamer, dus misschien had hij Rachel ook wel niet gezien ...

Hij wist niet of dat als goed of als slecht nieuws voelde.

'Je bent zo moeilijk te kennen', hoorde hij zichzelf fluisteren.

'Ik weet het', zei ze. 'En dat spijt mij.' Haar gezicht verzachtte zich. 'Waarom ben je vandaag hiernaartoe gekomen, George?'

'Ik wilde je deze laten zien', zei hij en hij pakte zijn nieuwste creatie, die Kumiko op tafel had gelegd. Ze nam hem aan en bekeek hem door het plastic. Hij begon verder te praten, maar haar blik bleef strak en aandachtig op zijn creatie gericht, op de woorden en bladzijden en hoeken en rondingen en leegten die samen de uitbarstende vulkaan vormden.

'Dit is perfect, George', zei ze. 'Dit is precies wat het moet zijn.'

'Ik heb gewoon mijn gevoel gevolgd. Ik wist niet eens wat het was tot ik ermee klaar was.'

Ze boog zich naar voren en legde een zachte hand tegen zijn wang. 'Ja. Ja, ik begrijp het. Ik begrijp alles.' Ze ging staan en hield zijn collage in haar hand. 'Rust jij hier maar uit. Blijf maar lekker liggen met je ogen dicht. Ik ben zo weer terug.'

'Wat ga je doen?'

'Dit is het laatste stukje van het verhaal. Ik ga het gebruiken om de laatste collage af te maken.'

George schraapte zijn keel en hij had het gevoel dat zijn hele leven afhing van het antwoord op zijn volgende vraag. 'En dan?'

Maar ze glimlachte weer, en zijn hart sprong op met een soort doodsbange, duizelig makende, verraste blijdschap.

'En dan, George,' zei ze, 'pak ik mijn laatste spullen bij elkaar en neem mijn intrek in jouw huis als je vrouw. En jij wordt mijn man. En dan leven we nog lang en gelukkig.'

Toen liet ze hem alleen en hij ging liggen zoals ze had voorgesteld; zijn hart bonkte, zijn voorhoofd was nog steeds koortsig, maar koelde misschien al iets af, en in gedachten nam hij haar woorden telkens opnieuw door en hij vroeg zich af hoe het kwam dat haar 'lang en gelukkig' zo als 'vaarwel' had geklonken.

A manda hield de zwangerschapstest in de toiletpot, klaar om eroverheen te plassen.

Die had ze al in huis sinds de eerste keer dat ze had overgegeven, en hij was onaangeroerd in het doosje gebleven, maar vandaag kwam er in elk geval wat schot in de zaak.

Want stel dat ze zwanger was?

Maar stel dat ze niet zwanger was?

Maar wat nou als ze het wel was?

Op haar rustigste momenten – of in elk geval rustiger momenten – hield ze zich voor dat ze nog helemaal niet zo lang over tijd was. Haar cyclus was als tiener zo grillig geweest dat haar vader en moeder het goed hadden gevonden dat ze op haar veertiende een poos de pil was gaan slikken om er wat regelmaat in te brengen, en wanneer ze hem tegenwoordig niet slikte – want na Henri had ze niet veel reden gehad om hem wel te slikken – was het weer bijna net zo erg, vooral na de geboorte van JP.

Dus het was nog geen uitgemaakte zaak. Welnee. In de verste verte niet. En ze had niet meer onverwacht overgegeven, ondanks – goed, oké – een lichte, aanhoudende misselijkheid en een lichte, aanhoudende koorts, en die verschijnselen kwamen vermoedelijk gewoon doordat er griep heerste en een klein kind nu eenmaal een bacillenfabriek was. Ja. Door al dat soort dingen. En dat is waar de zwangerschapstest haar uitsluitsel over zou geven. Natuurlijk.

Maar.

Het was na middernacht, de flat was weer koud en donker en door de ramen in de badkamer scheen een afnemende maan. Ze had weer een krankzinnige droom gehad en was wakker geworden omdat ze moest plassen, dus hier zat ze dan, zonder te weten of ze hem deze keer zou gebruiken of niet.

'Of niet' was beslist een mogelijkheid. De test was van een digitale zakelijkheid, bedoeld om elke twijfel uit te sluiten, maar de zwarte cijfers tegen de grijze achtergrond gaven hem onbedoeld iets gedateerds, als een zwangerschapstest uit het eind van de jaren tachtig. Waarom had ze niet een test met een hartelijke, zorgzame uitstraling gekozen met paarse kruisjes of roze plusjes in plaats van een die er in de ogen van haar moeder ooit had kunnen uitzien als futuristisch?

Ze moest nog plassen, maar hield het op terwijl ze haar innerlijke dialoog voerde. Door de kou werd ze steeds wakkerder.

Ze sloot haar ogen even en verlegde haar aandacht naar haar lichaam. Ze liet haar gedachten los en probeerde te voelen wat haar buik nu werkelijk deed in plaats van dat ze zich alleen maar zorgen maakte over wat er aan de hand kon zijn. En ja, goed, misschien was er wel enige misselijkheid, hoewel ze nu niet het gevoel had dat ze moest overgeven en, zoals altijd, het kon ook gewoon door de koorts komen.

Ze hield haar ogen dicht en probeerde aanwijzingen te vinden in de rest van haar lichaam. Toen ze erachter kwam dat ze zwanger was van JP had ze van alles gevoeld, onder meer een ongelofelijk gevoel van verrassende bevestiging. De hormonale veranderingen, de blos op haar wangen, het gevoel vol en verzadigd te zijn – ze had geweten dat ze zwanger was zonder het bewust te weten. Al voordat de belangrijkste verschijnselen haar waren opgevallen, had ze het op een elementair niveau geweten, alsof haar lichaam honderd procent zeker was van wat er gaande was en zich er niet druk om maakte dat haar hersens er wat laat achter kwamen.

En daarom stuurde ze haar gedachten tot diep in haar onderbuik, naar haar dijen en benen, naar haar armen en handen, naar haar borsten en keel. Een zwangerschap speelde zich niet alleen af in je baarmoeder; je hele lichaam moest zich erop voorbereiden, zoals het personeel van een buitenverblijf voorbereidingen treft voor een koninklijk bezoek. Ze stak haar voelhoorns uit en probeerde te registreren wat ze opmerkten.

Ze opende haar ogen.

Ze ging iets boven de wc-pot hangen en plaste op het staafje, depte dat en zichzelf droog en legde het op de wastafel voor de vereiste drie minuten wachttijd.

Ze hield haar hoofd zo leeg mogelijk en dacht vrijwel niets, neuriede iets wat uiteindelijk een liedje van de Wiggles bleek te zijn, een coverversie van een oude popsong over Afrika – dat had Clare tenminste gezegd toen ze het JP een keer had horen zingen. JP was er dol op, omdat het hem het langste woord had geleerd dat hij tot dusver kende: Serengeti.

Haar rustige gemoedstoestand werd verstoord door een gedempt en onduidelijk geluid en ze moest meteen aan dat merkwaardige weeklagen denken. Voordat ze het wist, stond ze al bij het raam en keek neer op de donkere parkeerplaats. Maar het geluid hield aan op een volhardende manier en leek niet op wat ze eerst had gehoord en het kwam bij nader inzien ook niet van buiten.

Het was haar telefoon.

Terwijl ze de badkamer uit holde, wierp ze een blik op de zwangerschapstest die nog steeds op de wasbak lag en langzaam het resultaat prijsgaf. Ze vloekte hartgrondig, maar ingehouden, toen ze haar grote teen stootte tegen de deurstopper en ze hinkte haar slaapkamer in, waar haar telefoon de klanken van een trieste folksong tokkelde die ze als beltoon gebruikte.

Hij hield op toen ze halverwege de kamer was. Ze liet zich op het bed vallen om op het schermpje te kijken.

Rachel.

Ráchel?

Rachel had haar gebeld om – ze keek op de klok – 01.14? Hè?

Voordat ze zelfs maar had kunnen overwegen of het iets anders dan per ongeluk had kunnen zijn, ging de telefoon weer, en ze schrok zo dat ze hem bijna uit haar handen liet vallen.

'Rachel, waarom bel je in godsn...'

Ze luisterde minder dan twintig seconden, en ook al raasden er allerlei vragen door haar hoofd, ze stelde ze geen van alle voordat ze ophing. Weer dertig seconden later had ze een spijkerbroek en een dikke trui aangeschoten. Voordat er nog een minuut verstreken was, had ze haar blote voeten in een paar schoenen gestoken en liep ze naar JP's slaapkamer, waar ze hem als een bundeltje oppakte, met dekens en al.

Voordat de klok op 01.17 stond vloog ze de voordeur uit met de autosleutels in haar hand en JP in haar armen, en ze holde zo snel als haar voeten haar wilden dragen.

De hand van de vrouw valt niet.

De vulkaan opent zijn ogen, het groen eerst verbaasd, dan langzaam brandend, kokend, dan laaiend van woede.

'Het zij zo, mevrouw', zegt hij en hij staat op, zijn hoofd reikend naar de hemel. Zijn stem laat de schepping schudden op zijn grondvesten wanneer hij haar in het oor fluistert: 'Ik hou van u, mevrouw, en nu zal mijn haat jegens u even groot zijn als die liefde. Even groot als het hele universum. Uw straf zal zijn dat ik nooit zal ophouden u na te jagen, nooit zal ophouden u te kwellen, nooit zal aflaten te vragen wat u me niet kunt geven.'

'En ik hou van u,' zegt ze, 'en uw straf zal zijn dat ik dat altijd al blijven doen.'

Hij buigt zich over haar heen. 'U zult geen rust kennen. U zult geen vrede kennen.'

'U evenmin.'

'Het verschil is, mevrouw, dat ik nooit rust gekend heb', zegt hij met een akelige lach.

Ze doet een stap achteruit. En nog een, en nog een, steeds sneller, totdat ze hem de rug toekeert en opvliegt, wegsnelt door de lucht.

'U kunt vluchten zo veel u wilt, mevrouw!' schreeuwt hij haar na. 'Ik zal u volgen tot het einde der tijden!'

Maar dan kijkt hij vol verbazing toe.

Ze vlucht niet. Ze heeft een baan beschreven tot hoog in de lucht, voorbij deze wereld, voorbij de tijd.

En nu komt ze terugvliegen.

Recht op hem af.

Steeds sneller.

27 van 32

Ze snelt op hem af als een komeet, als een raket, als een kogel die is afgevuurd voor het begin van alle dingen. Hij richt zich op, bereidt zich voor op de strijd. Maar ze blijft naderen, sneller nu, witheet van snelheid.

En ze ís een kogel, komt los van zichzelf, ziet zich op hem afvliegen, afvliegen op zijn nog steeds ontblote hart. In de lucht vertraagt ze haar vaart en ziet het kogeldeel van zichzelf vooruitschieten, de lucht doorklieven, sneller en sneller vliegend.

Totdat het doel treft.

Inslaat in het hart van de vulkaan en hem omver werpt. Hij komt neer met een klap die planeten doet ontstaan, die sterren vernietigt, die de hemel openscheurt met zijn kracht.

Hij valt.

28 van 32

Maar hij gaat niet dood.

Hij begint nota bene te lachen. 'Wat hebt u gedaan, mevrouw, om me te doden?' Hij gaat zitten en voelt aan zijn kloppende hart.

Voelt de kogel die daarin zit.

'Ik heb je beschoten', zegt ze.

'Het is een ongevaarlijke kogel, mevrouw.'

'Het is een kogel met een naam. Een kogel met een naam die uiteindelijk uw dood gaat betekenen. Een kogel die Toestemming heet.'

Hij fronst zijn voorhoofd en wordt boos. 'Mevrouw spreekt in raadselen.'

'Zolang deze kogel in uw hart zit,' zegt ze, 'zit daar ook een deel van mij bij. En zolang een deel van mij in uw hart zit ...' Ze laat zich dalen tot vlak voor zijn gezicht, zodat haar woorden niet misverstaan kunnen worden. '... Hebt u toestemming om me te deren.'

29 van 32

Wanneer de wereld beneden geschokt haar adem inhoudt, treedt er een stilte in.

'Wát, mevrouw?' zegt de vulkaan, zijn stem laag en zwaar.

'Probeer het maar.'

'Wat?'

'Probeer me maar te deren.'

Hij is verward en van zijn stuk gebracht. Maar ze daagt hem uit en begint hinderlijk dicht langs zijn gezicht te vliegen. 'Mevrouw!' zegt hij boos en hij werpt halfhartig een dikke laag lava haar kant uit.

Ze slaakt een kreet van pijn. Ze draait zich naar hem om terwijl de brandwond zich uitbreidt over haar arm en de huid rimpelend afbladdert tot een lelijke wond.

'Mevrouw!' zegt hij geschrokken.

Maar ze vliegt weg tot buiten zijn bereik.

30 van 32

'Waar is uw haat nu, mijn echtgenoot?' vraagt ze. 'Waar is uw kwelling? U kunt me deren.' Ze houdt haar hoofd schuin. 'En, wat gaat u nu doen?'

Ze keert hem de rug toe en vliegt weg, niet te snel, niet in angst, gewoon weg. Weg van hem.

Wanneer het tot hem doordringt wat ze heeft gedaan, begint hij te trillen. Vanwege het vreselijke, vreselijke dat ze heeft bewerkstelligd, veel erger dan vergiffenis ooit zou kunnen zijn.

Hij wordt boos. En nog bozer.

Ze verdwijnt in de verte, een spikkeltje licht tegen een zwarte nacht.

'Ik zal u achtervolgen, mevrouw', zegt hij. 'Ik zal u altijd blijven achtervolgen. Ik zal u volgen tot het einde der tijden en ...'

Ze luistert echter niet.

En hij achtervolgt haar niet.

Zijn hart doet pijn. Pijn van liefde. Pijn van haat. Pijn van haar kogel die in hem zit.

Zijn woede neemt toe.

'Mevrouw', zegt hij. 'Mevrouw.'

Hij stormt over het landschap en vernietigt alles in zijn baan, maar dat schenkt hem geen bevrediging, er valt geen eer te behalen aan de kleine volkeren die voor hem wegvluchten, aan de steden die bezwijken onder zijn slagen, aan de immense bossen die in lichterlaaie staan door zijn adem. Hij draait zich om naar de horizon. Daar is ze nog steeds een verdwijnend vlekje, één ster aan het firmament.

'Mevrouw', zegt hij nog eens.

31 van 32

Hij buigt zich over het bos en ontwortelt de hoogste boom. Die vermorzelt hij in zijn vuist totdat hij recht en licht is. Hij doet een greep uit het metaal van de steden, uit de fabrieken die hij zo goed kent, en maakt een pijlpunt van omgesmolten vernietigingswapens. Hij roeit een van de mooiste vogelsoorten uit die hij kan vinden om de pijl van veren te voorzien. Hij rukt een pees uit de teerste spier die hij op aarde kan vinden en trekt zich niets aan van de pijnkreten van zijn kind. De boog maakt hij uit zijn eigen lava, die hij slechts laat afkoelen tot hij buigzaam is geworden.

In de oogwenk en de eeuwigheid die het hem heeft gekost om zijn wapen te maken, is ze niet van de horizon verdwenen. Ze is er nog steeds, voorgoed, als de kogel in zijn hart.

'Dit is nog niet afgelopen, mevrouw', zegt hij en hij legt aan.

Hij schiet de pijl af.

32 van 32

Hij treft haar.

'O, mijn liefste!' schreeuwt ze uit van pijn en vreselijke, onvermijdelijke verrassing. 'Wat hebt u gedaan?'

En ze valt, valt, valt ter aarde.

De brand ontstond als volgt (1).
Op de bovenste helft van de laatste collage braakte een vulkaan van woorden zijn woede uit en wierp werkwoorden en bijvoeglijke naamwoorden en deelwoorden de wereld in om alles te verteren wat ze aanraakten. Op de onderste helft viel, gevoelsmatig onaannemelijk, een vrouw van veren uit de lucht. Haar hart werd doorboord door één enkel woord, bedekt met dons om de precieze letters te verhullen. Ze viel met verdriet en berusting, maar haar positie was zodanig dat haar val ook al ten einde kon zijn gekomen, op de aarde geworpen door de boze armen van de vulkaan.

Kumiko zette de collage op de boekenplanken bij de andere. In alle hoeken van de kamer had ze kaarsen aangestoken, en de collages flakkerden in de warmte van de vlammetjes, als miniatuurzonnen in een tempel voor een oeroude godin.

'Het lijkt een vreemd eind', zei George. 'De vulkaan die zichzelf uit woede vernietigt, de vrouw buiten zijn bereik.'

'Misschien voor beiden ook een gelukkige bevrijding', zei Kumiko. 'Maar ja, wellicht ook triest. En tegen alle verwachtingen in toch geen eind. Alle verhalen beginnen voordat ze een aanvang nemen en er komt nooit ofte nimmer een eind aan.'

'Wat is er daarna met hen gebeurd?'

Als antwoord pakte ze hem slechts bij de arm en nam hem mee, de woonkamer uit, de trap op, naar wat nu hun bed was. Haar bedoeling leek niet uitsluitend seksueel, maar ze drukte zich wel tegen hem aan nadat ze zich uitgekleed hadden, hield hem tegen zich aan en streelde zijn haar. Hij keek naar haar door het maanlicht beschenen ogen.

Ze glansden goudkleurig.

'Weet ik wie je bent?' vroeg hij.

Waarop ze alleen maar zei: 'Kus me.'

En dat deed hij.

Beneden in de woonkamer brandden de dikke waskaarsen nog steeds, flakkerend en dansend. Maar één kaars brandde niet helemaal goed. De vlam lekte en brandde onregelmatig en de wand van de kaars smolt algauw weg, zodat er gesmolten was over de rand liep en een plas vormde op Georges oude koffietafel. Zelfs dat vormde maar een klein gevaar, maar door het wegsmelten van de zijwand raakte de kaars uit balans en begon schuin te hangen, zodat de vlam dichter bij het tafelblad kwam.

Later, na fysieke intimiteit die zo intens, lief en volmaakt was dat George een vluchtig moment durfde denken dat geluk misschien toch tot de mogelijkheden behoorde, ging hij rechtop in bed zitten. Kumiko vroeg slaperig wat hij ging doen. 'Die kaarsen uitblazen', zei hij.

Maar het was al te laat.

De brand ontstond als volgt (2).

Nadat Kumiko de laatste collage had neergezet en George de kaarsen had uitgeblazen die ze had aangestoken, waren ze naar bed gegaan. Ze bedreven de liefde langzaam, bijna melancholisch, maar met een zo lichte tederheid dat George het gevoel kreeg dat ze eindelijk een uiterst vreemde en mysterieuze beproeving hadden doorstaan en veilig aan de overkant waren gekomen. Hij keek naar haar door het maanlicht beschenen ogen.

Ze glansden goudkleurig.

'Weet ik wie je bent?' vroeg hij.

Waarop ze alleen maar zei: 'Kus me.'

En dat deed hij.

Daarna vielen ze in slaap, en in zijn slaap stond George op.

Hij liep de trap af met de strompelende zekerheid van een slaapwandelaar. In zijn donkere woonkamer liep hij naar de eerste collage van het verhaal (*'Ze wordt geboren als een wol-*

kenzucht ...') en pakte hem van de boekenplank. Hij deed hetzelfde met de tweede collage en liet die op de eerste vallen. Hij herhaalde deze handeling, zonder iets te zien, met elke collage, de ene na de andere, totdat hij bij de laatste kwam, die pas die avond was neergezet. Hij legde hem op de andere, die nu één ordeloze stapel vormden. De veren en zijn papiercollages raakten beschadigd en scheurden door het slordig verdeelde gewicht.

Nog steeds in het donker pakte hij de doos lucifers waarmee ze de kaarsen hadden aangestoken. Hij streek er een af en hoewel zijn pupillen schrokken van het plotselinge felle licht, vertrok hij geen spier, knipperde niet met zijn ogen en wendde zijn blik niet af.

Hij hield de vlam bij de rand van een van de collages die onder op de stapel lag. Eerst wilde die niet vlam vatten, omdat de collages waren gemaakt op een zware kartonsoort, maar uiteindelijk begon hij toch te branden en liep er een donkerblauwe vlam overheen die onverbiddelijk greep kreeg op de eerste papieren collage, feller oplichtte, groter werd, een gretige tong waaruit er nog twee ontsproten, waaruit er telkens nog twee ontsproten.

George liet de lucifer vallen en liep terug naar de trap, die hij langzaam besteeg terwijl het vuur zich uitbreidde en groeide en zijn spieren balde.

Hij zou zich hier niets van herinneren en het niet geloofd hebben als dat wel het geval was, omdat hij nog nooit eerder in zijn leven had geslaapwandeld. Maar toch: hij stapte weer in bed, onder de dekens en legde zijn hoofd op het kussen; Kumiko kroop tegen hem aan en hij sloot zijn ogen weer alsof ze nooit helemaal open waren geweest.

De brand ontstond als volgt (3).

Terwijl George en Kumiko boven lagen te slapen, keken de collages op de boekenplanken elkaar in de donkere woonkamer aan. Ze vertelden het verhaal van een vrouw en een vulkaan die allebei minder en meer waren dan hoe ze werden genoemd. Hun verhaal werd verteld door middel van veren en papier, maar het waren nu alleen de veren, die heen en weer bewogen alsof er een briesje stond ...

Een van de veren maakte zich los van een collage, zweefde door de lucht en danste en tolde in een stormachtige spiraal ...

Waar er een tweede bij kwam, een stukje veer van een andere collage die rond de eerste tolde ...

En toen een derde en een vierde, toen een hele zwerm en toen een gólf van veren die van de planken stroomde, ronddraaide in spiralen en kolken, die zich samenvoegden en uit elkaar spatten. Ze balden zich samen in het midden van de kamer, en er leek een elektrische lading door ze heen te trekken, met flitsen hier en daar, alsof er kleine elektrische stormen woedden in de wolk van veren ...

Er trok een spasme door de wolk en alle stukjes veer vlogen naar een middelpunt ...

Waar de veren voor een fractie van een seconde samenkwamen om een grote witte vogel met uitgeslagen vleugels te vormen, zijn nek uitstrekkend tot hoog in de lucht, de kop achterovergebogen in wat wel extase leek, of misschien doodsangst, razernij of verdriet ...

En toen explodeerde hij, en toen dat gebeurde, vlogen er ontelbare veren en vonken door de kamer ...

De vonken bleven hangen in stof en boeken en op hout en gordijnen toen ze op honderd verschillende plekjes terechtkwamen die allemaal vlam vatten ...

De brand begon als volgt (4).

De vulkaan opende zijn groene ogen en blikte over de uitgestrektheid van de woonkamer, een universum op zich.

De horizon van dit universum vertelde een verhaal.

De vulkaan stapte van de laatste collage om het te lezen en toen hij het verhaal langs de hemelrand las, drukten zijn ogen eerst verbijstering uit en daarna verdriet. Hij weende tranen van vuur om de vrouw terug te zien, om te zien hoe de dingen waren gelopen.

Maar terwijl hij het las, kwam er ook woede in hem op.

'Dit is niet zoals het gebeurd is', zei hij. 'Er is meer dan wat hier wordt verteld.'

Van woede begon de vulkaan te groeien, de uitwerking die woede onvermijdelijk heeft op een vulkaan. De valleien en gletsjers langs zijn flanken begonnen te beven; ze scheurden en veranderden van vorm toen hij steeds groter en steeds hoger werd, omdat zijn woede de oven opstookte die in hem brandde.

'Je hebt een verkeerde voorstelling van me gegeven!' schreeuwde hij. 'Je hebt de waarheid verloochend!'

Hij werd zo groot dat hij de wereld van de woonkamer vulde, dat landen van hem wegvluchtten, dat steden verkruimelden onder zijn aardbevingen, en wouden en landschappen verdwenen in kloven die groot genoeg waren om een oceaan te verzwelgen.

'Dat laat ik niet toe!' schreeuwde hij en hij hief zijn gebalde, woedende vuisten. 'Dat laat ik niet toe!'

Hij barstte uit, wat leidde tot een onstuitbare catastrofe van as en vuur die het hele universum verteerde.

De brand begon als volgt (5).

Het huis was stil en in ruste. Niets roerde zich, zelfs niet in de slaapkamer van George en Kumiko, waar ze tegen elkaar aan lagen te slapen met de dekens om zich heen gedraaid als heuvels na een aardbeving.

Op zo'n stil moment ging beneden de voordeur van Georges huis langzaam open, gevolgd door sluipende voetstappen in huis. Even stil ging de deur weer dicht.

Rachel liep de woonkamer in met in de palm van haar hand de sleutel die George was vergeten nadat hij hem haar had gegeven. Met tot spleetjes geknepen ogen bleef ze staan en probeerde de collages te interpreteren.

Ze had zich de afgelopen tijd niet zo goed gevoeld. Hele perioden leken uit haar dag te zijn verdwenen zonder dat ze het kon verklaren, en als ze zich wel volledig bewust was van wat er gaande was, waren de gevoelens die haar kwelden uitputtend en verwarrend. Ze had altijd geweten wie ze was, dat was haar grootste wapen geweest, maar toen op een dag, nadat de relatie met George was verbroken, was ze wakker geworden en had ze het níet meer geweten. Dat was een steeds grotere last gebleken om te hanteren, steeds moeilijker om mee te leven, en er leek geen ontkomen aan, alsof ze ineens een last te torsen had gekregen, een last die haar vertraagde terwijl de rest van het leven van haar weg snelde en haar achterliet.

Terwijl ze met haar vingers langs de nauwelijks zichtbare collages streek, vroeg ze zich af of ze misschien gek aan het worden was.

Wat had haar bijvoorbeeld in godsnaam bezield om Kumiko te gaan opzoeken? Ze kon zich niet eens meer herinneren hoe ze erachter was gekomen waar Kumiko woonde, hoewel het eigenlijk alleen verklaarbaar was als Kumiko het zich op het feest had laten ontvallen. Maar toen ze bij haar thuis was gekomen, hadden Kumiko en zij niet eens ruzie gekregen. Rachel had rustig – echt verbazingwekkend rustig – aan Kumiko verteld dat ze met George naar bed was geweest, dat hij had gebeld en gevraagd of ze wilde komen en had aangedrongen, en dat ze dat meteen en graag had gedaan zonder ook maar één moment aan de gevoelens van Kumiko te denken.

Kumiko had het allemaal aangehoord zonder boosheid te laten blijken, alleen misschien een licht ongeduld, alsof ze het nieuws allang had verwacht en het een beetje laat kwam.

En toen had Kumiko haar mond geopend om iets te zeggen, maar het volgende dat Rachel zich herinnerde was dat ze beneden stond en in haar handtas naar haar sleutels zocht. Wat echt heel vervelend was, omdat ze dolgraag had willen horen wat Kumiko erover te zeggen had, ook al kon ze zich met de beste wil van de wereld niet herinneren waarom ze nu eigenlijk naar Kumiko was gegaan.

Toen had ze opgekeken en George in zijn auto zien zitten.

En o, de schaamte die dat met zich meebracht. De ondraaglijke schaamte. Het was zo pijnlijk geweest dat ze bijna twintig minuten in haar auto had moeten blijven zitten tot haar huilbui voldoende was weggeëbd en ze had kunnen wegrijden.

Wat echt volkomen onbegrijpelijk was. Ze had nooit zo veel last gehad van schaamte. En waarom zo veel, vooral als George degene was die ...

Nee. Nee, het sloeg nergens op.

Het was in feite nog meer bewijs dat ze gek aan het worden was.

Kijk maar, hier zat ze dan in Georges woonkamer, iets wat volkomen begrijpelijk was, maar ook volkomen ongerijmd, en eerlijk gezegd had ze de afgelopen tijd schoon genoeg van dat gevoel gekregen. Ze had ook schoon genoeg van de eindeloze dromen die ze had gehad – belachelijke dromen, waarin ze seks bedreef met complete landen, door de lucht vloog boven onbestaanbare landschappen en nota bene met pijlen werd beschoten – maar waar het echt op neerkwam, vermoedde ze, was dat ze uitgeput was geraakt door dat alles. Ze had niets meer te geven, en ook zij was zich ervan bewust dat ze nooit veel te geven had gehad.

Maar nu zat ze dus hier, in het huis van George, en er rees woede in haar op. Woede over alles wat er gebeurd was. Woede over alles wat niet meer vertrouwd en leefbaar voelde. Woede ook omdat ze niet eens precies kon verklaren hoe ze hier vanavond was gekomen. Of waarom.

Haar ogen lichtten groen op. In een opwelling pakte ze de lucifers die ze op een bijzettafeltje had zien liggen.

Ze streek er een af.

De brand begon als volgt. Of als volgt. Of als volgt. Of als volgt. Of als volgt.

En de vlammen laaiden op.

A manda keek in haar achteruitkijkspiegel. JP sliep nog steeds in zijn autostoeltje, want hij was niet echt wakker geworden toen ze hem in pyjama met dekens en al uit bed had getild.

Alleen door JP leek het of dit allemaal echt was. Zijn tastbaarheid kon ze niet dromen, zijn geur van melk en zweet en koekjes, die vertederende lok haar op zijn achterhoofd, en – haar gezicht vertrok een beetje van schaamte – de snor van cranberrysap op zijn bovenlip die ze eigenlijk had moeten wegvegen voordat hij naar bed was gegaan.

Ze richtte haar blik weer op de weg en nam een bocht terwijl ze zo min mogelijk vaart minderde. Nee, als hij er was, was zij er ook. Maar de rest was volkomen onbegrijpelijk. Rachel (Ráchel!) die haar op dit uur van de ochtend belde en geschrokken en doodsbang tegen haar schreeuwde en – dit was het deel dat zo moeilijk te begrijpen was, het deel dat ze op een nog nader te bepalen datum in de toekomst nog eens heel grondig moest analyseren – dat deed vanuit het huis van Géórge.'

Dat klopte niet. Van geen kant. Waarom zou Rachel geparkeerd staan voor het huis van George?

Waarom was Rachel degene die de brand ontdekte?

Zelfs Rachel leek het niet te weten. Dat had ze ronduit gezegd. 'Ik heb geen idee wat ik hier doe', had ze geschreeuwd, 'maar je móét komen!'

Iets in de dringende klank van haar stem had Amanda herkend als volkomen oprecht, als vrij van alle manipulatie, vrij van alle idiote flauwekul waar Rachel absoluut toe in staat was. Rachels angst was regelrecht door de telefoon gekomen en als een bevroren steen in Amanda's maag beland.

Daarom was ze nu onderweg en reed zo hard ze redelijkerwijs kon.

'Kom op', zei ze en ze sneed een verrassend late nachttaxi. De chauffeur stak twee vingers naar haar op, een gebaar dat ze zonder erbij na te denken beantwoordde.

Haar vader woonde helemaal niet zo ver bij haar vandaan, hooguit een kilometer of vijf – hoewel je er hier in de stad meestal een half uur over deed – maar nu vloog ze door het vrijwel niet aanwezige verkeer en kwam boven aan de heuvel die ze vervolgens af reed naar haar vaders huis.

Waar ze de rookzuil zag.

'Ach, jezus', fluisterde ze.

De rookzuil strekte zich onmogelijk ver in de lucht uit, recht omhoog ook, op een heldere, windstille, ijskoude nacht, als een arm die zich uitstrekte naar de hemel.

'Nee', fluisterde ze toen ze de laatste paar bochten nam. 'Nee, nee, nee, nee, nee, nee, nee.'

Ze sloeg de laatste hoek om en verwachtte …

Niet dit.

De straat was uitgestorven. Geen brandweerwagens, geen buren die in pyjama en pantoffels naar de vuurzee stonden te kijken.

Geen spoor van haar vader of Kumiko.

Alleen een radeloze Rachel die naast haar auto stond terwijl het huis van George voor haar ogen in vlammen opging.

Amanda stopte met gierende banden midden op straat.

'Maman?' hoorde ze van de achterbank.

Ze draaide zich naar hem om. 'Je moet goed naar mamma luisteren, JP. Luister je?'

Zijn blik was gefixeerd op wat zich buiten de auto afspeelde, gehypnotiseerd door de brand.

'JP!'

Hij keek haar met angstige ogen aan.

'Lieverd, je mag niet uit je stoeltje komen. Hoor je mamma? Wat je ook doet, je mag niet uit dat stoeltje komen!'

Un feu! zei hij met grote ogen.

'Ja, en mamma moet even de auto uit, maar ik kom zo terug. Ik kom zo weer terug, hoor je me?'

Hij knikte en trok zijn dekentje om zich heen. Amanda sprong uit de auto, hoewel ze het vreselijk vond om hem daar achter te laten en ze Rachel met irrationele overtuiging haatte – en misschien ook wel een beetje rationeel – omdat zij nu eenmaal degene was die haar had gevraagd te komen.

'WAAR BLIJFT VERDOMME DE BRANDWEER?' schreeuwde ze.

'Ik heb ze gebeld', zei Rachel met een verbouwereerde blik. 'Ze zijn onderweg.'

'Ik hoor geen sirenes! Waarom ben ik hier eerder?'

'Sorry, maar ik raakte in paniek en toen heb ik jou gebeld en toen duurde het even voordat ...'

Maar Amanda luisterde al niet meer. Er laaiden vlammen uit het raam van de woonkamer en het zag ernaar uit dat ze ook al de trap hadden bereikt. Maar er was zo veel rook. Zo ongelofelijk veel rook.

'GEORGE!' schreeuwde ze zo hard ze kon. 'KUMIKO!'

'Ze zijn nog in het huis', zei Rachel achter haar.

'Hoe weet je dat?' beet Amanda haar toe. 'En wat doe je hier in godsnaam?'

'Ik weet het niet!' schreeuwde Rachel terug. 'Ik weet niet eens meer hoe ik hier gekomen ben. Ik was hier gewoon, en er was brand en ...' Haar stem begaf het en de angst op haar gezicht was zo groot dat Amanda zich omdraaide naar het huis zonder verder aan te dringen.

Eindelijk hoorde ze zwakke sirenes, maar in de verte, te ver, te laat.

Er was hier iets vreemds aan de hand. Iets veel ergers dan alleen de brand, die om zich heen greep waar ze bij stond. In de naburige huizen ging het licht aan, maar ze had het rare gevoel dat die mensen alleen maar wakker waren geworden door haar geschreeuw en dat ze daarna de brand pas hadden gezien.

Ze keek om naar Rachel en zag dat die een bijna krankzinnige gelaatsuitdrukking had. Ze liep naar haar toe om met haar te praten, te vragen wat ze wist, maar toen was er een luide explosie hoorbaar in het huis. Ze konden niet precies zien waar die had plaatsgevonden, maar hij dreunde door de nacht.

De brand laaide nog feller op en het huis verdween bijna achter rook en vuur. Als Rachel gelijk had – en Amanda wist op de een of andere manier dat ze wel gelijk moest hebben – dan was haar vader nog binnen.

George. En Kumiko.

En de brandweer, waarvan de sirenes nog steeds ver weg klonken, zou te laat komen om hen te redden.

Ze greep de voorkant van Rachels blouse met zo'n stevige vuist beet dat Rachel het uitschreeuwde. 'Lúíster naar me', siste Amanda haar toe. Hun neuzen raakten elkaar bijna. 'JP zit in mijn auto en jij gaat nu op hem passen en ik zweer je, Rachel, als hem iets overkomt, als hem ook maar íéts overkomt, dan steek ik een mes in je hart.'

'Ik geloof je', zei Rachel.

Amanda liet haar los, rende naar haar auto en stak haar hoofd naar binnen. 'Alles komt goed, lieverd. Deze mevrouw komt even op je passen. Ik ga grand-père halen.'

'Mamma ...'

'Alles komt goed', zei ze nog eens.

Ze boog zich naar hem toe, omhelsde hem even heel stevig, toen draaide ze zich om en rende het brandende huis van haar vader in.

Toen ze zich realiseerden hoe erg het was, eerst door de rooklucht, toen doordat die met schrikwekkende kracht onder de deur door kwam, konden ze al geen kant meer op.

Toch probeerden ze er nog aan te ontkomen – George nog steeds naakt, Kumiko in een minuscuul nachthemd – maar na twee of drie treden werden ze al teruggedrongen door de rook.

'Ik red het niet', had Kumiko achter hem gezegd en bij de woorden die ze uitbracht, hoorde hij een alarmerend gereutel.

Het was niet alleen dat de rook verstikkend was, het voelde als een levend wezen, een wolk van slangen die zich in je keel wilde dringen, niet alleen om je te smoren, maar om je te vergiftigen, je te verzengen met duisternis. In een afschuwelijke flits begreep George wat er in krantenberichten werd bedoeld wanneer er gezegd werd dat mensen doodgingen doordat ze rook inademden. Eén of twee teugen van dit en je longen weigerden dienst, nog een of twee en je verloor voorgoed het bewustzijn.

Door de rookwolken heen zag hij dat de vlammen al de onderkant van de trap overdekten, dus misschien was er wel geen uitweg meer voor ze, zelfs al hadden ze beneden kunnen komen.

Ze trokken zich terug in de slaapkamer en smeten de deur achter zich dicht in de hoop dat het zou helpen. George voelde zich gevaarlijk licht in het hoofd door de rook en door de snelheid waarmee de catastrofe hen had overvallen.

'We zullen via het raam moeten', zei Kumiko, haast kalm, maar hij zag de zweetdruppels over haar voorhoofd stromen. De temperatuur in de slaapkamer was met alarmerende snelheid gestegen.

'Ja', zei George en hij volgde haar naar het raam. Ze opende het en keek naar buiten. Ze waren recht boven de keuken en konden de rook uit de ramen van de benedenverdieping naar buiten zien stromen.

'Het is best hoog', zei ze, 'en er ligt beton.'

'Ik ga wel eerst', zei George. 'Dan probeer ik je val te breken.'

'Ridderlijk', zei ze. 'Maar daar is geen tijd meer voor.'

Ze zette een voet op de vensterbank en wilde erop stappen.

Een explosie deed het hele huis schudden; het klonk alsof het ergens uit de keuken kwam. Kumiko raakte haar houvast kwijt en viel achterover in Georges armen. Ze belandden op de grond.

'De gasleiding', zei hij.

'George!' riep Kumiko geschrokken uit toen ze achter hem keek. De vloer van de slaapkamer begon door te zakken, alsof hij wegsmolt naar de kamer eronder, iets wat niet te bevatten en beangstigend bleek, omdat George zich begon te realiseren hoezeer hij het voor lief nam dat vloeren vlak bleven tot ze dat ineens niet meer deden.

'We moeten hier weg!' zei Kumiko boven het gebulder uit. 'Nu!'

Maar nog voordat ze konden opstaan, klonk er een geluid als een boze geeuw en toen zakte het andere eind van de slaapkamer helemaal weg. Een van de boekenkasten die George daar had staan (met hoofdzakelijk non-fictie) verdween meteen in het vuur beneden. Het bed begon ook weg te schuiven over de nog steeds hellende vloer.

Kumiko pakte de vensterbank vast, het enige wat nog houvast bood toen de vloer onder hun voeten wegzakte. Het bed kwam hortend even tot stilstand omdat het ergens aan bleef haken, en de vlammen lekten over de matras. George kreeg heel even een snelle, helse aanblik van de woonkamer beneden, verteerd door het vuur, voordat de rook als een vloed-golf de slaapkamer binnenstroomde.

'Probeer je op te trekken!' schreeuwde hij. Hij lag onder haar terwijl de vloer steeds verder weghelde. Het kon slechts een kwestie van seconden zijn voordat alles zou verdwijnen. Hij duwde haar omhoog naar het raam en dat redde ze met gemak, met één voet op de vensterbank, haar armen tegen de kozijnen, klaar voor de sprong. Met de angst op haar gezicht draaide ze zich naar hem om.

'Ik ben vlak achter je!' wist hij kuchend uit te brengen en hij probeerde op te staan.

Maar met nog meer kabaal zakte het bed weg en nam het merendeel van de vloer met zich mee. George viel ook en hing met zijn bovenarmen op de richel die ineens onder het raam was ontstaan. Zijn benen schoten omlaag tot in de brandende benedenverdieping van zijn huis en hij schreeuw-de het uit van de pijn toen de vlammen vat kregen op zijn blote voeten.

'Géórge!' riep Kumiko.

'Vooruit!' schreeuwde hij terug. 'Springen! Alsjeblieft!'

Bij elke lettergreep vulde zijn mond zich met rook en alleen al door de smaak ervan raakten zijn zintuigen van slag. Hij probeerde zijn benen op te trekken, weg van het vuur bene-den hem, hij voelde dat er blaren kwamen op zijn voetzolen, en de rook, de pijn en de angst maakten dat zijn ogen traan-den.

Hij keek omhoog naar Kumiko.

Die er niet meer was.

Godzijdank, dacht hij, dankbaar dat ze was gesprongen, dankbaar dat zij in elk geval had weten te ontkomen. God-zijdank.

Hij voelde dat hij bevangen werd door de rook – zo snel, zó snel – zijn gedachten haperden en gingen trager, de wereld werd langzaam donker.

Hij was zich er vaag van bewust dat hij zijn greep verloor.

Was zich er vaag van bewust dat hij in het laaiende vuur viel.

Was zich er vaag van bewust dat hij opgevangen werd.

In zijn droom vliegt hij.

De rook krult zich om hem heen onder twee grote, klapwiekende vleugels. Eerst denkt hij dat het zijn vleugels zijn, maar dat is niet het geval. Hij wordt gedragen, vastgehouden, hij weet het niet precies, maar de greep is stevig.

Stevig, maar teder.

De vleugels klapwieken nog eens, langzaam, maar met zo'n zekere kracht dat hij niet bang is, ook al woedt er beneden hem een brand die groot genoeg is om de hele wereld op te slokken. Ze komen door een muur van rook en ineens is de lucht koeler en frisser en kan hij makkelijker ademen.

Hij vliegt nu door het luchtruim en beschrijft een boog die als de baan van een pijl is.

Hij weegt niets. Zijn zorgen vallen weg, net als de wereld beneden hem. Hij kijkt omhoog, maar kan niet precies zien wat het is dat hem draagt.

Maar zelfs in zijn droom weet hij het.

Een lange nek, getooid met een kop met een vuurrode kroon en een paar goudkleurige ogen, draait zich naar hem om, één keer maar, en de goudkleurige ogen staan vol tranen.

Tranen van verdriet, denkt hij. Tranen van peilloos leed.

En plotseling wordt hij door angst bevangen.

De boog die hij beschrijft gaat neerwaarts. De grond komt dichterbij. Hij raakt het gras eerst met zijn voeten, en de koelte ervan is als balsem op zijn huid, die siddert van de pijn, omdat hij verbrand is, herinnert hij zich nu weer.

Wanneer hij zacht wordt neergelegd, kreunt hij lang en traag.

Hij roept, hij schreeuwt.

Hij weeklaagt.

Totdat lange witte veren zijn tranen wegvegen, over zijn

voorhoofd en slapen strijken en hem omvatten in o zo zachte witheid.

Hij verlangt ernaar dat de droom ophoudt.

Hij verlangt ernaar dat er geen einde aan komt.

De droom eindigt.

'George?'

Hij knipperde zijn ogen open en begon vrijwel meteen te rillen. Hij lag naakt op het met rijp bedekte gras in zijn achtertuin.

'Géórge', zei de stem nog eens.

Hij keek op. Kumiko. Zij zat geknield achter hem op het gras en hij lag in haar armen. Hoewel ze nog steeds alleen haar nachthemd droeg, leek ze geen last te hebben van de kou.

'Hoe zijn we …?' vroeg hij, maar hij begon meteen te hoesten en moest griezelige zwarte teer uitspugen.

Toen hij haar weer aankeek, waren haar ogen goudkleurig. En vol tranen.

George kreeg een brok in zijn keel en dat had niets met de rook te maken. 'Ik ken je', zei hij, zonder twijfel in zijn stem.

Ze knikte langzaam. 'Dat klopt.'

Hij raakte haar met roet besmeurde wang aan. 'Waarom ben je dan verdrietig?' Hij streek met zijn duim over haar kin. 'Waarom ben je altijd zo verdrietig?'

Er klonk geraas en ze keken allebei om naar het huis. De vlammen hadden het hele dak nu in hun greep en verslonden zijn huis met angstwekkende gretigheid.

'De collages', zei hij zacht, al hoestend. 'We zullen nieuwe moeten maken.'

Maar Kumiko zei niets en hij stak zijn hand uit om de tranen weg te vegen die over haar wangen stroomden …

(… net als de veren die zijn tranen hadden weggeveegd …)

… en zei: 'Kumiko?'

'Je moet het me vergeven, George', zei ze verdrietig.

'Ik jóú? Ik ben degene die vergiffenis nodig heeft. Ik ben degene die …'

'Iederéén heeft behoefte aan vergiffenis, liefste. En meer ja-

275

ren dat ik kan tellen heb ik niemand gehad die me dat kon schenken.' Haar goudkleurige ogen gloeiden, maar misschien was dat maar een weerspiegeling van de vlammen van het brandende huis. 'Tot ik jóú vond, George', vervolgde ze. 'Jij kunt dat doen. Jij moet dat doen.'

'Ik begrijp het niet', zei George, die nog steeds in haar armen lag, nog steeds half over haar schoot lag.

'Alsjeblieft, George. Alsjeblieft. En dan zal ik gaan.'

Hij ging geschrokken overeind zitten. 'Gaan? Nee, je kunt niet gaan. Ik heb je pas gevonden.'

'George ...'

'Ik schenk je geen vergiffenis. Niet als je daardoor weggaat.'

Ze legde een hand tegen zijn borst alsof ze hem wilde kalmeren. Ze hield haar blik erop gevestigd en daarom keek hij ook omlaag. Haar vingers spreidden zich ...

... En leken te veranderen. Eronder schoten veren op, wit als de maan, wit als het licht van de sterren, wit als een wens.

Toen waren ze weg.

'Ik kan niet blijven', zei ze. 'Dat is onmogelijk.'

'Ik geloof je niet.'

'Het wordt met de seconde moeilijker, George', zei ze terwijl er nog een pluk veren onder haar hand verscheen. En weer verdween.

George ging nog meer rechtop zitten, hoewel hij op zijn hand moest leunen. Hij was nog steeds erg licht in het hoofd en ongetwijfeld zag hij daardoor al die droomachtige dingen. Het vuur brandde in onmogelijke kleuren, allerlei tinten groen en paars en blauw. De nachthemel boven hen was veel te helder voor deze winterse avond. De sterren scherp genoeg om je aan te snijden als je ze zou aanraken. En hij had het koud, koud tot op het bot ...

Maar hij gloeide ook, het vuur leek door zijn gewonde voeten omhoog te kruipen en door zijn lichaam op te laaien, wat een nieuwe woede in zijn bloed deed ontstaan, een woede groot genoeg om …

'Nee', zei Kumiko, maar het leek alsof ze het niet tegen hem had. 'Jij hebt genoeg gedaan. Dat weet je.'

George keek haar met knipperende ogen aan. 'Wat dan?' Maar het brandende gevoel nam af, het overweldigende gevoel dat hij zou uitbarsten bekoelde, verdween in zijn geheugen. Hij fronste zijn wenkbrauwen. 'Mijn ogen waren daarnet zeker groen?'

Ze boog zich naar hem toe en kuste hem, haar eigen ogen nog steeds goudkleurig, ook al blokkeerde hij de reflectie van het vuur. 'Ik heb harmonie met jou gevonden', zei ze. 'Harmonie waar ik enorm naar verlangde, harmonie die misschien zelfs bestendig zou zijn, hoopte ik.' Ze keek weer naar het vuur. 'Maar dat kan duidelijk niet.'

'Toe, Kumiko. Ga alsjeblieft niet …'

'Ik moet gaan.' Ze nam zijn hand in de hare. 'Ik moet bevrijd worden. Ik heb vergiffenis nodig. Ik kan niet langer negeren hoe ik daarnaar verlang.'

'Maar ik ben de láátste die jou vergiffenis zou moeten schenken, Kumiko. Ik ben met Rachel naar bed geweest. Ik weet niet eens waaróm …'

'Dat doet er niet toe.'

'Het is het allerbelangrijkste.'

Hij maakte zich van haar los. De tijd leek even stil te staan. Hoe kon deze brand zo vreselijk huishouden zonder dat er overal brandweerlieden om het huis zwermden? Hoe kon het dat hij het niet ijskoud meer had op het gras? Hoe kon Kumiko dit soort dingen tegen hem zeggen?

'Ik ken je nu', zei George. 'Meer wilde ik niet. Dat is het enige wat ik ooit heb gewild.'

'Je kent me niet …'

'Jij bent de vrouw uit het verhaal.' Hij was overtuigd en kalm toen hij dat zei. 'Jij bent de kraanvogel. Jij bent de

277

kraanvogel die ik van de pijl heb bevrijd.'

Ze glimlachte triest naar hem. 'We zijn allemaal die vrouw, George. En ik ben jouw kraanvogel en jij bent de mijne.' Ze zuchtte. 'En we zijn allemaal de vulkaan. Verhalen veranderen, weet je nog? Ze veranderen al naar gelang wie de verteller is.'

'Kumiko ...'

'Ik heb net iets onjuists gezegd.' Met een teder gebaar veegde ze wat as van zijn wang. 'Je kent me wél, George, en omdat je me kent, moet je me vergiffenis schenken. Daardoor ben je in het verkeerde verhaal beland en het zal je verteren. Dat moet je me vergeven.' Toen herhaalde ze de woorden, vol van verdriet, maar ook vol van verlangen. 'Iedereen heeft behoefte aan vergiffenis, mijn liefste. Iedereen.'

George zag hoe ze haar hand naar haar borst bracht en met de nagel van haar wijsvinger een lijn over haar huid trok. Dat opende een kloof die steeds wijder werd totdat hij de levensklop van haar hart eronder kon zien. Ze pakte Georges hand en bracht die ernaartoe.

'Kumiko, nee', zei George en een intens verdriet drukte tegen zijn borst en keel.

'Neem het', zei ze. 'Neem mijn hart. Bevrijd me.'

'Vraag dat niet van me', zei George met schorre stem en zijn eigen hart brak. 'Dat kan ik niet. Ik hou van je.'

'Het is het meest liefdevolle dat iemand voor een ander kan doen, George. Dat is wat het leven mogelijk maakt. Dat is wat het leefbaar maakt.'

Haar hart klopte daar, glanzend van het bloed, dampend in de koude lucht.

'Dan ga je weg', zei George.

'Weggaan moet ik toch. Maar ik kan bevrijd of gevangen weggaan. Toe. Doe dit alsjeblieft voor me.'

'Kumiko ...'

Maar hij merkte dat hij geen woorden meer had. Hij merkte ook dat hij het op de een of andere manier begreep. Ze hield van hem, maar zelfs dat kon haar niet aan deze aarde binden. Ze vroeg hem of hij haar wilde vergeven dat hij haar kende, en ook dat was begrijpelijk. Alles zou in orde zijn geweest als ze maar dít verhaal over zichzelf kon vertellen, niet het verhaal dat hij zo graag wilde horen.

Maar hij hád erop aangedrongen. Hij was stom geweest, stom en gretig om haar echt te kennen. En dat was hem gelukt.

Hij kende haar.

Maar was dat niet echte liefde? Dat je de ander kende?

Ja. Maar ook nee.

En nu had ze gelijk, er was geen keus. Er viel alleen nog te beslissen hoe ze weg zou gaan.

Aarzelend hield hij zijn hand boven haar borst.

'Niet doen!' bulderde een stem door de tuin.

Rachel stond bij het zijhek, haar ogen zo felgroen dat George ze zelfs in het donker kon zien; het was bijna alsof ze brandde van binnen. JP stond naast haar op zijn duim te zuigen, met warrig haar en een geschrokken blik op zijn gezicht, de Wiggledeken over een van zijn schouders.

'Rachel?' zei George. 'JP?'

'Grand-père?' zei JP met de duim in zijn mond. 'Mamma is ...'

'Dit ga je niet doen!' riep Rachel en ze trok JP zo abrupt mee naar voren dat hij een verraste kreet slaakte. 'Geen denken aan!'

George probeerde te gaan staan, maar de brandwonden maakten het onmogelijk. Maar achter hem stond Kumiko op, de wond op haar borst was verdwenen (en die had hij ook niet écht gezien, toch? Dat was gewoon gekomen doordat hij rook had binnengekregen ...). Ze stond in een vreemde houding voor Rachel, met haar armen uitgestrekt, alsof ze een gevecht verwachtte.

JP liet Rachels hand los en hij holde naar George. 'Mamma is het huis binnengegaan!' zei hij met wijdopen ogen.

'Wát?' zei George en hij keek achterom, waar het vuur een inferno vormde waaraan geen ontsnappen mogelijk was. Hij draaide zich om naar Kumiko en riep: 'Amanda is binnen! Amanda is in het huis!'

Maar de wereld was tot stilstand gekomen.

De vulkaan loopt over het slagveld naar de vrouw terwijl de wereld achter hem in brand staat. De vrouw heeft nog steeds haar wond, ziet hij. Het bloed druipt uit haar uitgestrekte vleugel. Hij er blij om dat ze nog steeds lijdt, maar het breekt ook zijn hart.

'Dit ga je niet doen', zegt hij tegen haar. 'Het is besluit is niet aan jou. Het is aan mij.'

'Dat is niet waar en dat weet je', zegt de vrouw. 'Je weet dat ik hem de keus heb gelaten.' Ze fronst het voorhoofd. 'Hoe je ook je best hebt gedaan om hem op andere gedachten te brengen.'

De vulkaan lacht zelfgenoegzaam. 'Dit lichaam', zegt hij, doelend op de vorm die hij draagt, 'vecht terug op verrassende manieren. Ik huis er al in sinds voor zijn ontstaan, maar het is ...' Hij werpt er een snelle blik op, bijna vol bewondering. 'Verrassend sterk.'

'Wordt het geen tijd om haar vrij te laten?' vraagt de vrouw.

'Wordt het geen tijd om hem vrij te laten?' antwoordt de vulkaan.

De vrouw kijkt neer op George, die daar ligt, verstard in een moment van de tijd, zijn stem gevangen in een afschuwelijke smeekbede, een die beantwoordt moet worden, weet ze.

'Hij houdt van me', zegt de vrouw, en ze weet dat het waar is.

'Dat is waar, dat moet ik toegeven', zegt de vulkaan met brandende ogen. 'Hoewel hij alle gelegenheid heeft gehad om de door jou beantwoorde liefde te vernietigen. Vernietigen, daar zijn die wezens erg goed in.'

'Sprak de vulkaan.'

'Wij bouwen en vernietigen.'

'Hoewel u het hebt geprobeerd, kon u niet tussen ons komen.'

'Maar het is onvermijdelijk, mevrouw. Toen hij u leerde kennen, betrad hij uw verhaal, en het kwaad dat ik hem hier kan aandoen is zo veel makkelijker te bewerkstelligen.'

'O, denkt u dat? Denkt u dat het zo makkelijk is?'

'Ik heb er al een begin mee gemaakt.' Hij wijst op de vuurzee achter hem. 'Deze vorm en ik hebben jouw wereld in brand gezet. En de zijne. Het is maar het begin van wat we u zullen aandoen, mevrouw.'

'Weet u zeker dat het uw brand is? Kunt u er volkomen zeker van zijn dat u deze vernietiging hebt aangericht?'

De vulkaan trekt zijn wenkbrauwen op. 'Ik heb geen zin om naar uw raadsels te luisteren, mevrouw.' Hij kijkt naar George. 'Dit is niet de afloop van uw verhaal. Dat weet u.'

'Verhalen hebben geen eind.'

'Ach, u hebt gelijk, maar ook ongelijk. Ze eindigen en beginnen elk moment. Het gaat erom wanneer je stopt met vertellen.'

Nu is hij bij haar. Ze zijn dichter bij elkaar dan ze in een eeuwigheid zijn geweest, en ze zijn ook altijd zo dicht bij elkaar geweest. Met een schouderbeweging stapt de vulkaan uit Rachels lichaam, zijn groene ogen schitteren, en ze valt op het gras en van het slagveld. De vulkaan brengt een hand naar zijn borstkas en opent die, ontbloot zijn granieten hart dat klopt in een veld van gesmolten lood.

De kogel zit er nog steeds in.

'Ik wil hier een eind aan maken, mevrouw', zegt hij, ernstig nu. 'Aan u is de overwinning. Ik zie nu dat het nooit anders geweest is.' Hij knielt voor haar neer.

'Er is geen overwinning', zegt ze. 'Ik heb geen triomf behaald.'

'Ik vraag alleen van u, mevrouw, wat u van hem hebt gevraagd. Bevrijd me. Schenk me eindelijk vergiffenis.'

'Wie blijft er dan over om mij te vergeven? Als het erop aankomt, denk ik niet dat hij me kan laten gaan.'

'Dat is de eeuwige paradox, mevrouw. De enigen die ons kunnen bevrijden zijn precies degenen die te aardig zijn om het te doen.'

Hij buigt zijn hoofd achterover, sluit zijn ogen en presenteert haar zijn hart, dat klopt in zijn krater.

'Nu. Alstublieft.'

Ze weet dat ze kan wachten. Ze zou hun verhaal tot in lengte van dagen kunnen rekken, maar ze weet ook dat ze nooit kan wegkomen van dit moment, niet voordat hun verhaal eindelijk is verteld. De vulkaan heeft gelijk. Er bestaat alleen deze afloop. Er heeft nooit iets anders bestaan dan deze afloop.

En daarom heeft de vrouw verdriet, huilt harder dan de hemel en vult oceanen met haar tranen.

De vulkaan wacht zwijgend.

Het is tenslotte een eenvoudige beweging. Ze steekt haar hand in zijn borstkas en verwijdert daaruit eerst haar eigen kogel. Daarbij kreunt hij van hevige pijn. Ze klemt haar vuist eromheen en wanneer ze haar hand opent, is de kogel weg. Hij huilt om het verlies. Ze veegt de tranen uit zijn ogen en wacht totdat hij zich vermand heeft en zo beantwoordt ze het beleefde geduld dat hij haar zojuist heeft betoond.

'Mevrouw', fluistert hij.

Dan steekt ze haar hand opnieuw in hem en met een zucht van oeroud verdriet doorboort ze zijn hart met haar vingers. In haar hand verkruimelt het meteen tot as, die wegwaait in de wind.

'Dank u', zegt de vulkaan en de opluchting stroomt in golven van vuur en uitdovende lava van hem af. 'Dank u, mevrouw.'

'Wilt u nu mijn hart pakken?' vraagt ze als hij opstaat, vaste vorm aanneemt en naar de horizon reikt terwijl hij een doodgewone berg wordt.

Misschien wil hij wel antwoorden, maar hij is al steen geworden.

V oor Georges voeten zakte Rachel in elkaar en viel op de grond. Hij hield JP nog steeds dicht tegen zich aan gedrukt en keek om naar Kumiko, die er als verstard bij stond. Hij riep nog eens haar naam. En nog eens.

Eindelijk leek ze hem te horen. 'George?'

'Amanda is in het huis! Ze is naar binnen gegaan om ons te redden!'

Kumiko keek achterom naar het razende vuur. 'Ja', zei ze. 'Ik begrijp het.'

Een vreemd, vluchtig moment leek ze te vervágen. George kon er geen ander woord voor verzinnen. Hij zou later terugkijken op dit moment en het ontleden om te zien of het iets opriep wat hij niet kon benoemen, want het leek echt alsof dit een beslissend moment was. Hij wist niet wat dat was, en zou dat ook wel nooit weten, maar dit vluchtige vervagen van haar, toen ze er op de een of andere manier was, maar ook niet, leek ontegenzeggelijk het moment waarop het verhaal eindigde. Het was een moment dat op zijn minst een eeuwigheid had moeten duren.

Het was echter vrijwel meteen voorbij. Het vervagen hield even snel op als het was begonnen, maar er was wel iets anders aan haar toen ze naast hem neerknielde, alsof ze minder afgebakend was, alsof alle grenzen van haar waren weggevallen.

'Wat gebeurde er nou net?' vroeg hij. 'Er was iets …'

'Ze is veilig, George', zei Kumiko. 'Amanda is veilig.'

'Wat? Hoe kun je dat nou weten? Hoe kun je …'

Maar ze bracht haar hand alweer naar de huid van haar borst, en weer trok ze een lijn met haar vingernagel. De huid ging open en toen de wondranden uiteen weken, was te zien …

'Nee, Kumiko', fluisterde George. 'Wat heb je gedaan?'

Ze legde haar handen tegen zijn wangen en de tranen stroomden uit haar goudkleurige ogen. 'Je hebt me al een keer gered, George. En door van me te houden, heb je dat opnieuw gedaan.'

Ze bracht zijn lippen naar de hare en ze kusten elkaar. Voor George smaakte het naar champagne en zweven en bloemen en naar de wereld die werd geschapen en naar het allereerste moment dat hij haar had gezien en ze hem had verteld hoe ze heette, en alles brandde zo fel als de zinderende zon, zo fel dat hij zijn ogen moest sluiten.

Toen hij ze opende, was ze verdwenen.

'Waarom huilt u, grand-père?' vroeg JP, een moment en een heel leven later. Toen fluisterde hij op felle toon: 'En waarom bent u blóót?'

'Ze is weg', wist George uit te brengen.

'Wie?'

George veegde zijn tranen weg. 'De mevrouw die hier net was. Ze moest weg.' Hij schraapte zijn keel. 'En daar is je grand-père heel erg verdrietig om.'

JP knipperde met zijn ogen. 'Welke mevrouw?'

'Tjonge, dit is merkwaardig', zei Rachel, die overeind ging zitten op het gras en die keek alsof ze probeerde te bedenken waar ze was. Ze zag de brand en keek verbaasd, toen zag ze George en JP en keek nog verbaasder.

'Gaat het wel goed met je?' vroeg George.

Rachel leek die vraag heel serieus te nemen en legde zelfs een hand tegen haar borst alsof ze wilde controleren of haar hart nog wel sloeg. 'Weet je?' zei ze. 'Ik geloof echt van wel.' Ze stond op en wankelde een beetje, maar ze stond. 'Ik geloof dat het echt goed met me gaat.' Ze lachte. En lachte nog eens.

'Maman!' riep JP ineens en hij holde weg van George en vloog op een gedaante af die, onmogelijk, uit de achterdeur van de brandende keuken kwam.

(Uit de achterdeur van de brandende keuken die op slot had gezeten, dacht George in een flits.)

Amanda.

Haar gezicht en kleren zagen zwart van de rook en het wit van haar wanhopige ogen contrasteerde komisch scherp met de dikke laag roet. Ze hoestte in haar vuist, maar kwam schijnbaar ongedeerd uit de vuurzee achter haar. 'JP!' riep ze en ze holde hem tegemoet tot halverwege het grasveld. Ze tilde hem op en sloeg haar armen stevig om hem heen. Toen liep ze wankelend naar George. 'Pappa!'

'Ik kan niet staan', zei hij. 'Mijn voeten …'

'Ach, pappa', zei ze en ze hield ook hem stevig in haar beroete armen.

George voelde zijn laatste weerstand wegvallen toen hij in de armen van zijn dochter lag. 'Ze is weg', zei hij. 'Ze is weg.'

'Ik weet het', zei Amanda en ze hield hem stevig vast. 'Ik weet het.'

'Ze is weg.'

En hij voelde de waarheid ervan als een kogel in zijn hart.

Amanda hield haar huilende vader dicht tegen zich aan, JP spuugde om de roet van zijn mond te krijgen waar ze hem had gekust en Rachel stond het allemaal te bekijken.

'Dank je', fluisterde Amanda over het snikkende hoofd van George. Rachel keek haar vragend aan. Amanda wees naar JP.

'O', zei Rachel en ze draaide zich om en keek naar de brand. 'Geen probleem.' En toen, als tegen zichzelf: 'Geen enkel probleem.'

Er klonk geraas en een plotseling ruisend geluid toen de brandweer eindelijk, eindelijk vanaf de straatkant hun slangen op de brand richtte en er een fijne mist van waterdruppels in de achtertuin terechtkwam. De vlammen bij het dak van het huis trokken zich meteen terug door het water en maakten plaats voor nog dikkere rook.

'We kunnen niet meer om het huis heen lopen', zei Amanda en ze knikte naar de zijkant van het huis die nu in slowmotion brandend op de oprit in elkaar zakte. 'We moeten hier in de achtertuin wachten tot ze het geblust hebben.'

'Un feu', zei JP nog eens.

De *feu* woedde inmiddels al zo lang dat ze het allemaal onaangenaam warm hadden, zodat Amanda de Wiggledeken voorzichtig van de schouders van haar zoontje haalde. 'Zullen we deze nu even aan grand-père geven?'

'Hij is blóót', zei JP opgewekt.

Ze sloeg de deken om de schouders van George om hem te bedekken.

'Het is allemaal voorbij', zei hij.

'Ik weet het, pap', zei Amanda en ze wreef over zijn rug. 'Ik weet het.'

'Ze is weg.'

'Ik weet het.'

Hij keek haar verbaasd aan. 'Hoe wéét je dat?'

Maar voordat ze kon antwoorden, zei Rachel: 'Amanda?'

'Ja?'

'Wil jij op het werk zeggen dat ik maandag niet kom?'

'Hou je me nou voor de gek?'

'Doe nu maar, Amanda, beschouw het als een vriendendienst.'

Amanda hoestte nog eens en keek haar aan. 'Ja, goed, vooruit dan maar.'

'Misschien', zei Rachel en ze draaide zich om naar de brand, 'kun je zeggen dat ik helemaal niet meer terugkom.' Ze sloeg haar armen om zich heen en het duurde even voordat Amanda zich afvroeg waarom Rachel er zo anders uitzag.

Toen besefte ze dat het kwam doordat ze er bevrijd uitzag.

V

Minstens een uur lang was haar aanwezigheid niet vereist bij een vergadering, op de gang was even niemand, en ze kon er waarschijnlijk wel mee wegkomen als ze 'toevallig' haar deur een paar minuten dichtdeed, dus vooruit, waarom niet? Ze hing de collage aan de achterwand van haar nieuwe kantoor, al was het maar om even te kijken hoe hij daar stond.

Hij zag er … Ja, hij zag er fantástisch uit. Hoe kon het ook anders? De berg van woorden aan de horizon, de vogel van veren in de nachthemel daarboven, voorgoed buiten elkaars bereik en tegelijk – pijnlijk, prachtig – voorgoed binnen elkaars gezichtsveld. Een toonbeeld van verdriet, maar ook van vredigheid en geschiedenis. Ze konden terugzien op liefde en daar troost uit putten.

Zo interpreteerde Amanda het in elk geval het liefst.

Maar goedbeschouwd was het uitgesloten dat ze de collage hier hield. Om te beginnen was hij veel te kostbaar. De vraag naar de zeldzame, al verkochte collages die nog bestonden had een hoge vlucht genomen sinds de dood van Kumiko, ook al verhoogde de collage van Amanda het karige aantal met één, en de enig andere persoon die van haar mocht weten dat hij bestond was George geweest, die ze het kunstwerk eindelijk had laten zien na de begrafenis van Kumiko. Ze had ertegen opgezien en was zelfs bang geweest dat hij het vervelend zou vinden dat ze het bestaan van de collage voor hem had verzwegen, maar hij had gezegd dat hij het volkomen begreep, en dat hij ook begreep waarom ze hem nog steeds geheim wilde houden.

Het was immers iets strikt persoonlijks voor hen beiden, een fysiek snijpunt waarop hun levens dat van Kumiko hadden gekruist. En met wie anders, beter dan met wie ook, kon ze dat delen dan met George?

Beter dan met wie ook, ging het door haar heen terwijl ze zolang ze durfde naar de collage keek. Echt, beter dan met wie ook.

Ze slaakte een zucht, haalde hem van de wand en schoof hem toen voorzichtig in het zakje dat Kumiko haar had gegeven en deed het geheel in een lade die ze op slot deed. Ze opende de deur van haar kantoor weer, ging achter haar bureau zitten en keek uit het raam naar haar splinternieuwe uitzicht.

Weliswaar op een smerig kanaal, maar het was een begin.

Na de nacht van de brand, nu alweer weken geleden, had Rachel niet alleen de daad bij het woord gevoegd en ontslag genomen, ze was zelfs compleet van het toneel verdwenen. Mei meldde dat Rachels flat leeg was, op een handjevol kledingstukken en een koffer na, en na slechts een heel kort telefoontje om afscheid te nemen van haar vermeende beste vriendin.

'Wat zei ze?' had Amanda tijdens een lunch gevraagd aan Mei, die steeds in tranen raakte.

'Ik kan er met mijn verstand niet bij.'

'Dat weet ik, maar wat heeft ze gezégd?'

Mei haalde verdrietig haar schouders op. 'Ze zei dat ze eindelijk helder inzicht had gekregen en dat ze niet kon geloven dat ze zo'n groot deel van haar leven had verlummeld. Ze zei dat ze wilde zien wat er achter de horizon was en dat ze vooral wilde dat mij hetzelfde zou overkomen.'

'Goh, dat was aardig van haar.'

Mei trok een angstig gezicht. 'Ik weet het! Denk je dat ze vervelend hoofdletsel heeft opgelopen?'

Mei had er niet erg verbaasd van opgekeken – en had er überhaupt niet veel aandacht aan besteed – dat Felicity Hartford meteen Amanda had benaderd voor promotie naar Rachels functie, iets wat Amanda naar haar idee vrijwel zeker aan Rachel te danken had gehad. En tja, als dat zo was, dan was het misschien wel gepast dat ze dat grootmoedig zou accepteren.

'Je moet wel beseffen dat ik dit alleen maar doe omdat je een vrouw bent', had Felicity gezegd. 'We kunnen nu eenmaal niet veertien mannelijke afdelingshoofden hebben, ondanks het feit dat de andere kandidaten verreweg superieur waren vergeleken met, wat ik gekscherend, jouw váárdigheden noem ...'

'Ik wil mijn eigen kamer', zei Amanda.

Felicity keek alsof Amanda zich net tot op haar slipje aan toe had uitgekleed. 'Pardon?'

'Tom Shanahan heeft een eigen kamer. Eric Kirby heeft een eigen kamer. Billy Singh heeft een eigen ...'

'En er zijn nog meer afdelingshoofden zonder eigen kamer, Amanda. Je krijgt geen voorkeursbehandeling omdat je ...'

'Je hebt geen hekel aan vrouwen.'

Bij die opmerking had Felicity Hartwell met haar ogen geknipperd. 'Allemachtig, wat een idiote opmerking.'

'Je hebt een hekel aan iederéén. Wat ik prima vind, want ik ben ook niet zo'n fan van andere mensen, maar jij leeft je uit op vrouwen omdat het leuker is, waar of niet? Onze strijdwijze is anders. Interessanter.'

'Ik zou het prettig vinden als we op een ander ...'

'Daarom wil ik het met je op een akkoordje gooien. Jij geeft me mijn eigen kamer en dan daag ik je niet voor een erg vervelende commissie voor gelijke berechtiging aan wie ik mijn opname zal voorleggen van alles wat je tot dusver hebt gezegd.' Ze pakte haar telefoon uit haar zak en liet Felicity zien dat nog steeds elk woord werd opgenomen. 'En in ruil daarvoor wil ik je wat vragen.'

Het gezicht van Felicity verhardde zich. 'Je beseft totaal niet met wie je te maken hebt ...'

'Wat vind je van het gedenkteken voor Dieren in oorlogstijd?'

'Zo'n onbenul als jij stop ik in m'n holle kies!'

'Wat vind je ervan?' beet Amanda haar toe hoewel de zenuwen door haar keel gierden bij deze tactische zet.

Maar uiterlijk leek ze nog redelijk kalm. En dat was mooi.

Felicity leunde verbouwereerd achterover. Vol afkeer zei ze: 'Goed dan. Ik vind het een ongelofelijke aanfluiting, neergezet door een stelletje achterlijke rijke patsers met ...'

'... meer geld dan gezond verstand', maakte Amanda de zin af. 'Het is beledigend om een golden retriever gelijk te schakelen aan een soldaat. En eerlijk, ik heb niets tegen golden retrievers, maar er staat daar verdomme zelfs een dúíf. En dat gedenkteken is groter dan dat voor heel Australië, dus als land geven we duidelijk meer om duiven dan om Australiërs.'

'Nou ja,' zei een nog steeds verbaasde Felicity, 'kun je het ons kwalijk nemen?' En toen, nadat ze Amanda's gezicht had gezien, liet ze een verrast lachje horen. 'O', zei ze. 'Ik begrijp het.'

Alle vrouwen op kantoor hadden het er de afgelopen tijd over hoeveel makkelijker – zo niet ronduit makkelijk – Felicity tegenwoordig was om mee te werken. En het enige wat ervoor nodig was, was dat die één keer per week lunchte met Amanda. Het was een hele klus geweest om een mopperende Tom Shanahan uit zijn kamer te krijgen, maar Felicity had het voor elkaar gekregen en had vanochtend zelfs een Australische ansichtkaart met de beste wensen op Amanda's bureau gelegd. Het was een griezelige gedachte, maar Amanda begon het idee te krijgen dat ze goede vrienden zouden worden.

'Ik stel voor dat u een plant neemt', zei Jason, haar nieuwe assistent, toen hij binnenkwam. Hij was heel erg leuk om te zien op een vermoeiende, autoritaire manier die geen enkel kooltje van Amanda's vuur deed opgloeien. Een gevoel dat wederzijds leek; hij was amper vijf jaar jonger dan zij, maar had haar seksueel gezien afgeschreven als een museumstuk.

Wat kon het schelen? Er waren heel wat interessantere mensen dan hij.

'Planten zijn voor mensen die emotioneel plooibaar zijn', zei ze en ze sloeg haar ogen neer alsof ze verderging met werk waar ze nog niet eens aan begonnen was.

'Begrepen', zei hij. 'Papieren voor u.'

Hij legde die op een punt van haar bureau. En wachtte. Ze keek langzaam weer op, gebruikmakend van de beproefde manier waarop een baas kan laten merken dat de aanwezigheid van een personeelslid niet langer gewenst is.

'Mei Lo vroeg of ze een onderhoud met u kon hebben', zei hij.

'... en?'

'Ik heb gezegd dat u volgens mij geen ruimte in uw agenda had, dat ik niet dacht dat er deze week nog een gaatje zou zijn en dat u volgens mij niet zo dol was op besprekingen.' Jason grijnsde en zijn groene ogen schitterden. 'Ze zei dat ze zich dat niet kon voorstellen.'

Amanda had zich er al op verheugd een manier te verzinnen om hem binnen een maand te ontslaan, maar nu leunde ze achterover in haar stoel en vroeg: 'Is er iemand van wie je houdt, Jason?'

Hij keek even verrast op voordat de grijns terugkwam. 'Kijk maar uit, mevrouw Duncan. Straks wordt u nog aangeklaagd wegens seksuele intimidatie.'

'Het gaat om liefde, Jason, niet om seks. Wat treurig genoeg veel over je zegt. En ik weet dat je het sarcastisch bedoelde, maar ik heet mevrouw Laurent. Ik heb nooit officieel mijn naam veranderd.'

Nu keek hij ongeduldig. 'Is dat alles, mevrouw Laurent?'

'Je hebt mijn vraag niet beantwoord.'

'Omdat het u geen fluit aangaat.'

Ze tikte tegen haar onderlip met een pen, een kantoorartikel dat Felicity Hartford wilde bannen uit het kantoor, zogenaamd omdat al het werk inmiddels elektronisch zou moeten gaan, maar in werkelijkheid om te zien hoe geïrriteerd iedereen erdoor zou raken. Het was Amanda's idee geweest. 'Weet je, Jason,' zei ze, 'het is prima te denken dat alle mensen idioten zijn. Want door de bank genomen heb je daar helemaal gelijk in. Maar dat geldt niet voor iedereen. En daar ga je makkelijk de mist in.'

'Amanda ...'

'Mevróúw Laurent. Op het laatst heb je ongemerkt de pest aan zo veel mensen dat je de pest aan iederéén begint te krijgen. Ook aan jezelf. Maar daar zit hem nou net de kneep, snap je? De kneep die maakt dat je alles aankunt. Je moet van iemand houden.'

'Ach, kom nou toch.'

'Het hoeft niet van iedereen te zijn, want dan zou je zelf ook een idioot zijn. Maar wel van iemand.'

'Ik moet nu echt ...'

'Ik hou bijvoorbeeld van mijn zoon, van mijn vader, mijn moeder, mijn stiefvader en van mijn ex-man. Ik hield ook van de aanstaande vrouw van mijn vader, maar ze is overleden, en dat deed pijn. Dat is nu eenmaal het risico als je van iemand houdt.' Ze boog zich naar voren. 'Ik hou ook van mijn vriendinnen, die op dit moment alles bij elkaar bestaan uit de engste HR-vrouw uit de geschiedenis van enge HR-vrouwen, en Mei Lo. Nou stelt ze niet zo veel voor, dat moet ik toegeven, maar ze is wel mijn vriendin. En als je ooit nog eens zo over haar praat, dan geef ik je zo'n ongenadige schop onder je ongetwijfeld glad geharste kont dat je de rest van je leven raar loopt.'

'Zo kunt u niet tegen me ...'

'Is al gebeurd.' Ze glimlachte. 'Wegwezen. Ga maar op zoek naar iemand om van te houden.'

Met een nijdige grijns ging hij weg. Misschien moest ze hem niet ontslaan. Misschien was het leuker om hem hier te houden en hem het leven zuur te maken.

O god, dacht ze. Ik word een verschrikkelijke baas.

Maar de glimlach bleef op haar gezicht.

Ze trok haar lade open en wierp nog eens een blik op de collage. Hij ontroerde haar nog steeds met dezelfde frisse kracht als de eerste keer, toen ze hem tot haar grote verrassing cadeau had gekregen van Kumiko.

Kumiko, dacht ze, en ze legde haar hand op haar buik.

Haar nog altijd platte buik. Haar niet-zwangere buik.

Want van alle dingen die ze hadden kunnen bespreken was dát het eerste geweest wat Kumiko midden in het inferno tegen haar had gezegd.

Toen Amanda Georges huis was binnengegaan, was de rook als een monster. Het was alsof je verdronk, alsof het water waarin je verdronk niet alleen kokend heet was, maar ook leefde en agressief en woedend was, water dat jou wilde vermoorden, water dat in werkelijkheid rook was van een laaiende brand en tegelijkertijd niets anders dan zichzelf was.

'GEORGE!' had ze geroepen, maar na de eerste letter was ze al overvallen door een hoestbui. Twee stappen voorbij de voordeur stikte ze al bijna en na een derde en vierde stap was ze zo goed als blind. En toen ze eenmaal in het huis was, wist ze niet wat ze moest doen. Het was allemaal lachwekkend heldhaftig, maar ze was doodsbang, niet alleen vanwege haar vader en Kumiko, maar ook vanwege JP, die buiten was zonder haar. Ze wilde hem niet achterlaten, maar ze kon haar vader ook niet aan zijn lot overlaten, niet om op deze manier in doodsangst te verbranden. De besluiteloosheid was verlammend en de seconden naar de dood tikten weg.

En toen stortte het plafond in.

Er kwam een balk op haar hoofd terecht en ze werd tegen de grond geslagen. De wereld verdween in diepe duisternis.

Enige tijd later, een tijd die voorgoed een leemte in haar

leven zou blijven, voelde ze dat een hand haar hand pakte en haar hielp om op te staan. Zacht, maar doortastend, en niet te weerstaan. Ze stond wankelend op; haar hoofd deed pijn en haar lichaam zat onder het roet, maar gek genoeg had ze geen brandwonden, ook al raasde het vuur om haar heen.

Toen ze haar ogen opsloeg, keek Kumiko haar aan.

Haar ogen waren goudkleurig. En triester dan de wereld zelf bij haar ontstaan.

Kumiko stak haar hand uit en raakte Amanda's buik aan. 'Je bent niet zwanger', zei ze. 'Het spijt me.'

'Ik weet het', zei Amanda verrast. 'Ik heb een test gedaan.'

Het vuur bulderde en de rook kolkte, maar nu leek het langzaam te gaan, op een manier die hun deze ruimte gunde in alle turbulentie.

'Je dacht dat het je een band met iemand zou geven', zei Kumiko.

'Ja', zei Amanda simpelweg en verdrietig. 'Dat dacht ik echt.'

'Maar je hebt al met veel mensen een band. Met zo veel mensen.'

'Niet zo veel.'

'Maar genoeg.'

Kumiko richtte zich nu op het lichaam dat op de grond lag. Amanda keek met haar mee, hoewel ze wist wie het was, wie het moest zijn, maar even had ze het gevoel dat het misschien niet zo belangrijk was. De brand woedde nog steeds, maar leek wat af te nemen, te vervagen tot een flauwe waas.

Kumiko reikte met haar vinger naar Amanda's borst en trok een lijn over de trui die ze thuis had aangeschoten. De stof week uiteen, net als Amanda's huid en het weefsel daaronder. Haar hart werd blootgesteld aan het licht.

Het sloeg niet meer.

'O', zei Amanda. 'Godallemachtig.'

Kumiko reageerde niet, maar pakte slechts het hart en hield het in haar hand.

'Dit is een ritueel van vergiffenis', zei ze en ze sloot haar vingers om Amanda's hart. Achter haar verscheen een licht en toen ze haar hand weer opende, was het hart verdwenen. 'En dit ook.' Kumiko trok een lijn over haar eigen hart en haar huid opende zich en onthulde haar kloppende, glanzende, goudkleurige hart. Ze haalde het eruit en bracht het langzaam over naar de donkere opening in Amanda's borstkas.

Amanda pakte haar pols. 'Dit kan ik niet. En jij kunt het ook niet.'

'En toch gaan we het doen. Neem mijn hart. Vergeef het. Als je dat doet, schenk je ons allebei vergiffenis. En dat is het enige wat we allebei nodig hebben.'

Toen ze haar hand opnieuw bewoog, verzette Amanda zich niet meer. Kumiko legde haar hart in Amanda's borstkas en het goudkleurige licht scheen zelfs nog door het litteken toen Kumiko de wond sloot.

'Maar jij dan?' vroeg Amanda terwijl ze Kumiko in de ogen keek.

'Het is gedaan', zei Kumiko. 'Eindelijk. Ik ben vrij.'

Ze lieten het lichaam achter op de vloer van de hal, maar het zag er nu anders uit. Eindelijk en voorgoed veranderd. Kumiko loodste Amanda door de vlammen, door de muren van de woonkamer, die in lichterlaaie stonden, naar de keuken, hoewel het vuur hen niet leek te deren en de rook vrijwel geen probleem opleverde.

Ze kwamen bij de rand van het vuur, waar zich een deur naar buiten opende.

'Je hoeft er alleen maar doorheen te stappen', zei Kumiko in haar oor. 'Je hoeft alleen maar ja te zeggen.'

Amanda pakte een tissue uit de doos op haar bureau en veegde haar ogen af.

Tot haar verbazing was ze er op de een of andere manier in geslaagd wankelend via de achterdeur van het huis naar buiten te lopen, smerig, maar ongedeerd. Ze was verdwaasd geweest door wat er gebeurd was; het plafond dat naar beneden was gekomen en de vreselijke rook die nog in haar longen zat, maar toen ze JP had gezien, was het alsof ze weer klaarwakker was geworden. Ze had haar vader languit op het gras zien liggen. Ze had de nog altijd onverklaarbare aanwezigheid van Rachel gezien. En ze had de verschrikkelijk koude, maar o zo welkome, zuivere nachtlucht ingeademd.

Kort daarna kon de brandweer hen bereiken en de commandant vertelde hun uiterst tactvol dat er op de vloer van de hal een ernstig verbrand lichaam was aangetroffen, om het leven gekomen door het instortende plafond of daar mogelijk terechtgekomen vanuit de kamer die erboven lag.

Amanda en George hadden toen samen gehuild. Zoals ze sindsdien wel vaker hadden gedaan.

'Alles goed?' vroeg een stem.

Amanda sloot de bureaulade zorgvuldig en door haar tranen heen glimlachte ze naar Mei. 'Ja. De herinneringen overvallen me soms, weet je.'

Mei knikte ernstig. 'Hoe bevalt je nieuwe werkkamer?'

'Het is hier rustig. En dat vind ik prettig. Binnenkort krijg jij ook je eigen kamer, want ik lunch nu eens per week met degene die de lakens uitdeelt.'

Mei knikte nog eens. 'Kunnen we vanavond een uurtje later gaan dan gepland was? Mijn babysitter heeft klarinetles en ik weet nog steeds niet wat ik zal aantrekken.'

JP was in Frankrijk bij zijn vader – want ook al hadden de Skypesessies die bol stonden van de heimwee Henri er inmiddels van overtuigd dat een week lang genoeg was, JP had er ook de tijd van zijn leven, zodat er voor de zomer al een tweede bezoek gepland stond – en daarom hadden Amanda en Mei besloten om zich in het uitgaansleven te storten. Ze waren er geen van beiden erg enthousiast over, maar als ze vroeg thuis eindigden met een glas wijn voor de tv viel het allemaal wel mee.

'Natuurlijk,' zei Amanda, 'maar je komt er niet onderuit. Je gaat wel mee.'

'En jij ook', zei Mei en toen ging ze weg. Amanda had immers echt werk te doen, en behoorlijk wat in deze nieuwe functie. Het bleek dat Rachel steengoed in haar werk was geweest, en Amanda moest zich nog zien te bewijzen.

Maar eerst pakte ze haar telefoon.

Hoewel ze de collage had gedeeld, had ze niet het gevoel dat ze George kon vertellen over de hallucinatie tijdens de brand, dat ze bewusteloos moest zijn geraakt toen het plafond naar beneden was gekomen en dat het vreemde visioen, of wat het ook geweest was, ervoor had gezorgd dat ze door de vlammen was gelopen en aan de achterkant het huis had verlaten en haar op die hoogst onwaarschijnlijke manier het leven had gered. Maar toen ze het nummer uit haar adreslijst koos dat ze het vaakst belde, legde ze een hand tegen haar borst.

Nee, daar zat geen litteken. Nee, ze geloofde niet dat daarbinnen een goudkleurig hart klopte. En nee, ze geloofde eigenlijk ook niet dat de geest van Kumiko haar in veiligheid had gebracht.

Maar ze geloofde misschien wel dat haar hersens, toen de dood het vertrek had betreden, Kumiko voor de geest hadden geroepen om haar angst weg te nemen, om ervoor te zorgen dat alles goed kwam, om haar de kans te geven om te leven.

En dat was toch iets. Dat was meer dan iets.

En daarom wilde ze nu met haar vader praten, niet over iets in het bijzonder, gewoon om zijn stem te horen, die zelfs in de afgelopen weken al triester en ouder was geworden. Ze wilde hem haar naam horen zeggen. Ze wilde zijn naam zeggen. En ze wilde hen allebei de naam van Kumiko horen zeggen.

Ze luisterde toen de telefoon overging, heel lang. Zijn voeten waren nog steeds niet helemaal genezen en daarom duurde het soms een poos voordat hij zijn telefoon had gepakt van het bureau of uit zijn tas of waar hij hem dit keer dan ook had laten liggen. Het maakte niet uit. Ze wachtte wel.

Ze wilde het, zoals wel vaker, met hem over de liefde hebben. En over vergiffenis. En over harten, over gebroken en over kloppende harten.

Er klonk een klik toen de telefoon werd beantwoord.

'Lieverd!' zei haar vader, en het welkom in zijn stem was voedsel toereikend voor duizenden.

As hij realistisch was, wist hij dat hij nooit meer een collage zou maken. Hij had het natuurlijk nog niet geprobeerd, het was te snel, veel te snel. Hij kon tegenwoordig niet eens naar een tweedehands boek kijken zonder het gevoel te hebben dat er een gat in zijn hart werd geslagen. Maar zelfs als dat voorbij zou gaan – en op een intellectueel niveau wist hij dat dat zou gebeuren, maar iets weten en iets voelen zijn twee totaal verschillende dingen en vermoedelijk de oorzaak van alle problemen van de menselijke soort – kon hij zich niet voorstellen dat hij ooit nog een keer instinctief een snede hier en een snede daar zou maken, zonder te weten welk beeld er onder zijn handen zou ontstaan totdat het klaar was.

Zijn papierkunst had zonder haar eigenlijk niet veel voorgesteld. Gewoon dom priegelwerk dat weinig om het lijf had.

Maar mét haar. O, mét haar …

Hij slaakte een diepe zucht.

En voelde een klopje op zijn rug. 'Ik voel met je mee, George', zei Mehmet in het voorbijgaan. 'Krop het maar niet op.'

Mehmet was bezig zijn vervangster in te werken, een kleine vrouw uit Ghana die Nadine heette en binnenkort haar studie zou beginnen. Een toneelopleiding. Mehmet had haar aangenomen. George liet het maar zo.

De winkel draaide weer als vanouds redelijk, maar niet spectaculair, hoewel er nog steeds weleens wanhopige mensen binnenkwamen met hoop op hun gezicht en soms tranen in hun ogen. Ze gingen teleurgesteld weg, maar niet helemaal onvoldaan, omdat George hun altijd de volgens de buitenwereld laatste, onverkochte collage liet zien, van de draak en de kraanvogel, die nog steeds naar hem keken vanaf de muur boven zijn bureau, ook al was die nu meer aanzienlijk meer waard dan de winkel zelf.

Na de begrafenis had Amanda hem verteld over de collage

die Kumiko haar had gegeven, de vredige, merkwaardig rustige, merkwaardig genoeg laatste collage, die het eind van een verhaal leek te zijn, net zoals die van de draak en de kraanvogel het begin van een verhaal leek. In de achterkamer van Clares huis, weg van het handjevol andere bezoekers dat was gekomen, had ze hem die laten zien en hij had alles begrepen. Hij accepteerde geen verontschuldigingen van haar voor het feit dat ze die had verzwegen, omdat daar geen verontschuldigingen voor nodig waren. Hij zou in haar plaats hetzelfde gedaan hebben en had er meteen mee ingestemd dat het voorlopig geheim zou blijven, iets wat ze met elkaar konden delen, alleen zij tweeën.

'Ik hou zo veel van je', zei hij tegen haar, 'dat mijn hart er pijn van doet. Zo veel dat de gedachte dat je op de een of andere manier ongelukkig zou zijn ...'

'Ik weet het, pap', zei ze. 'En het helpt om dat te weten. Echt waar.'

De nazit van de begrafenis was uitgelopen op een middag vol onthullingen, want ook Mehmet had hem apart genomen en had oprecht ontredderd opgebiecht dat hij een betere acteur was dan George ooit had gedacht. Mehmet was natuurlijk degene geweest die in het begin het nieuws de wereld in had gestuurd, die geruchten had verspreid, die stiekem bijzonderheden had gemaild naar de juiste websites en die zelfs het merendeel van de vreselijke mensen had uitgenodigd die naar het feest waren gekomen, allemaal in de hoop dat hij op die manier een fenomeen zou creëren, dat als een lopend vuurtje de ronde zou doen.

'Iemand moest het doen, George', riep hij uit. 'Jij zorgt gewoon niet goed voor jezelf. En ben je nu niet blij met al dat geld?'

George was niet eens kwaad geworden. Op zijn eigen manier had Mehmet het allemaal uit liefde gedaan, en van nu af aan piekerde George er niet meer over om iets van de hand te wijzen dat uit liefde was gedaan. Hij had Mehmet zelfs toestemming gegeven om een officiële website over de collages te maken, ook al was er niets meer om te verkopen, maar omdat het in elk geval een soort herinnering aan haar was.

Nu keek hij op naar de draak en de kraanvogel. Net als zijn dochter hield hij de collage zo dicht mogelijk bij zich en nam hij hem elke ochtend mee naar zijn werk en haalde hem 's avonds weer van de muur, niet uit veiligheidsoverwegingen, maar omdat hij nog niet zover was dat hij ervan kon scheiden, zelfs niet voor een dag.

Omdat zij er niet meer was en dit het enige was wat hem nog restte.

Hij had Amanda niet opgebiecht wat er in de achtertuin was gebeurd – of wat hij dácht dat er was gebeurd. De manier waarop Kumiko hem had gevraagd haar hart eruit te halen, dat ze was vervaagd, dat ze hem had gekust voordat ze verdween. Dat ze er in feite helemaal niet was geweest. JP kon zich alleen herinneren dat Rachel met hem om het huis naar de achtertuin was gelopen, waar zijn grand-père in zijn eentje op het gras had gelegen.

Maar JP had Kumiko niet gezien.

Omdat Kumiko natuurlijk bij de brand om het leven was gekomen, een brand die volgens de onderzoekers 'naar alle waarschijnlijkheid' was veroorzaakt door een vergeten kaars, een brand die hij en zijn dochter alleen door een wonder hadden overleefd.

Wát een wonder, dacht hij en zijn vingers trommelden op de snijmat op zijn bureau. Als Kumiko hem niet naar het met rijp overdekte gras had gebracht, hoe was hij er dan gekomen? Inderdaad, door een wonder.

Hij droomde nog steeds, maar het waren andere dromen dan eerst en de collage van Amanda speelde er een grote rol in. Het waren dromen over een rustige, slapende berg en het sterrenbeeld dat eroverheen vloog in de gedaante van een grote vogel. Het waren dromen waarin hij haar niet kon aanraken, niet met haar kon praten, haar alleen afgetekend tegen de lucht kon zien, eeuwig en buiten bereik. Het waren dromen over het eind van het verhaal.

Maar het waren ook niet per se akelige dromen. Natuurlijk was er sprake van verdriet en hij werd er vaak huilend uit wakker, maar hij ervoer ook een gevoel van vrede, alsof er eindelijk een strijd was beslecht die al langer duurde dan de tijd zelf. Er heerste rust. Er was bevrijding. En als die bevrijding geen betrekking had op George zelf, dan in elk geval op Kumiko. Naarmate de dagen verstreken na haar dood, werd hij ook in zijn dromen iemand die van een afstand toekeek. Een toeschouwer in een verhaal dat met elke dag die voorbijging steeds meer in geschiedenis veranderde.

Hij keek op.

Een toeschouwer. Een toeschouwer die verschillende versies van het verhaal vertelde. Een toeschouwer die het verhaal anders zou vertellen dan zij zou hebben gedaan. Niet per se strijdig, maar gewoon zoals iemand dat in zijn eigen woorden zou doen …

'Meneer Duncan?' zei een hoge, melodieuze stem op vragende toon en onderbrak zo zijn gedachtegang. Een gedachtegang waar hij op terug zou komen. O, zeker.

'Wat kan ik voor je doen, Nadine?'

'Ik vroeg me af', zei ze verlegen, 'of ik donderdag misschien wat later kan komen?'

'Hoeveel later?'

Ze trok een grimas. 'Vier uur later?'

George zag Mehmet heen en weer draaien op zijn kruk achter de toonbank. 'Gaat het om een auditie?'

Nadine keek verbaasd. 'Wow! Hoe hebt u dát zo geraden?'

'Intuïtie.'

'Ach, geef haar toch vrij, George', zei Mehmet. 'Je zou haar eens moeten horen zingen. De stem van een betoverende trompet.'

'En is dat goed?'

'Echt onvoorstelbaar goed.'

'Ik wil wel voor u zingen?' bood Nadine aan.

'Niet nu', zei George. 'En ja, je mag later komen.'

'Bedankt, meneer Duncan.' Mehmet zat fluisterend te gebaren. 'O,' zei ze, 'we hebben dit gevonden. Mehmet zei dat ik het aan u moest geven.'

Ze stak haar werkelijk verbazingwekkend kleine hand uit – George kreeg ineens een visioen dat ze een groot succes zou zijn in een uitvoering van *Oliver!*, mits ze blind waren voor ras en sekse – en hield George iets voor wat er eerst alleen maar uitzag als een stukje papier.

Hij pakte het van haar aan.

En viel bijna van zijn stoel.

'Het was achter je werktafel gevallen', zei Mehmet. 'Het is zo klein dat het er waarschijnlijk gewoon is af geblazen door een zuchtje wind.'

'We zouden het niet eens gevonden hebben als ik die doos paperclips niet had laten vallen, weet u nog?' zei Nadine.

George knikte langzaam. Het was een bij vergissing bestelde, grote industriedoos geweest met tienduizend stuks, die op spectaculaire wijze uit de kleine handen van Nadine was gevallen, zodat ze tot in alle hoeken van de winkel terecht waren gekomen. George verwachtte dat hij tot aan zijn pensioen hier en daar nog paperclips zou vinden.

Dat waren echter vluchtige gedachten, die betekenisloos voorbijtrokken terwijl hij keek naar wat ze hem gegeven hadden.

Het was een kraanvogel, gesneden uit één stuk papier, precies eender als de kraanvogel die hij die eerste dag had gesneden en die nu deel uitmaakte van de collage boven zijn hoofd.

Maar dat was onmogelijk.

'Onmogelijk', zei hij.

'Niet onmogelijk', zei Nadine. 'Het was gewoon een rotzooi.'

'Nee, nee', zei George. 'Ik heb er maar één gemaakt. Die heeft Kumiko meegenomen en voor een collage gebruikt. Die collage. Die daar hangt.'

'Ik heb je bezig gezien', zei Mehmet. 'Je hebt er van elk zowat duizend gemaakt voordat je een goede had.' Hij haalde zijn schouders op. 'Ik geloof niet dat echte kunstenaars het zo doen, maar bij jou werkte het.'

'Maar bij deze heb ik dat niet gedaan', fluisterde George, die zijn ogen er niet van af kon houden. Echt niet, hij wist het zeker. Vooral omdat deze totaal niet op een struisvogel leek.

Hij begon weer te huilen, zachtjes, maar onstuitbaar. Nadine, die eraan gewend was geraakt nu ze hier een week werkte, legde een geruststellende hand op zijn schouder. 'Mijn vader is overleden toen ik twaalf was', zei ze. 'Het wordt niet beter, maar het verandert wel.'

'Ik weet het', zei George knikkend. Hij had de kleine, zo volmaakte kraanvogel nog in zijn hand. Hij was gesneden uit een pagina zonder woorden, volkomen ongerept en wit.

Een pagina zonder woorden, dacht George.

'We hebben er toch wel goed aan gedaan je hem te geven?' vroeg Mehmet, die naar hem toe kwam. 'We hebben hem gevonden, en omdat je bij de brand vrijwel alles bent kwijtgeraakt, dacht ik ...'

Het enig wat niet klopte aan wat hij zei, was dat 'vrijwel alles' zwak uitgedrukt was. Hij had zelfs geen kleren meer gehad, omdat hij poedelnaakt aan de brand was ontkomen. Erger nog was dat hij zijn oude mobieltje ook was kwijtgeraakt, met daarop alle foto's die hij van haar had gemaakt. En in háár flat was niets meer, omdat ze juist uitgerekend die dag haar laatste spullen naar zijn huis had overgebracht.

Er was alleen nog haar lichaam geweest, dat ze hadden

begraven, een ritueel dat de begrafenisondernemer hem had proberen te ontraden als Amerikaans en onpraktisch, maar aangezien hij geen familie van Kumiko had kunnen achterhalen die hem zou kunnen tegenspreken, had hij een nieuwe jurk en een nieuwe jas voor haar gekocht en een koffertje dat nog het meest leek op de koffer die ze altijd bij zich had gehad, om die samen met haar te begraven, hoewel haar brandwonden zo ernstig waren geweest dat hij haar lichaam niet meer had mogen zien. Hij had geen idee of de kleren ook werkelijk gebruikt waren.

Hij had haar niet eens meer vaarwel kunnen kussen.

Hoewel hij dat natuurlijk wel gedaan had.

'Ik zeg het nog maar een keer, George', zei Mehmet toen George zacht bleef huilen. 'Neem nog wat tijd vrijaf. Wij houden de zaak wel draaiend, dan kunnen je voeten fatsoenlijk genezen, en kun je op zoek gaan naar een ander huis en gewoon rouwen.'

George overwoog het even. Het voorstel getuigde van wijsheid. Met spontane hartelijkheid hadden Clare en Hank hem opgehaald uit het ziekenhuis en hem meteen geïnstalleerd in een veel te luxueuze kamer in Hanks hotel. Hoewel George een beschamende smak geld op de bank had staan van de verkoop van alle collages, hadden ze geweigerd ook maar een cent van hem aan te nemen en ze klonken oprecht toen ze zeiden dat hij kon blijven zolang hij maar wilde. Hij veronderstelde dat ze een oogje op hem wilden houden en gezien de situatie vond hij het eigenlijk niet erg dat ze dat deden.

De nachten waren natuurlijk moeilijk, maar de dagen waren nog moeilijker geweest tot hij, hinkend op zijn krukken, weer naar de zaak was gegaan, zeer tot de verbazing van Mehmet, die echt gechoqueerd was. Ondanks al zijn gemopper had Mehmet het er in zijn eentje prima van afgebracht en George twijfelde er niet aan dat hij dat nog wel even kon volhouden tot alles wat makkelijker was geworden, vooral omdat Mehmet er eigenlijk niet zo veel haast mee leek te hebben om weg te gaan.

Maar nee.

'Nee', zei George en hij veegde zijn tranen weg. 'Ik moet iets om handen hebben. Ik kan niet de hele dag maar wat zitten. Ik moet bezig blijven.'

De winkelbel rinkelde en er kwam een klant binnen.

'Ga hem maar helpen', zei George. 'Ik red me wel.'

Mehmet en Nadine bleven nog even naar hem kijken, maar toen gingen ze naar de klant, die zo te zien een opdracht had voor T-shirts voor een vrijgezellenfeest. George hoorde al dat Mehmet een vreselijk voorbeeld gaf aan Nadine wat betreft klantvriendelijkheid, maar hij liet het passeren.

Want hij staarde weer naar de kraanvogel.

Het was onmogelijk. Deze was niet van zijn hand. Of wel? Nee. Om te beginnen was hij veel te knap gemaakt. Te scherp, te strak, te veel een kraanvogel. Onmogelijk dat hij hem had gemaakt. Onmogelijk dat hij híér was.

Maar een levende kraanvogel in zijn achtertuin met een pijl door zijn vleugel leek ook onmogelijk. En ook het vrijwel toevallige ontstaan van de collages en hun onverklaarbare succes. In feite was Kumiko in alle opzichten ronduit onmogelijk.

Geloofde hij echt dat zij de kraanvogel was? Geloofde hij echt dat zij naar hem toe was gekomen en hem geluk had geschonken totdat hij te gretig werd en meer van haar wilde weten? Geloofde hij echt wat er na de brand in de tuin was gebeurd? Dat hun verhaal op die manier afliep?

Als een verhaal natuurlijk al een eind hád. Als elk eind niet gewoon het begin was voor iemand anders.

Maar nee, natuurlijk kon hij dat niet geloven.

En ja, duidelijker dan alles wat hij ooit had gevoeld, wist hij dat het waar was.

Een kraanvogel, gemaakt van papier. Gemaakt van blanco papier.

Als dit een boodschap was, meende hij te weten wat die boodschap kon zijn.

Hij legde de kraanvogel voorzichtig neer om hem niet te kreuken. Later zou hij hem onder glas inlijsten en hem met de grootste zorgvuldigheid beschermen, maar nu was er ineens haast geboden. Hij zou niet meer snijden om collages te maken, nee, dat was wel duidelijk, maar deze kraanvogel, ongeacht hoe hij hier ook was gekomen, was uit een onbeschreven pagina gesneden. Een pagina zonder verhaal erop.

Een pagina die wachtte tot hij gevuld werd.

Hij pakte het eerste het beste schrijfblok dat hij voor handen had. Het was een presentexemplaar van een leverancier en boven aan elke bladzijde stonden hun naam en adresgegevens. Hij smeet het aan de kant. Hij bleef zoeken, trok laden open en rolde met zijn stoel naar de voorraadkasten. Er was een onvoorstelbare voorraad papier in de zaak, van supergoedkoop spul tot papier waar je vermoedelijk op kon slapen zo dik, maar tot zijn stijgende ongeloof geen fatsoenlijk schrijfblok, zelfs niet zo'n gelinieerd als studenten tijdens college gebruiken. Deden ze dat tegenwoordig nog of namen ze gewoon hun laptop of smartphone mee en namen ze alles op? vroeg hij zich af.

'Mehmet!' snauwde hij tot verrassing van zijn personeel en de klant. 'Waar zijn in godsnaam alle schrijfblokken?'

'Ik heb er wel een', zei Nadine. Ze pakte haar rugzak uit een kastje onder de toonbank, haalde er een groen schrijfblok uit en gaf het hem. 'Die wilde ik tijdens college gebruiken.'

'Aha!' zei George triomfantelijk. 'Dat doen jullie dus nog steeds!'

'Waar heb je het over?' vroeg Mehmet enigszins gealarmeerd, alsof hij wel had verwacht dat George zou instorten, maar er minder goed op was voorbereid dan hij had gehoopt nu het moment dan eindelijk daar was.

'Niets, niets', zei George terwijl hij de maagdelijke eerste bladzij opensloeg. Nadine had hem nog niet gebruikt. Hij zou een nieuwe voor haar kopen. 'Dank je', zei hij tegen haar, en 'Sorry' tegen de klant. Door middel van lichaamstaal maakte hij duidelijk dat hij nu met rust gelaten wilde worden.

Hij pakte een pen, hield zijn hand boven de bladzijde en aarzelde even.

Hij schreef: In haar dromen vloog ze.

Hij voelde zijn hart opengaan, alsof het goudkleurig licht uitstraalde.

Ergens in de verte klonk een geluid, en een deel van zijn hersens dat wat minder in beslag was genomen registreerde dat de telefoon ging. Hij negeerde het.

Want dit was het. Ja. Op de een of andere manier wist hij het, wist hij het zoals hij alle goede dingen over haar had geweten. Dít is waar hij haar zou gedenken. Dít is waar ze zou zijn. Hij zou haar verhaal vertellen. Niet haar hele verhaal natuurlijk, maar het verhaal over haar en hem, het verhaal dat hij kende, en dat waren de enige verhalen die mensen ooit konden vertellen. Het zou maar een vluchtige inkijk zijn, gezien door één paar ogen.

Maar om die reden zou het ook kloppen.

In haar dromen vliegt ze, las hij weer.

En hij glimlachte. Ja, dat was het begin. Eigenlijk *een* begin, maar een begin dat prima zou volstaan.

Hij zette zijn pen op het papier om verder te schrijven.

'God nog aan toe, George', zei Mehmet en hij hield hem de luid rinkelende telefoon voor.

George keek er even niet-begrijpend naar. Maar natuurlijk, het was zijn telefoon. De nieuwe van na de brand, die hij bij de telefoonwinkel had gekocht. Een simpele, met een beltoon die hij niet herkende, met maar drie contacten. Zijn dochter, zijn ex-vrouw en zijn belangrijkste werknemer.

Amanda, zag hij op het schermpje.

'Dank je', zei hij terwijl hij de telefoon van Mehmet aanpakte.

Zijn dochter belde hem, zoals ze sinds de brand minstens twee keer per dag had gedaan. Maar ja, ook dat was zoals het moest zijn. Hij wilde graag met haar praten. En meer dan dat, hij wilde dolgraag over Kumiko praten en over het boek dat hij ging schrijven, zoals hij net had besloten.

En meer dan dat, hij wilde graag praten over de tijd die net achter hen lag. De periode uit zijn leven waar hij weliswaar met verdriet, maar ook met verbazing op zou terugkijken. Amanda was de enige die dat zou begrijpen, en ook al kon hij haar niet de volle waarheid vertellen, misschien kon hij die in een boek wel verwoorden.

En misschien zou de Kumiko die hij kende op die manier voor eeuwig en altijd verder leven.

Ja, dacht hij, weer met tranen in zijn ogen.

Já.

Hij nam het telefoontje van zijn dochter aan met een hart dat gebroken, maar ook vol blijdschap was, en hij verheugde zich erop om met haar over verbazing en verwondering te praten.

Nawoord van de auteur

Het oorspronkelijke verhaal van de kraanvogel – dat trouwens niet het verhaal is dat Kumiko met haar tweeëndertig collages vertelt – is een Japanse volkslegende dat ik mijn hele leven al ken, want ik hoorde het voor het eerst als vijfjarig blond hummeltje van mijn kleuterjuf op Hawaii. Ze heette mevrouw Nishimoto, en ik hield van haar met een blind soort overgave zoals alleen een vijfjarige dat kan. Ze was een prachtig mens en een geweldige juf en ze verstond de kunst om verhalen te vertellen die je bijbleven, zoals het verhaal over een gewonde kraanvogel die werd gered.

Ik ben niet de enige die erdoor geïnspireerd werd. De beste band ter wereld, The Decemberists, gebruikt het op een briljant album dat ook *The Crane Wife* heet. Het motto van dit boek is ontleend aan de song 'The Crane Wife 1&2', geschreven door Colin Meloy. Ik zou het echt zorgwekkend vinden als je nog geen muziek van The Decemberists hebt.

Kort nadat ik George de hobby van collages maken uit boekenpagina's had toebedeeld, werd ik (door een volkomen onschuldige partij) gewezen op het werk van Su Blackwell (www.sublackwell.co.uk). Wat George doet te vergelijken met wat Su doet, is als vingerverven vergelijken met Kandinsky. Er is geen verband tussen de twee, maar in alle ernst, bekijk haar werk eens.

Mijn dank gaat uit naar Francis Bickmore, Jamie Byng en alle geweldige mensen bij Canongate. Ik ben ook dank verschuldigd aan mijn agente, Michelle Kass, die nergens raar van opkijkt, ongeacht met wat voor een eigenaardig project ik kom aanzetten. En bedankt, Andrew Mills, Alex Holley en Denise Johnstone-Burt.

Patrick Ness bij De Geus

Zeven minuten na middernacht
Het monster verscheen net na middernacht. Maar het is niet het monster dat Conor verwachtte, het monster uit de nachtmerrie die hij bijna elke nacht heeft gehad sinds zijn moeder ziek werd. Die met de duisternis, de wind en het geschreeuw. Het monster uit zijn achtertuin is anders. Oud. Wild. En hij wil het meest gevaarlijke van alles van Conor, hij wil de waarheid.